为思想 寻找词语

李德南 著

作家出版社

图书在版编目（CIP）数据

为思想寻找词语 / 李德南著 . -- 北京：作家出版社，2021.4

ISBN 978 – 7 – 5212 – 1348 – 5

Ⅰ . ① 为… Ⅱ . ① 李… Ⅲ . ① 文艺评论 – 文集 Ⅳ . ① I06–53

中国版本图书馆 CIP 数据核字（2021）第 022258 号

为思想寻找词语

作　　者：李德南

责任编辑：李宏伟　秦　悦

装帧设计：刘十佳

出版发行：作家出版社有限公司

社　　址：北京农展馆南里 10 号　　邮　　编：100125

电话传真：86 – 10 – 65067186（发行中心及邮购部）

　　　　　86 – 10 – 65004079（总编室）

E – mail: zuojia@zuojia. net. cn

http: // www. ZUOJIACHUBANSHE. com

印　　刷：三河市紫恒印装有限公司

成品尺寸：145 × 210

字　　数：229 千

印　　张：8.125

版　　次：2021 年 4 月第 1 版

印　　次：2021 年 4 月第 1 次印刷

ISBN 978 – 7 – 5212 – 1348 – 5

定　　价：58.00 元

　　李德南，1983 年生，上海大学哲学硕士、中山大学文学博士，现为广州文学艺术创作研究院青年学者、专业作家，兼任中国现代文学馆特邀研究员、广东外语外贸大学创意写作专业导师、广东省首届签约评论家、广州市文艺评论家协会副主席。著有《"我"与"世界"的现象学——史铁生及其生命哲学》《小说:问题与方法》《共鸣与回响》《有风自南》《途中之镜》等。曾获《南方文坛》年度优秀论文奖、广东省鲁迅文学艺术奖、"粤派学术"优秀论文奖等奖项。入选"广东特支计划"青年文化英才、羊城青年文化英才、"岭南英杰工程"后备人才、广州市高层次人才。

目 录

沉默与发声（代序）

——李德南的学术印象

谢有顺

2009 年，我第一次见李德南，在上海的一次学术会议上。那时，德南正在上海大学哲学系读硕士，却来听文学会议。会议间隙，他走到我身边，告诉我，他是广东人，硕士论文研究的是海德格尔的科学哲学，毕业后想报考我的博士生——这几件事情，用他低沉的声音说出来，令我印象深刻。

那时我并不知道他还写小说，只是凭直觉，如果一个人有哲学研究的背景，转而来做文学研究，一定会有所成的。这也可能跟我自己的知识兴趣有关。我做的虽然是文学批评，但对哲学一度非常着迷，大学期间，我读过的哲学书，超过我读的文艺理论方面的书，对海德格尔等人的存在主义哲学，更是不陌生。现代哲学提供一种思想和方法，也时刻提示你存在的真实处境，它和文学，其实是从不同角度回答了存在的问题：一个是说存在是什么，一个是说存在是怎样的。现在的文学研究，尤其是文学批评，之所以日渐贫乏，和思想资源的单一，密切相关。德南在硕士期间就愿意去啃海德格尔这块硬骨头，而且还是关于科学哲学这一学术难点，可见，他身上有一种隐忍的学术雄心。我后来读了德南的硕士论文，很是钦佩，他的研究中，不仅见学术功力，更可见出他领会海氏哲学之后的那份思想情怀——谈论现代哲学，如果体察不到一种人性的温度，那你终究还是没有理解它。德南把自己的文学感悟力，应用到了哲学研究中，我预感，他日后也可以把哲学资源应用到文学研究中，实现文学与哲学的综合，这将大大开阔他的学术视野。

一个人的精神格局有多大，许多时候，是被他的阅读和思考所决定的。20世纪90年代以来，"思想淡出，学术凸显"，学术进一步细分、量化，80年代很普遍的跨界交流越来越少，文学研究的影响力衰微，和这一研究不再富有思想穿透力大有关系。因此，文学批评的专业化是把双刃剑，它可以把文学分析做得更到位，但也可能由此而丧失对社会和思想界发声的能力。专业化是一种学术品格，但也不能以思想的矮化为代价，学术最为正大的格局，还是应推崇思想的创造，以及在理解对象的同时，提供一种超凡的精神识见。那年和李德南的短暂聊天，勾起了我许多的学术联想，那一刻我才发觉，多年来，文学界已经不怎么谈论哲学和思想了，好像文学是一个独立的存在，只用文学本身来解释就可。有一段时间，不仅文学批评界厌倦那种思想家的口吻，文学写作界也极度鄙夷对存在本身作哲学式的讨论，文学的轻，正在成为一种时代的风潮。

正因为此，我对李德南的学术路径有着很大的期许。他硕士毕业那年，果然报考了我的博士，只是，每年报考我的考生有数十人之多，我一忙起来，连招生名录都忘记看，有些什么人来考试，也往往要等到考完了后我才知道。这期间，德南也没专门联系我，等到考完、公布分数，德南可能由于外语的拖累，名次并不靠前，我甚至都无法为他争得面试的资格，成为当年一大憾事，这时我真觉得，那个在上海的会议间隙和我说话的青年，也许过于低调、沉默了。

这其实非常符合德南的性格，一贯来，他都脚踏实地，不事张扬，写文章从不说过头的话，生活中更不会做过头的事，他总是等自己想清楚了、觉得有把握了，才发言，才做事。这令我想起，德南是广东信宜人，地处偏远，但民风淳朴，那里的人实在、肯干，话语却是不多，在哪怕需要外人知道的事上，声音也并不响亮。德南并不出生在此，但那是他成长的地方，他深受故乡这片热土的影响，有这片土地的质朴，也像这片土地一样深沉。他或许永远不会是人群中的主角，但时间久了，他总会显示自己的存在，而且是无法忽略的存在。

在这几年的学术历程中，德南以自己的写作和实践，很好地证实了这一点。

真正的沉默者也会发声的。第二年，德南以总分第一的成绩，顺利进入中山大学攻读博士学位。他对文学有着一种热情和信仰，但他又不放纵自己作为一个写作者的情感，相反，他总是节制自己，使自己变得理性、适度、清明，如他自己所言，他受益于海德格尔"思的经验"，但后来更倾心于伽达默尔为代表的现代诠释学。他更看重的也许正是伽达默尔的保守和谨慎。比起海德格尔式的不乏激烈色彩的思想历险，德南崇尚谦逊、诚恳，以及迷恋洞明真理之后的那种快乐，他曾引用伽达默尔的话作为自己的写作信条："如果我不为正确的东西辩护，我就失败了。"他当然也作出自己的判断，但任何判断，都是经由他的阐释之后的判断，而非大而无当的妄言。与意气风发的判断者比起来，德南更愿意做一个诚实的阐释者。

这也构成了李德南鲜明的学术优势：一方面，他有自己的思想基点，那就是以海德格尔、伽达默尔为中心的思想资源，为他的文学阐释提供了全新的方法和深度；另一方面，他一直坚持文学写作，还出版了长篇小说《遍地伤花》，对文学有一种感性、贴身的理解，尤其在文本分析上，往往既新颖又准确。他从海德格尔、伽达默尔等思想大师身上，深刻地理解了人类在认识上的有限性，同时也承认每个人都是带着这种有限性生活的；从有限性出发的阐释，一定会对文学中的存在意识、悲剧意识有特殊的觉悟——因此，李德南关注的文学对象很广，但他最想和大家分享的，其实只是这些作家、作品中所呈现出来的很小的一部分。他的博士论文《"我"与"世界"的现象学——史铁生及其生命哲学》，就是很好的例子。他把史铁生当作一个整体来观察，从个体与世界、宗教信仰与文学写作等维度，理解史铁生的精神世界以及他内心的挫败感与残缺意识，以文本细读为基础，但正视史铁生的身体局限和存在处境，从而为全面解读史铁生的写作世界和生命哲学，提供了一个现象学的角度。在我看来，《"我"与"世界"的现象学——史铁生及其生命哲学》是目前国内关于史铁生研究最有深度的一部著作。

而李德南会如此认真地凝视史铁生这样的作家个案，显然和他沉默的性格有关。他的沉默、谨言、只服膺于真理的个性，使他不断反观自己的内心，不断地为文学找到存在论意义上的阐释路径，他也的确在自己的研究中，贯彻了这一学术方法。他对史铁生、刘震云、格非等作家个体，对70后、80后等作家群体的研究，都试图在个体经验和真理意识中找到一种平衡，他既尊重个体经验之于文学写作的重要性，也不讳言自己渴望建构起一种真正的"写作的真理"，而且，他乐意为这种真理辩护。这种文学批评中不多见的真理意识，使德南对文学作品中那些幽深的内心、暗昧的存在，一直怀着深深的敬意，他把这些内心图景当作自己对话的对象，同时也不掩饰自己对这些心灵有着无法言喻的亲近感。

因为有着对内心的长久凝视，同时又有属于他自己的"写作的真理"，使得李德南这些年的文学批评有着突出的个人风格；他是近年崛起的80后批评家中的重要一员，但他的文字里，有着别的批评家所没有的思想质地。

我也曾一度担忧，像德南这样偏于沉默的个性，会不会过度沉湎于一种精神的优游，把写作和研究变成玄想和冥思，而远离实学。尤其是蜷缩于一种隐秘精神的堡垒之中，时间久了，很多作家、诗人、批评家，都容易对现实产生一种漠然，批评也多流于一种理论的高蹈，而不再具有介入文学现场的能力，更谈不上影响作家的写作，让作家与批评家实现有效的交流。这是文学批评的危机之一，但多数批评家因为无力改变，也就对此失去了警觉。但李德南对文学现场的深度关注、介入，很快就让我觉得自己对他的担忧纯属多余。我在不同场合，听陈晓明、程永新、弋舟等人，对德南的批评文字、艺术感觉，甚至为人处事，赞赏有加；我也已经察觉到，德南是可以在沉默中爆发的，尽管这样的爆发，不是那种为了引人注目的尖叫，而只是为了发声，为了让自己坚守的"写作的真理"被更多人听见。

沉默与发声，就这样统一在了德南身上。这两三年，每次见到他，还是那种稳重、沉实的印象，但在一些问题的发言上，他往往有锐见，话不多，但能精准地命中要害。他是一个有声音的人。他以沉默为底子，为文学发声，这个声音开始变得越来越受关注。尤其是他在《创作与评论》等杂志上主持栏目，系统地研究 70 后、80 后的作家与批评家，介入一些文学话题的讨论，并通过一系列与文学同行的对话，活跃于当代文学的现场。与北京、上海等文学重镇比起来，德南在广州发出的，有着"南方的声音"的独有品质。他已经有了自己的领地，也开始建构起自己的话语面貌，这些年，以自己的专注和才华，守护着自己的文学信仰，与一代作家一起成长，并为这代人的成长写下了重要的证词。他在多篇文章和访谈中说，自己在写作和研究之外对文学现场的参与——主持研究栏目，发起文学话题，把一代作家作为整体来观察并预言他们的未来，等等，是在求学期间得益于我的启发：在重视文学研究的同时，也不轻忽文学实践，从而让自己的思想落地，让思想有行动力——中国从来不缺有思想者，而是缺能够把一种思想转化成有效的行动和实践的人。这样的说法让我惭愧，但也让我越发觉得，文学并不只是一个个作家编织出的精神的茧，而应是通往世界和内心的一条敞开的道路。事实上，在德南的身上，我也学得了很多，尤其是这些年来，他比我更熟悉文学现场，更熟悉年轻一代的写作，我常就一些新作家、新作品，征询他的意见，倾听他的观点，并从中受益。教学相长，在我和德南身上，还真不是一句空话。

直到现在，在我召集的师友聚会中，德南更多的还是一个沉默者，即便他做父亲了，告诉我们这个消息时，语气也是平和、节制的，但他在文字里的发声，却已经越来越成熟。他很好地统一了沉默与发声的学术品质，也很好地处理了文学沉思与文学实践之间的关系，正如他讨论的文学场域越来越宽阔，但对文学的信念、对自己如何阐释和为何阐释却有了更坚定的理解。他的研究格局很大，他的声音也柔韧有力、辨识度高——在我心目中，这个时代最值得倾听的文学声音之一，有他。

2015 年 5 月 6 日，广州

谢有顺，中山大学中文系教授、博士生导师

辑一 | 文心与史识

空间的凝视与思索

——理解新世纪以来城市文学的一个角度

进入新世纪以来，城市文学的书写在逐渐增多，也出现了不少新的变化。其中，对空间问题的关注，成为不少作家的共同兴趣。他们或是以空间作为书写城市文学的方法，或是在写作中凝视各种形式的空间，通过思索空间的意蕴来拓宽、拓深个人对城市、人生还有新文明等领域的认知。

首先值得注意的是，新世纪以来的城市文学和之前的城市文学相比，所涉及的经验范围有较大的拓展。这种拓展，又和空间的生产与拓展有很大的关系。在现代思想的视野中，空间本身就是一个重要的问题。在吉登斯看来，"现代性的动力机制派生于时间和空间的分离和它们在形式上的重新组合"[1]。全球化时代的到来，则使得时间进一步是以空间的形式来体现的，很多问题都已经空间化了。列斐伏尔甚至认为，当今时代的生产，已经由空间中事物的生产转向空间本身的生产。"空间在目前的生产模式与社会中有属于自己的现实，与商品、货币和资本一样有相对的宣称，而且处于相同的全球性过程之中。"[2]以文学作为考察对象的话则会发现，在以往的写作中，不管是城市文

---

[1] ［英］吉登斯：《现代性的后果》，田禾译，译林出版社，2012 年，第 14 页。

[2] ［法］列斐伏尔：《空间：社会产物与使用价值》，收入《现代性与空间的生产》，包亚明主编，上海教育出版社，2003 年，第 48 页。

学还是乡土文学，大多是在中国的范围内，以城市—乡村的架构来书写人们的生存经验。然而在今天这样一个全球化的时代，地球本身也成了"村"，空间的距离进一步缩小了，新的生存经验已经撑破了以往的城市—乡村的架构，作家们也开始在中国—世界的架构中描绘他们眼中与心中的文学图景。

由此，我想到两篇同样命名为《故乡》的小说，一篇出自鲁迅，一篇出自蒋一谈。1921 年，鲁迅写下了他的重要作品《故乡》。在这当中，我们首先可以读到这样一个故事："我"——"迅哥儿"——冒了严寒，回到相隔两千余里、有二十余年未曾回去的故乡。"我"是一个知识分子，这次回乡并没有多少好心情，因为回乡的目的是为了告别，是为了卖祖屋，"搬家到我在谋食的异地去"[①]。这里所说的"异地"，指的是中国的城市，不一定是大都市，也有可能是小城镇。至于具体是哪里，小说中并没有说明。时间到了 21 世纪，在蒋一谈的《故乡》中，所看到的已经是另一幅景象。蒋一谈的《故乡》的主角同样是一位男性知识分子，更具体地说，是一位文化批评家。此时他正置身于美国，在午夜遥想他的故乡。鲁迅《故乡》中的"我"之所以离开故乡，是为了到异地"谋食"；蒋一谈《故乡》中的"我"，则是为了去美国探望女儿和外孙女。而不管是回归，还是回归后的出走，两篇小说中的"我"的感受都是非常复杂的。鲁迅《故乡》中的"我"，似乎是因为无法忍受故乡的落后、贫穷与蒙昧而出走，涉及的是乡土世界和知识分子自身的启蒙问题。蒋一谈的《故乡》则注意到了各种新的生存经验：跨语际的话语交流的困难、全球化时代的文化差异、民族主义和世界主义在新时代的冲突……由此可以看到，两篇小说的叙事模式虽有相通之处，但所涉及的主题与问题有非常大的差异。这种差异，则与现实生活中空间的拓展以及相应的生存经验的拓

---

① 鲁迅：《故乡》，《鲁迅全集》第 1 卷，人民文学出版社，2005 年，第 501 页。

展有很大的关系。

除了蒋一谈的这篇同题小说，还可以把徐则臣的《耶路撒冷》与鲁迅的《故乡》放在一起进行对读。这两篇小说里有一个相同的情节：回老家去变卖祖屋。"迅哥儿"变卖祖屋是为了扎根城市，是为了"到城里去"；初平阳之所以变卖祖屋，却是为了"到世界去"，是出于对耶路撒冷及其所蕴含的宗教精神的向往。在《耶路撒冷》与蒋一谈的《故乡》中都可以看到，小说所涉及的生存经验的范围显然扩大了。这种扩大，使得蒋一谈的《故乡》和《耶路撒冷》获得了某种独特性，从而与当下那些同质化的、无新意的作品区分开来。徐则臣和蒋一谈还都敏感地注意到新的问题，比如说，在一个全球化的时代，我们要重新定义故乡。当我们在新的世界视野或世界体系中思考故乡，故乡就不再一定意味着是乡村，而可能就是城市，甚至就是中国本身。故乡经验的生成，不再局限于中国内部的城—乡对照，而可能是来自中国与美国、日本等多个国度的比较。

另外，对空间的重视，也体现在深圳等新城市的城市文学写作热当中。我在读邓一光、吴君、蔡东、毕亮、陈再见等作家的作品时，注意到一个现象。他们的写作，都具有极其鲜明的空间意识。他们的城市书写，是以空间作为切入点的，也可以说，是以空间作为方法。他们之所以采用这样的书写方式，则和深圳这个城市的特点有非常直接的关系。

深圳是一个在改革开放几十年中发展起来的城市，其历史线条非常简单，并不像北京、西安、南京那样有曲折的、深厚的历史。深圳的一切，看起来都是新的。它是一个绝对现代的城市。而对于这样的新城市来说，具体的书写方法和老城市也并不一样。对于北京、西安、南京等老城市而言，时间是比空间更为值得注意的因素，或者说，其空间是高度时间化的。北京、南京等老城市的魅力通常来自时间的流逝与积淀。围绕着这些城市而写就的作品，也往往是从时间或历史的角度入手，形成独特的叙事美学。王德威在为葛亮的长篇小说《朱雀》写序时，便首先是对南京的历史作一番追溯，在历史的视野中发掘并确认《朱雀》的魅力："在古老的南京和青春的南京之间，在历史忧伤和传奇想象之间，葛亮寻寻觅觅，写下属于他这一世代的南京叙事。"[1] 邱华栋在回顾个人在北京生活的二十余年经历时，则谈到北京在现代城市改造中所发生的变化，看到了"老北京正在迅速消失，而一座叫做国际化大都市的北京正在崛起"。[2] 然而，他并不认为老北京就此失魂落魄，而是认为"老灵魂"依然存在，"主要是存在于这座城市的气韵中。这是一座都城，有几千年的历史，纵使那些建筑都颓败了，消失了，但一种无形的东西仍旧存在着。比如那些门墩，比如一些四合院，比如几千棵百年以上的古树，比如从天坛到钟鼓楼的中轴线上的旧皇宫及祈天赐福之地，比如颐和园的皇家园林和圆明园的残石败碑。我无法描述出这种东西，这种可以称之为北京的气质与性格的东西。但它是存在的，那就是它的积淀与风格，它的胸怀，它的沉稳与庄严，它的保守和自大，它的开阔与颓败中的新生"[3]。金宇澄在其备受关注的《繁花》中，也正是从类似的一衣一饭等细部入手，来重构"老上海"的多重面孔。

在以前，一个城市的发展，往往需要经过漫长的时间积累，因此，从时间入手书写城市是具有方法论上的普适性的。张定浩在一篇尝试对"城市小说"进行重新定义的文章中所给出的第一条定义便是认为"城市小说是那些我们在阅读时不觉其为城市小说但随着时间流逝慢慢转化为城市记忆的小说"。[4] 他从接受美学的角度入手，认为城

---

① 王德威：《归去未见朱雀航》，引自葛亮：《朱雀》，作家出版社，2010 年，第 11 页。
② 邱华栋：《人的城》，《美文》2017 年第 5 期。
③ 同上。
④ 张定浩：《关于"城市小说"的札记》，《上海文化》2014 年第 11 期。

市小说所提供的阅读经验和城市居民的生活经验是一致的，"唯有游客和异乡人，才迫不及待地通过醒目的商业地标和强烈的文化冲突感知城市的存在，对那些长久定居于此的人来说，城市在一些不足为人道的细枝末节里。"① 这一认知很有见地。然而，张定浩提出的原则，对于深圳这样的新城市来说，又几乎是失效的。作为在改革开放中迅速崛起的新城市，深圳缺乏深厚的历史底蕴和醇厚的城市记忆。深圳是一座快速成形的城市，给人的感觉，就像是一部按了快进键的电影。它所经历的时间过于短暂，几乎是无历史感的，也是无时间的。相比之下，它好像只有今生，而没有前世。因着历史感的缺失，空间的效应则更为突出。

深圳作为一座城市的魅力，也不是源自时间而是源自空间，尤其是具有理想色彩的公共空间。很多人在想起深圳的时候，往往想到的不是时间，而是深圳的空间，是深圳的万象城、市民中心，是仙湖、红树林，等等。同样是和深圳这座城市的形成方式有关，邓一光、吴君、毕亮等作家在书写深圳这座城市时都会突出其空间因素，尤其是邓一光。迄今为止，邓一光已经出版了三部深圳题材的中短篇小说集。他干脆将写深圳题材的第一部短篇小说集命名为《深圳在北纬22°27′～22°52′》，收入书中的九篇小说，有七篇的题目和深圳的公共空间有直接的关联：《我在红树林想到的事情》《宝贝，我们去北大》《所有的花都是梧桐山开的》《万象城不知道钱的命运》《深圳在北纬22°27′～22°52′》《离市民中心二百米》《在龙华跳舞的两个原则》。只有《乘和谐号找牙》《有的时候两件事会一起发生》这两篇是例外的。中短篇小说集《你可以让百合生长》也同样如此，收入其中的十三篇小说，有九篇以非常直接的方式标明了小说的叙事空间：《北环路空无一人》《你可以看见前海的灯光》《一直走到莲花山》《台风

① 张定浩：《关于"城市小说"的札记》，《上海文化》2014 年第 11 期。

停在关外》《要橘子还是梅林》《出梅林关》《杨梅坑》《如何走进欢乐谷》《想在欢乐海岸开派对的姑娘有多少》。他的第三部以深圳作为主要的叙事空间的中短篇小说集则被命名为《深圳蓝》,十篇小说中也有三篇提到深圳或深圳的公共空间:《深圳河里有没有鱼》《深圳蓝》《与世界之窗的距离》。除了邓一光,毕亮也把他的一部小说集命名为《在深圳》。"在深圳"不仅标明了故事发生的空间,更指向一种独特的存在状态——流动的、迅速变化的、充满不安的城市经验,是毕亮这部小说的重要书写对象。作为一位自觉的、自知的城市书写者,他还将个人的另一部小说集命名为《地图上的城市》。

对于许多并无在深圳生活的经验、不熟悉深圳的读者而言,也许会觉得这种做法非常简单粗暴,写出来的作品会有些不自然,甚至是非常造作的,但是这种处理方式符合深圳的实际状况,也是对许多深圳人存在处境的直接揭示。深圳是一座移民城市,土著居民只有三万左右,此外的一千多万人口大多来自内地或广东别的地方,是成年之后才移居至此。他们之所以来到这座城市,首先是被这座城市的公共空间吸引。他们当中的绝大多数人无力在这个城市购买住房,尤其是众多打工者,通常住在狭窄的宿舍或杂乱的出租屋里。这些私人空间又不足以承载他们的"深圳梦",因此,他们的所思所想与行动往往是在公共空间中展开的。

通过对公共空间与人的关系进行凝视与思索,从而展现新城市的生活现实,已经成为深圳作家讲述深圳故事的一种方法。大卫·哈维在《巴黎城记》等著作中,曾把社会政治、经济变革、个人命运、城市地貌与建筑风格等融为一个有内在结构的思想体系,借此揭示空间的多重意蕴。深圳作家在以空间作为方法来写作城市文学作品的时候,也呈现出类似的立场,部分地采用了类似的方法——政治经济学式的考察与书写。比如说,在《离市民中心二百米》当中,邓一光就如哈维一样,重视探讨城市空间与社会公正的问题。正如哈维所一再强调的，空间并不只有物理属性，还带有政治属性与经济属性，因此可以从空间入手讨论政治问题与经济问题。《离市民中心二百米》中所写到的深圳市民中心位于深圳市中心区中轴线上，是深圳的标志性建筑，被称为深圳的"市民大客厅"。它实际上是深圳市政府的所在地。将市政府改称市民中心，则意在体现以下理念：第一，有效政府的理念——要求政府与其他非政府组织、市民一起形成复合的结构，政府与市民共享信息与文明。第二，开放政府的理念——市民中心的大型开放式平台使其开放功能得以凸显，市民中心以开放理念促进信息分享，其软硬件建设都体现政府的开放意识。第三，服务政府的理念——"服务政府"的本质是"有限政府""法治政府"和"民主政府"，这些理念亦通过完善的服务系统得以落实。在写作这篇小说时，邓一光显然非常熟悉"市民中心"的种种空间意蕴并通过小说的形式与之展开对话。小说的主角是一对恋人，"他"与"她"都来自农村，通过奋斗都拥有了户口，也拥有了属于自己的房子。住在"离市民中心二百米"的地方，令"她"觉得骄傲、自豪，也增加了"她"对深圳的参与感与认同感：

> 她喜欢宽敞、亮堂、洁净和有条不紊的地方。怎么说呢，孕育她的地方是窄小、阴暗和混乱无章的，学习、成长和工作的地方同样如此。人们总说，一个人最终只需要三尺没身之地，但那是灵魂出窍之后的事。难道她只能在三寸子宫、五尺教室和七尺工作间里度过她的全部生命？
> 她应该走进更宽阔的地方。她迷恋成为宽阔之地主人的那种自由感觉。①

---

① 邓一光：《离市民中心二百米》，《深圳在北纬22°27′~22°52′》，海天出版社，2012年，第62页。

于"她"而言，以市民中心为代表的深圳，是一个可以实现个人价值的"希望的空间"。不过，如果这篇小说仅仅停留于此，那么它只会成为城市生活的一曲颂歌，是对"城市让生活更美好"这一城市发展主义的意识形态的再现。这篇小说更为开阔之处在于，它通过"她"的视角发现了一个问题：并非这个城市的每个人都能享受官方所许诺的市民权利。小说中写到一个来自农村的清洁工，他从来没有进过市民中心，也从来不曾想过走进市民中心。他的出身与社会身份，使得他在物理学的意义上距离市民中心非常近，在存在学的意义上却离它很远。他甚至觉得，自己虽然在深圳工作，但是并不属于深圳，"我只知道，我不是深圳人，从来不是，一直不是"[1]。深圳于他，只是谋生之地，而非流着奶与蜜的应许之地，并不是一个"希望的空间"。他也不曾体会过那种"成为宽阔之地主人的那种自由感觉"。相反，"在而不属于"，是他独特的存在状态。

在《十七英里》《关外》《天鹅堡》等作品中，吴君则不断地写到了不同空间所代表的阶层的差异。比如生活在关外的人，会觉得只有生活在关内才真正算是住在深圳，在关外是不算的。而这种"不算"，既可能成为人奋斗的动力，也可能成为异化人的力量。吴君也注意到了空间从政治、经济层面对人的塑造，注意到了不同空间对人的喜怒哀乐的影响。

还需要注意的是，在当下，以城市为空间来探讨新文明的问题的写作也在逐渐增多。想要了解当前时代的根本特点，有必要特别注意科学、技术、新媒介这些因素。因为正是它们的存在，使得我们的社会发生了很大的改变，甚至是根本性的改变。这些因素所形成的合力，可以称之为新文明，在新文明的影响下，必然会形成一种新的生活方式。而现代城市，早已成为现代文明最为集中的空间。今天的北

---

[1] 邓一光：《离市民中心二百米》，《深圳在北纬22°27′~22°52′》，海天出版社，2012年，第68页。

京、上海、广州、深圳等城市的面貌之所以有这么大的改变，新文明的影响，可以说是决定性的。从最深的层次上来讲，城市文学要回应的，也正是新文明所带来的问题。城市文学需要表现这种生活，也需要对这种生活背后的逻辑进行深入的揭示和有原则高度的批判。

在2017年之前，从这个角度来进行文学探索和思想探索的，主要是刘慈欣、韩松、郝景芳、飞氘等科幻作家，王威廉和蔡东等作家也有一部分这样的写作，但数量并不算多。蔡东的《净尘山》里的深圳，尤其是华跃生活圈，是新文明密集之地。张倩女和她的同事们在这里过着一种很典型的现代生活。这里讲求有多少付出就有多少回报，一切按能力行事。好像所有的一切都符合逻辑，完全具有合理性。然而，不管是在张倩女还是她的同事身上，异化都成为一种普遍存在的现实。他们都有着过得去的甚至是令人羡慕的职位与薪水，但他们也因为过于繁重的工作而早衰，在重复劳动中对工作对生活感到厌倦。他们富足，却很难感受到自由。在他们的周遭世界里，一切的事物似乎都有两面性甚至是多面性。小说中有一段关于张倩女的心理感受或许具有典型意义："她刚站起来，就察觉到一股压迫的力量形成合围之势，渐渐逼近她。十面埋伏。她瑟缩着重新坐下去。毫无疑问，她的敌人更加阴沉强大，那是一个裹挟着整整一代人的庞大而严密的系统，像一个深深的坑洞，让她怎么爬都爬不出来。"[①] 这个"庞大而严密的系统"，或许就是海德格尔在《林中路》《演讲与论文集》等后期著作中一再提到的"座架"或"集置"吧。"座架"是现代技术的本质，"座架"席卷一切，操纵一切，把所有人所有事物都纳入可计算、可控制、可利用的范围。在这里面，好像一切都是可以把握的，然而一切又都像处于脱序的状态，个体既无法看清自身，也无法看清自己所置身其中的世界。

---

① 蔡东：《净尘山》，《我想要的一天》，花城出版社，2015年，第117页。

对新文明的反思，在王威廉的《老虎来了》《后人类》等作品中也有不少展现。《老虎来了》开头写到一个绰号叫"老虎"的人要来广州，老虎是"我们"的好朋友，虽然七八年没见，但他那五次未遂的自杀，让"我们"印象深刻。老虎何以至此，小说并没有给出明确的答案，老虎本人认为这是一种冲动，类似于渴了想喝水的念头。张闳在评论中曾认为，这是"一个秘而不宣的谜底"。① 但事实上，这个谜底也并非无可求索，无从敲开。老虎的那种紧张与不安，乃至自我弃绝的念头，其实与科学理性和技术文明的进步大有关系——正是科学的发展、技术的广泛应用，使得现代社会，特别是现代城市成为璀璨的景观。它适于观看，却不一定适合长期居住。置身于城市，人有时候会像吸食了致幻剂般兴奋、沉醉。如西美尔在《大都会与精神生活》一文中所说的："都会性格的心理基础包含在强烈刺激的紧张之中，这种紧张出生于内部和外部刺激快速而持续的变化……瞬间印象和持续印象之间的差异性会刺激他的心理。"② 这就是现代城市所创造的心理状态，借此，我们可以很好地理解为什么"老虎"和他的一帮朋友站在广州的地标性建筑广州塔上眺望夜景时，会觉得目眩神迷，内心会如眼前的夜景一般浩瀚与迷蒙。兴奋与沉醉过后，他们又会觉得焦虑、不安，缺乏安全感，也无从确证个人意义。对他们来说，现代城市的生活就是绝境：美到极致，但它那丑陋、冰冷的一面，也让人无法忍受。敏感而脆弱的现代人，有时候难以承受这种极端的正与反。

蔡东和王威廉都试图对这种新文明、新生活背后的逻辑进行反思和揭示。而诸如此类的探索，从 2017 年开始，一下子多了很多。这里面有一部分作品，可划入城市文学的范畴，另一部分则很难完全用

---

① 张闳：《一个秘而不宣的谜底》，《南方日报》2012 年 11 月 25 日。
② ［德］西美尔：《大都会与精神生活》，《时尚的哲学》，费勇、吴蓉译，文化艺术出版社，2001 年，第 186–187 页。

城市文学来框定，而是属于科幻文学的范畴。《花城》《作品》《青年文学》《上海文学》等刊物，都先后推出了或计划推出科幻小说的专辑或专号。王十月、弋舟、赵松等不少作家，都开始着手写科幻小说。科技的问题，还有科幻文学，也开始成为诸多文学活动、学术会议、学术刊物的重要议题。这和新文明的加速度发展并且比以往更迅速地影响到我们的生活，甚至影响到人类自身的存在有很大的关系。尤其是人工智能的迅猛发展，使得人的主体性，以及相应的人文主义的种种知识和价值都受到巨大的挑战，从而形成了存在论、知识论和价值论等层面的多重危机。这是一个很值得讨论的现象，从某种意义上甚至可以说，这是中国当代文学的一次科幻转向。这种转向的意义，由于时间距离还没有拉开，也由于这种转向后的文学实践还没有进一步铺开，目前我们还很难判断其意义到底有多大。可以肯定的是，这次的科幻文学写作热，可能使得科幻文学脱离类型文学的范畴，而成为对当下最重要的现实的有力表达。另外，科幻文学热，也包括城市文学写作热，都有助于拓宽我们的思想疆域和文学疆域。正如李敬泽所指出的："科幻文学不仅仅是关于线性时间上的对未来的想象，科幻文学说到底是以科学和技术的名义，对于人类生活更加广阔的可能性的设问、探讨，是理智和情感上的冒险……关于人类的共同生活和命运，关于人类生活的实然和应然等等，科幻文学都形成了思想、观念、想象的新的地平线，指向广大的未知之域。"① 由此，这既是一个重要的思想转向，同时也很可能是一个重要的文学转向。20世纪70年代以来出生的青年作家，以往大多是着力于以精巧的叙事来创造一个精致的世界。他们的写作的文学性是非常高的，但在此之外，青年作家的思想格局和文学格局，也还显得有些狭窄。尤其致命的是，宏观地、总体性地认识时代和人的写作抱负，在青年作家身上并不多

① 李敬泽：《总体性和未知之域——在上海国际文学周"科幻文学的秘境"主论坛的发言》，《青年文学》2017年第10期。

见。考虑到他们已逐渐成为文学创作的主力，如果上述问题不能得到及时的克服，则中国当代文学的未来很可能是黯淡的。而借着这次科幻热，青年作家有可能会充分打开思想和文学的视野，进而获得一种新的叙事精神——它植根于我们的时代和未来，是有想象力、洞察力和预见性的，有真正意义上的思的发现与艺术的洞见，能够让我们借此更好地认识人类自身，更好地理解我们的文明，理解我们的时代。而随着这样一种叙事精神的形成和持续照亮，文学也有望重新成为思想变革的策源地，成为思考可能世界的重要参照，为当下的和未来的社会生活提供文学性的智慧。

加前缀的现实主义

——对当前现实主义写作实践的观察

　　1854 年，法国现实主义的文学大师福楼拜曾在一封书信中谈到："我们这个时代的首要特征就在于历史感。这一历史感强调历史与眼前事实的联系。所以我们在这一历史感的影响下无不专注于事实层面的观点、考察。"[①] 在福楼拜所生活的时代，对于"历史"与具体的、可观可感的"眼前事实"之联系的强调，是现实主义认识论的中心特征。在那时候，现实的变化是慢的，允许人们徐徐感知，从容打量。未来的面影，总要经过挺长的一段时间才出现在人们眼前。人们甚至会经常觉得日光之下，并无新事。偏重"以史为鉴"来理解眼前的现实，是一种有效的方法。然而从 20 世纪以来，情形已大不相同。现实的种种构成因素，开始加速度地分化与重组、消亡与再生。要对现实进行判断，需要比以前更敏锐。历史依然非常重要，但新现实的不断涌现，导致了一种认识的断裂。如今，要认识现实，在以史为鉴的同时专注于未来，变得非常重要。如果不能对未来有所认知的话，我们所试图理解的现在会迅速地成为过去，甚至根本就把握不住现在。现实与未来之间的关联，开始变得前所未有的紧密，似乎未来就是现在；对现实的洞察力和对未来的想象力，也早已变得不可分割。

---

① 转引自［美］诺克林：《现代生活的英雄：论现实主义》，刁筱华译，广西师范大学出版社，2005 年，第 16 页。

现实在加速度地变化，时间在加速度地前进，风云变幻之快，似乎开始超出人们的预期和想象。文学也同样如此。在很长一段时间里，乡土文学一直是中国当代文学的主潮。从中国当代文学以往的发展轨迹来看，在乡土文学主潮之后，城市文学应该是顺势而生的文学主潮。可是城市文学这一后浪还没来得及呈澎湃之势，更新的科幻文学浪潮就出现了：刘慈欣、郝景芳先后获得了被誉为科幻界最高级别的奖项"雨果奖"。《花城》《上海文学》《作品》《青年文学》等刊物，先后推出了或计划推出科幻小说的专辑或专号。不少之前主要被认为是属于纯文学领域的"传统作家"，都开始着手写科幻小说。科技的问题，还有科幻文学，也开始成为诸多文学活动、学术会议与学术刊物的重要议题。文学主潮的发生，并没有按照乡土文学、城市文学、科幻文学的顺序来推进，并且城市文学很可能在中国当代文学中已经无法形成主潮了。城市文学，也包括乡土文学，很可能会被科幻文学所吸纳，或是被科幻文学的浪头所覆盖，成为一种相对隐匿的存在。

值得注意的是，在这一股的科幻文学写作热中，有一种可称之为未来现实主义的写作路径。李宏伟的《国王与抒情诗》《现实顾问》，王十月的《如果末日无期》，王威廉的《野未来》《地图里的祖父》，郝景芳的《北京折叠》《长生塔》，都属这一范畴。未来现实主义这个提法，我最早是在读李宏伟等人的作品时想到的。后来我发现，王十月在《如果末日无期》中已经开始使用这个词来命名他最近写的科幻小说，不过他在小说里并没有对何谓未来现实主义进行阐释。这些作家的上述作品，通常以新的现实主义认识论作为根基。相比于以往现实主义者对"以史为鉴"的偏重，他们更重视的是"以未来为鉴"，是要以未来作为方法。这些作品的故事时间多是发生在不久的将来，有时候也直接写到当下。这些作品中的将来，离我们着实不远，甚至很近。故事中的一切，虽然并非都已发生，有的很可能不会发生，但是作者所设想的一切，都是有现实依据的或是有现实诉求的。他们都表现出一种意愿，希望看到未来的不同景象，从而更好地理解当前的现实；或者说，他们试图勾勒或描绘形形色色的可能世界，继而做出选择，力求创造一个最合适的现实世界。

这样一种写作，可以说是当下非常有现实感的写作。这些作家所注目的现实，不是陈旧的甚至是陈腐的现实，而是新涌现的现实：现代技术在加速度地改变着我们的生活，甚至是改变着人类自身。尤其是人工智能的迅猛发展，使得人的主体性，以及相应的人文主义的种种知识和价值都受到巨大的挑战，形成了存在论、知识论和价值论等层面的多重危机。

这种未来现实主义的写作，和之前的现实主义写作的不同之处还在于，传统的现实主义非常强调细节描绘的细致和场景再现的逼真，而在当前的未来现实主义的写作中，作家们不再致力于照相术式的逼真再现，而是吸纳现代主义、后现代主义文学的表现方法，努力抓住基础性的真实：当今世界是一个高度技术化的世界，技术几乎延伸到了一切跟人有关的领域。我们在生活中所遇到的种种问题，其实是跟技术的问题叠加在一起的。不管是讨论肉身的还是精神的问题，是讨论经济的还是政治的问题，其实都需要以科技作为背景或视野——这可以说是当前时代的根本特点。

其实早在多年前，海德格尔就指出，西方历史是由这样三个连续的时段构成的：古代、中世纪、现代。古代里起决定性作用的是哲学，中世纪是宗教，现代则是科学；现代技术则是现代生活的"座架"，是现代世界最为强大的结构因素。最近几年，人们着实体会到了现代技术的"决定性作用"，并因此产生了一种存在的兴奋感或紧迫感。那些被认为是属于纯文学领域的"传统作家"之所以关注科幻文学并写作科幻文学，并不是因为以前主要是作为类型文学而存在的科幻文学有多么重要，而是今天的现实让科幻文学这一文学样式变得无比重要。与此相关，王威廉最近在一篇创作谈中谈到他有意尝试一种可称之为"科技现实主义"的写作，李宏伟则把自己视为一位"现实作家"，他们都把自己的写作看作是现实主义的。

虽然当前的现实主义写作有新的变化，但是现实主义的一些典律并未过时，比如从总体上认识人和社会的诉求。对社会的未来和人的未来的发展趋势进行总体把握，仍旧是文学至关重要的任务。只是在今天，总体性或总体视野比之前要宽广得多——不只是从社会历史的世界视野来认识现实，更是要从宇宙的视野来认识现实。在这样一个视野中，我们可能会发现，人类正处在经验断裂、知识失效、价值破碎的境况之中，我们得重新认识人类自身，得重新认识我者和他者的关系，得重新认识人和宇宙的关系。

除了未来现实主义和科技现实主义，早在多年前，就有学者提出科幻现实主义的概念，用以强调科技和现实、科幻文学与现实及现实主义的关联。新一代的科幻作家陈楸帆亦认为，"科幻是最大的现实主义"。这种种有关科幻文学和现实主义的命名，其内里有相通之处，也各有侧重：未来现实主义侧重的是从认识论、方法论的角度入手，强调要以未来作为方法。科技现实主义则从内容、主题的角度入手，侧重强调技术已成为当今世界最重要的结构因素，强调当代世界的高度技术化这一根基性的现实。科幻现实主义，则侧重强调科幻小说这一文学样式对于探讨现实问题的意义。

安敏成在梳理现实主义这个词在西方的晚近历史时曾这样说道："对于西方批评家来说，它已成为那些令人尴尬、看来要求助于印刷手段以示区分的批评术语中的一个；在使用这个词时，他们常常要加上引号，或以大写、斜体等方式书写，以期使自己与它所假定的、现在已十分可疑的认识论拉开距离。当批评家可以轻松地谈论古典主义、表现主义，甚至是浪漫主义而不用担心自己会草率认可支撑它们的模式及理论前提的时候，最近有关'现实主义'的讨论却无一例外地开始于对该词的自卫性限定。以语言学为基础的当代批评已卓有成效地颠覆了那种认为一个文学文本可以直接反映物质或社会世界的现实主义假象：读者们被提醒，一部小说是一种语言建构，其符号学身份不能被忽略……西方当代的现代中国文学批评家们，敏感于文学模仿论之中的诸多哲学困境，甚至已经厌倦谈论现实主义。"[①]安敏成指出了现实主义的理论困境，但他同时指出，西方人并未完全抛弃这个词，"尽管有种种异议，现实主义仍然强有力地规范着西方文学的想象"[②]。而在中国，现实主义一直是一个非常重要的概念。当然，现实主义如此紧密地和科幻小说联系在一起，还是让人有些意想不到。

对于这种为现实主义一词加上未来、科技、科幻等前缀的方式，我并不排斥。我认为这是一种调整方式且认为这些词的内涵尚有待进一步深化，亦有待进一步接受检验。如果现实本身是变动不居的，那么也应该把现实主义视为可以不断调整实际上也在不断调整的概念和方法论，加前缀未尝不是调整的一种方式。也只有在调整与更新当中，现实主义才能保持应有的活力和效力。这是真正的现实主义精神，也是现实主义的魅力所在。

---

① ［美］安敏成：《现实主义的限制：革命时代的中国小说》，姜涛译，江苏人民出版社，2011年，第4—5页。

② ［美］安敏成：《现实主义的限制：革命时代的中国小说》，姜涛译，江苏人民出版社，2011年，第5页。

文学批评的危机时刻

——关于批评性批评的缺席

　　批评性的批评在减少，被很多人视为当下的文学批评的一个大问题，甚至是文学批评的一个危机时刻。对于文学批评而言，最基本的要求就是好处说好、坏处说坏，然而在当下，这一最为基本的要求似乎也变得难以达成了。好处说好、坏处说坏本来是一体的，如今却分裂开来：批评成了尽力往好的方面说，专选好的方面说，或者成了只选坏的方面说，对好的方面则熟视无睹。溢美的批评和挑刺的批评作为批评的两极，本来并不多见，如今却成为最为常见的形态；不少报刊在定位上也颇为鲜明地两极分化，要么只发溢美的批评，要么只发挑刺的批评；甚至有的批评家也被不少刊物作了两极化的设定。特别令人们感到不满的是，溢美的批评越来越多了。你看，名家的新作一旦出现，很多学术刊物都会在极短的时间内组织并推出评论专辑，媒体的宣传铺天盖地，新书发布会、读者见面会、新书分享会接二连三，令人目不暇接，学术研讨会一场接一场，各种奖项也唾手可得。这些让人觉得，名家们宝刀未老老当益壮，很多作品都非比寻常非读不可。然而，一旦读者与作品真正相遇，所得的却时常是失望和怀疑。不单是对作品、作家会有失望和怀疑，对批评家也同样如此。如此平庸的作品，好评竟然如此之多，评价居然如此之高。不少读者觉得，这样的批评是失信的，批评家并没有承担起相应的好处说好、坏处说坏的责任，因而是失职的。面对平庸之作，保持沉默的批评家不是没有，可是沉默，也未尝不是一种失职。批评家呢，对于读者的种种反应，既可能觉得为难，也同样觉得失望和怀疑。对于有的批评家来说，他们觉得所评的作品颇有可观之处，瑕疵不是没有，只是并不是那么重要，不谈也罢。有的批评家则觉得，公众的判断并不准确。批评家所评的作品涉及的问题如此复杂，读者们的视点却如此单一，诉求如此简单，判断也如此轻率。因此，这并不是批评家的问题，也不是作家作品的问题，而是读者自身的问题。还有一些批评家，对作品是有不同意见的，也试图写文章表达不同的意见。文章写出来后，虽然不是绝对没有发表的空间，但是在批评界和学术界有着很高地位的刊物并不敢刊登或是不乐于刊登。批评家发表这样的批评文章，明里暗里总会遭遇一些压力和阻力。别说是对名家新作提出批评会是如此，甚至针对一些年轻作家的作品提出温和的批评，对方也觉得难以接受，久久不能释怀。作家们普遍希望批评家关注自己的作品，却不希望批评家公开谈论自己的作品所存在的问题。他们担心一旦公开谈论，自己的作品在评奖时就会失去优势，也会失去读者。在批评家、作家和读者之间，分歧一直无法弥合，隔膜总是存在，共识始终是破碎的。这样的时刻，难道不是文学批评的危机时刻？

对于这些问题，我并不想轻易地下结论，也无法轻易地下结论。我只是觉得，稍微站远一些去看的话，问题会变得更清晰。严格地说，当下的这种种状况，并不是全新的现象。比如说，在以往的文学批评史中，因政治或道德的因素而对作家、作品展开激烈的批评或热烈的肯定是颇为常见的。纳博科夫的《洛丽塔》、劳伦斯的《儿子与情人》等作品，都曾因为所写的内容冒犯了当时的道德准则而受到严酷的批评。在特定的年代，因为政治意识形态的因素，也可能会特别肯定或否定某一种类型、某一种风格的文学。在中国现当代文学批评史上，我们可以看到非常非常多的例子。新文学和通俗文学的地位就是如此。正如汤哲声所指出的："自新文学在'五四'时期登上文坛，新文学的批评标准一直是中国现当代文学主流的价值判断。新文学的批评标准由'五四'新文学作家的理论建设和创作实践建构而成……'五四'时期新文学作家登上文坛以后，就将通俗文学视作为批评对象。他们提倡'人的文学'，将通俗文学视为'非人的文学'，代表言论是周作人的《人的文学》。20世纪30年代以后，'左联'作家提倡无产阶级文学，又将通俗文学视作为'封建文学''小资产阶级文学'，代表言论是沈雁冰的《封建的小市民文艺》。众多评论者将通俗文学视作不严肃、不正经的文学，甚至是'黄色小说'或者'黑色小说'。这种观念至今犹存。既然是不正经、不严肃的文学，通俗文学所有的表现理所当然被看作为毫无价值。"[1] 文学评价标准的设定和具体判断的给出，固然有文学自身的因素，可是也不乏政治意识形态的原因。在新文学的内部，因政治或道德的因素而对不同的作家作品进行激烈的批评或热烈的肯定的现象也同样存在。沈从文、张爱玲、钱锺书等人及其作品在20世纪的显与隐、升降与浮沉，都与此有关。在新中国成立后很长一段时间里，沈从文曾被有意识地遗忘了。沈从文之所以被遗忘，如汪曾祺所言，有"政治上和艺术上的偏见"。这种状况的存在，并不是一个短期的现象，至今也很难说就完全消失了。因经济方面的因素而对作家、作品展开激烈的批评或热烈的肯定也同样很常见。文学具有艺术属性，然而，一部文学作品在进入文学市场得以流通之后，就具有了商品属性。这时候，针对作品本身的批评就构成了文学作品的宣传的一部分。既然是宣传，则一部作品的价值和意义是需要被充分挖掘的，甚至是夸大的。作家和读者对于批评的拒绝和不认可，也并不是什么新鲜事。对于大多数人来说，天性就喜欢被人肯定而不是被否定；在遭到批评时，即使在理智上认同，在

---

[1]　汤哲声：《如何评估：中国现当代通俗文学批评标准的建构和价值评析》，《学术月刊》2019年第4期。

情感上也可能是难以接受的。更何况在写作者当中，心高气傲者不在少数，要接受批评性的意见更是比一般人要难。作家讽刺、诋毁批评和批评家的言辞，可以说是连篇累牍的。斯威夫特就把批评家视为"知识界的雄蜂"，认为"他们吞噬蜜糖，自己却不劳动"。在斯威夫特看来，和作家的工作相比，批评家的工作是没有创造性的。批评家因为自身视角的偏差、审美趣味的差异和能力的限制，并不能真正客观地判断作品的好坏，这是文学批评中非常常见的现象。批评家还可能并不缺乏能力，然而，出于政治的、经济的、人情的等种种因素而说出违心之言，这种情形一点都不少见。这些也使得作家在谈到批评家时充满鄙夷。

　　不过，批评性的批评如今之所以减少，上述的种种问题之所以变得如此触目，和文学生态、批评生态的变化是有关系的。这也是不争的事实。在以往，写文章是批评家展开话语实践的主要形式，然而在今天，除了写文章，批评家还会大量地参与到研讨会、读者见面会当中。在这三种话语方式中，要做到好处说好、坏处说坏，写文章无疑是最佳的方式。其次是研讨会。研讨会的理想状态，其实也应该是好处说好、坏处说坏的。在当下，这种理想的状态却并不多见，很多研讨会的氛围都是以肯定为主。然而，研讨会还是为一些敢于讲真话的批评家留下了相对大的批评空间。至于读者见面会、新书首发式、新书分享会，作为嘉宾参与其中的批评家要直接对作家和作品提出批评，这种可能性几乎为零。这样的场合这样的氛围，会让批评性的意见显得不合时宜，不合情理。去参加见面会和新书发布会的读者，也不会期待批评家对坐在批评家身旁的作家和对摆在批评家面前的作品提出严苛的批评。在这样的时刻，批评家似乎只适合做美的发现者，所需要做的是点石成金，是针对作品提出能引起作家和听众共鸣的见解。在这样的时刻，批评家和作家最好是能够在对话中碰撞出思想的、情感的、审美的火花，互相照亮。对于一些果敢的批评家来说，这些"成规"当然都是无关紧要的，然而能做到如此果敢的批评家总是少数。因此，要讨论今天批评性的批评之所以呈减少的状态，这个结构性的、机制性的变化，我觉得是无法忽视的。

还值得注意的是，虽然批评性的批评在今天变少了，但是也并没有完全消失。仅仅就学术刊物、评论刊物而言，批评性的批评确实是大幅度地减少了。可是批评的声音并没有完全消失。在豆瓣、微信公众号、网站专刊等新媒体当中，这样的声音是活跃的，也是尖锐的。发出这样的声音的，除了部分的学院批评家，还有媒体人、自由写作者、广大的普通读者。这种批评场域的变化，也同样值得注意。这对于文学批评而言，有利有弊，但弊大于利。尤其是专门的学术期刊、评论刊物中批评性的批评的缺失，会导致很多的问题。比如说，它很可能会导致作品先是被捧杀，继而被骂杀。鲁迅曾经说过："批评必须坏处说坏，好处说好，才于作者有益。"[1] 鲁迅反对批评的骂杀，更反对捧杀。他说："批评的失了威力，由于'乱'，甚而至于'乱'到和事实相反，这底细一被大家看出，那效果有时也就相反了。"[2] 读者对作家、批评家、作品的失去信任，就是不得不注意的"相反的效果"。也许刊物和评者的本意是好的，失度的肯定却会导致对作品的捧杀，会使得读者对文坛、批评家、作家产生厌倦的、厌恶的情绪。在这样的信任危机中，读者对于作家作品的批评，也很容易被情绪卷着走，从而走向非学理性的批评。这时候，只要是针对作家作品提出批评，仅仅是展现批评的姿态，就能吸引到读者们。至于是否有足够扎实的学理，读者就管不了那么多了。

这里谈了非常多的危机，危机的形成，并不能归结为单一的原

---

[1]　鲁迅：《我怎么做起小说来》，《鲁迅全集》第 4 卷，人民文学出版社，2005 年，第 528 页。

[2]　鲁迅：《骂杀与捧杀》，《鲁迅全集》第 5 卷，人民文学出版社，2005 年，第 615 页。

因，而是与作家、批评家、读者、现实机制等因素构成的整个的批评生态和文学生态密切相关。危机状态的持续存在，也势必会影响到整个批评生态的进一步恶化。危机的化解，则同样得从批评生态这一整体视野入手。一个好的批评生态和文学生态的形成，需要作家、批评家和读者共同参与、共同努力。任何单一维度的努力都不过是权宜之计，并不能真正改变局面。作家、批评家和读者都要有一种个人的自觉，要努力成为一个健全的、丰富的、独立的个体。不管是作家也好，批评家也好，还是读者也好，都得有自己的理想和理念，都要努力在行动中尽力成就一个更好的"我"。这个"我"，是一个真正具有主体性的"我"。至于如何要做到这一点，作家、批评家和读者，又各有不同的路径，甚至每个人都会有独属于他的路径。

一个具有强悍的主体性的批评家，必须具有求真意志和讲真话的勇气，要敢于坚持自己的立场并且能为所热爱的理念、所热爱的文学而申辩。如果一个批评家不能坚持做到这一点的话，那么他就失败了。当然，这种失败，还不是彻底的失败。当一个批评家可以为错误的东西而申辩时，他就真的是彻底失败了。换言之，一个批评家不敢讲真话是失败的，讲假话则是彻底的失败。若是真的觉得为难，批评家应该宁可保持沉默也不要说违心之言，但与此同时，必须保持一种失败的自觉并在日后的批评实践中自觉地改进，努力做得更好。当然，对于批评家来说，根本问题并不在于肯定或否定，而在于在进行肯定性的或否定性的阐释时，给出的批评是否真正符合实际情况，是否具备真正的专业能力。真正能体现批评的价值和尊严的，其实就是专业能力和学理。有专业能力和学理作为基础，求真意志才真正可以落地，讲真话的勇气也才能适得其所而不是沦为一种可疑的道德姿态。

这里对求真意志的坚持和讲真话的勇气的强调，也并不是说批评家一定要锋芒毕露，甚至是咄咄逼人。相反，批评也可以是和风细雨式的，是与人为善的。托尼·本尼特曾经谈到，对于萨义德来说，批评是一个极其松散且富有弹性的术语，"不像精神取向和思维习惯一样能通过训练获得具体能力，除了普遍术语，批评是不可定义的。某种程度上完全可以说，它的特征可以更精确地限定为：只有否定。它是一种没有正面措词的实践"。① 本尼特以萨义德及其理论作为切入点强调了批评的批判性和独立性，也可以说，他强调批评就是具有独立性的批判，批评不会服从于意识形态的需要，也不会服从于各种理论的特定解释模式。不过，本尼特对批评的否定性的强调，也很容易忽视批评本身的建设性和肯定性。如果一个批评家希望其思与言对所谈论的对象有所启发，与人为善的、和风细雨式的批评，其实会比激烈的、不留情面的批评要更容易生效。而一个批评家的批评能够对作家本身有所启发，这样的批评，就可以说是有建设性的。批评的建设性还在于，批评家"以自己的美学力量与表现形式，同样影响着人们的精神世界，繁荣着文学的本身事业。文学事业不是单由创作构成的，它起码包含着两个系统：文学创作与文学批评，仿佛是一条大路旁的两组树木。在文学创作一边，包括小说、诗歌、散文、戏剧……在文学批评一边，包括理论探索、作家研究、文学比较、艺术欣赏、史的批评……它们并立在同一文学世界中，各成体系，各有规律，并不以一方为另一方服务。它们的关系是对应关系，并存关系，不是依附关系。批评的存在，作为一种创作的对应物，作为一种创作信息的反馈，对创作起着感应的功能。但从宗旨上说，它无求于创作。它只有在独立的自身体系中才能寻到自己的目标，确立起真正的自信"②。批评性的批评是很重要的，在当下的语境当中尤其重要。不过，一个批评家也不要只做批评性的工作。如果一个批评家仅仅是做求疵型的批

---

① ［英］托尼·本尼特：《文学之外》，强东红等译，人民出版社，2016年，第215页。
② 陈思和：《批评二题》，《陈思和文集：告别橙色梦》，广东人民出版社，2018年，第141页。

评家，那么他所做的工作，对他本身来说是相当不利的。一个批评家固然可能借此而发表文章，获得稿酬和声名，还有各种各样的利益，然而，在长期的批评实践中，他很难得到相应的精神和思想的滋养，很难获得智慧或审美的浸润，也很难体会到那种批评和创作彼此照亮、批评家和作家以心证心的愉悦。一个批评家如果一生只做批评性的批评，就很难建立其作为一个批评家的自我，很难成为一个丰富的主体。"文学批评的对象是文学、文学家以及文学作品，批评家是借助于文学来发议论，阐述自己的人生观、哲学观与审美观的。批评的特殊之处就在于此。文学作品对于它来说，既是目的又是过程。"[①] 对于批评家来说，正面阐述"自己的人生观、哲学观与审美观"是必不可少的。这个过程，当然可以伴随着"批评性的工作"而展开，却又不是只做批评性的工作就能完成的。

不应忽视的还有作家。批评和创作，各有其独立性，然而，两者也无法截然分离。没有创作，批评无从发生；好的写作，也需要有批评的参与。批评家和作家之间，也难免有携手合作的时刻，两者甚至是至关重要的同路人。这让我想起陀思妥耶夫斯基的一个观点："我不能成为没有别人的自我。我应在他人身上找到自我，在我身上发现别人。"好的批评家，其实正是这样的一个能够帮助作家更好地进行自我认知、丰富自我的"他人"。关于评论家与作家的关系，汪曾祺则有一个非常形象的说法："昨天，我去玉渊潭散步，一点风都没有，湖水很平静，树的倒影显得比树本身还清楚，我想，这就是作家与评论家的关系。对于作家的作品，评论家比作家看得还清楚，评论是镜子，而且多少是凸镜，作家的面貌是被放大了的，评论家应当帮助作家认识自己，把作家还不很明确的东西说得更明确。明确就意味着局限。一个作家明确了一些东西，就必须在此基础上，去寻找他还不明

---

① 陈思和：《批评二题》，《陈思和文集：告别橙色梦》，广东人民出版社，2018年，第139页。

确的东西，模糊的东西。这就是开拓。评论家的作用就是不断推动作家去探索，去追求。评论家对作家来说是不可缺少的。"①的确，评论家应该比作家看得还清楚，应该有一种照亮的能力。这种照亮，既包括阐明作品的优点，也包括照亮作家、作品在思想上的盲点和审美上的盲区。这些不同层面的照亮，其实都至关重要，相应地，作家也需要有接受批评的雅量。如果一个作家希望得到批评家的关注，希望批评家对其写作多加肯定，却又接受不了批评性的意见，即使批评家提出意见，也希望是私下里说而不要出现在文章中，如果仅仅是停留于此，那么批评就是未完成的，甚至是倾斜的。这种状态既对批评家本身不利，也不利于作家，甚至可以说，对于文学界和批评界都有害无利。当作家抱着坦然面对的心态去看待批评，他们所看到的，所听到的，很可能是正常的、具有学理性的批评。相反，出于种种原因而去压抑批评，最后迎来的，反而是读者和批评家的反感，是非学理性批评的全面爆发。

　　除了批评家和作家，读者的努力也不可忽视。对于读者来说，面对批评界众口一词地对某一部作品表示肯定的状况，感到怀疑和不满是可以理解的，可是也不应该只停留于怀疑和不满，认为批评性的批评本身就是正义的。认为"批评的就是合理的"，这无疑是一种极其情绪化的认知方式。对一部作品提出错误的批评，即使不能说比提出错误的表扬危害要大，两者的危害最起码也是一样的，同样值得警惕。还要注意的是，不管是面对批评还是面对作品本身，读者都不应该把是否看得懂视为衡量好坏的唯一理由。不错，现在有不少评论文章和小说都是故作高深的，写下它们的人并不懂得文学之道和文章之道，然而也必须承认，在经过现代主义的写作实践和诗学积累之后，写作确实比以前要有难度得多。阅读也同样如此。对于一些作品，因

---

① 汪曾祺：《回到现实主义，回到民族传统》，《汪曾祺全集》第9卷，人民文学出版社，2018年，第245页。

其写作技法的复杂、知识面的宽广，很多读者确实很难迅速地理解作品及其世界。批评方面同样是如此。有很多学院派的评论文章因其本身独特的学术语言，确实很难为读者所广泛接受，但这并不意味着它们没有价值。对于这样的作品和评论，读者最好不要一下子就放弃，更不要以看不懂为由而提出简单的批评。这些指责，有的是切中要害的，有的则是莫须有的罪名，得区分对待。比如说，有的读者指责批评家自说自话，实际上只是因为自身的知识视野太窄，缺乏很好地进入某一问题领域的能力，是因为缺乏相关领域的知识而根本无法领悟到作品的奥妙所在。如果读者能带着问题去进行思索，努力辨析这种"不懂"的具体原因，那么在这个思索的过程中所得的收获很可能是巨大的。对于一些不同于自己的意见，读者也没有必要一下子就予以否定。正如南帆所说的："批评对于文学的把握是一种带有很大主动性的意义重建，杰出的文学作品往往只是为人们的精神开启了一扇世界之窗。人们将在作品的提示之下重新观照周围的一切，而对于这种提示的领悟将由于不同的接受主体而难以绝对一致。一个事实从作家与接受者之间的距离中被发掘出来：作家所创造的文学作品在接受过程中并非一个绝对固定的存在物。相反，文学作品中时常容涵着许多空白与未定点，它们将在不同的情感介入再创造中诞生不同的涵义。因此，接受的差异由于不同的批评家而不可避免。"[1] 这种接受上的差异和见解的不同，恰恰可能是意义产生的契机。作为读者，有时候需要纵身一跃，进入这种由差异所构成的对话当中，并在持续的对话中激起意义的火花。

硬性的机制，现实的限制，很可能在短期内是无法改变的，也不是具体某个人所能改变的。不过，不管是作为批评家、作家还是读者，每个人都可以相应地有自己的努力。也许每个方面、每个人的努力看起来都不免有限，甚至渺小，可是这种种努力荟萃起来，力量却是大的。

---

[1] 南帆：《选择的进步》，《理解与感悟》，华东师范大学出版社，2014年，第98页。

无限的任务

——关于当代文学批评

不知道是从什么时候开始，在当代文学史研究者和当代文学批评者之间，逐渐有一种相互轻视的情绪和态度，并且各自都有不少理由。比如说，有的文学批评者认为文学史研究者有一种方法论的天真，时常觉得掌握了一种方法就可以包治百病，包打天下。文学史研究者还经常被文学批评者认为缺乏审美感受力和判断力，无从区分好的文学与坏的文学。你看，在一些声名赫赫的文学史研究者的文章中，莫言、刘震云、余华、阎连科、王安忆、迟子建、残雪、孙甘露、马原这些作家的写作，几乎没有什么不同，先锋小说、寻根文学、新写实等文学思潮也只是同一种机制所塑造的，没有大的差别。因此，那些看似严谨的文学史研究论文，实际上是毫无问题意识的，也把握不住真正的问题。而在不少文学史研究者看来，文学批评是一个没有什么难度、几乎人人都可以涉足的领域。你看，很多批评文章写得如此轻率，不过是复述作品的主题和情节，并没有提供什么高明的见解却照旧可以发表，批评家也照旧可以借此获得关注度。至于那些有见解的文章，也多是游离于所讨论的文本，经不起实证和推敲。文学批评者还经常受利益所拘囿，他们的思与言，缺乏应有的公信力。由于当代文学批评存在种种问题，它甚至还被认为拉低了中国当代文学作为一个学科而存在的价值。因此，文学史研究比当代批评更有价值，学科研究意义上的中国当代文学研究与批评必须走史学化的道路。

针对文学史研究或文学批评的不满，其实都各有道理。不过，当人们批评文学史研究或文学批评所存在的问题时，实际上都会有意或无意地把自己所偏爱的领域中的优秀之作和不太喜欢的领域中的粗劣之作进行比较，都有些以偏概全。实际上，当代文学史研究和当代文学批评，都不乏卓越之作，都有其不可忽视的作用。文学的发展，离开了文学史研究或文学批评，都是不可想象的。文学史研究和文学批评之间，固然有相互竞争的关系，同时也相互倚重、相互成全。如果没有文学批评的筛选、阐释和建构，文学史研究，也包括文学史的写作，将会变得困难重重，甚至无从开展；而如果没有文学史提供的视野作为参照，文学批评者也很难针对当下新出现的作品和问题进行恰切的判断。那些卓越的文学史家或文学批评家，则通常是同时具备两副手眼的，只是其中一副比较明显，另一副相对隐匿而已。不管是文学批评还是文学史研究，真正要做的工作，都在于克服各自所存在的问题，完成自身的建构。如果因为存在问题就一棍子打死，就此从根本上取消，那情形肯定是糟糕的。

另外，要对文学史研究和文学批评各自的问题有清晰的理解，当然离不开对自身的任务的理解。比如说当代文学批评，实际上，它有哪些具体的任务，也是每个文学批评者都得想一想的。

当我们谈到当代文学批评的时候，不能不注意到的，是"当代"这个词，是当代文学批评本身的当代性。何谓当代性？从最基本的层面说，当代文学批评的当代性意味着它得立足于文学现场，得对文学现场的状况做出有效的判断。这个任务，看起来寻常，实际上并不容易完成。因为文学现场本身是一个动中之在，有许多的变化。当代文学批评者必须得真正置身于流动的文学现场才能感受并理解这种变化。文学现场除了动中之在，也是芜杂的存在。中国的文学期刊是发达的，图书出版也是热闹的，加上网络文学，可以说每个月都有大量的作品面世。如此庞大的数量，当然不可能都是精品。面对如此庞杂的存在，批评家要从整体上对文学现场有恰切的了解和把握，本身就不容易。这让我想起80后文学的研究和批评。在青年作家群里，80后作家是较早得到关注的一群。在韩寒、郭敬明、张悦然等80后作家开始写作的时候，针对这一群体的批评，差不多是与创作同步的。然而，随着社会历史的变迁以及更多的作家作品的出现，针对80后文学而展开的批评虽然没有停顿，却开始跟不上创作的步伐。当80后作家开始出现巨大的分化、作家的个人面目开始逐渐清晰的时候，原来的一些针对80后文学而形成的、曾经有些合理性的判断，比如80后文学是青春文学、80后文学是校园文学等判断，开始变得非常不合身。这种没有得到及时更新的认知，更一度成为了人们认识80后文学的障碍。因此，当代文学批评要保持其当代性，始终立足于文学现场，具有现场性是必然的。立足现场，与时俱进，这是当代文学批评的任务所在。

需要注意的是，当代文学批评还需要对未来具有判断力。当代批评应该既有现场性，也有预见性。它需要对新出现的种种现象进行观察，进而对其未来的发展走势有一个相对准确的认识。这是当代文学批评的又一任务。前几年，非虚构写作成为一种颇受关注的文学现象，尤其是《人民文学》从2010年开始设置"非虚构"栏目，先后发表了《中国在梁庄》《中国，少了一味药》《词典：南方工业生活》《拆楼记》《女工记》《阿勒泰的角落》等一大批优秀作品，有效地推动了非虚构写作。非虚构热的兴起，李敬泽可以说是很重要的推动者。然而，对于非虚构的意义与局限，他在《论非虚构》《我们太知道什么是"好小说"了》等文章中很早就有清晰的认知。他曾谈到，提倡非虚构是"希望推动大家重新思考和建立自我与生活、与现实、与时代的恰当关系"，"'吁请海内文豪'，对于这个世界确立起认识热情和刚健的行动能力"。[①] 他充分肯定《中国在梁庄》与《中国，少了一味药》的价值，认为："这两部作品都是作者在场的，而且不是一种被动的在场——你本来就在那儿，而是，他们都采取了行动，走过去，介入进去。"[②] 同时他也指出，"我认为梁鸿和慕容雪村在很大程度上还是没能充分解决一个问题：什么是文学能做的？他们在多大程度上是一个记者、一个社会调查者，在多大程度上是一个当代精神的见证者，是一个文学家？我一直期待着类似于诺曼·梅勒的《夜幕下的大军》《刽子手之歌》那样的作品，依靠文学的叙述和洞察发现世界，在社会景象中、在哪怕最普通的一个人身上，我们看到人性的真实状态，看到史诗般的宏伟壮阔。"[③] 从文学现场出发，李敬泽知道提倡非虚构能够激活当下的写作，能够给文学现场带来活力，因而提倡非虚构是有意义的。同时，他也很早就意识到非虚构本身可能存在的瓶颈，以及它可能面临的发展限度。如今回头看，会发现他对非虚构的认识，是具有预见性的。尤其是当年曾广受关注的非虚构作品，在写作热潮过去了之后是否还具有生命力，还是和作家在写作时是否充分考虑到非虚构在何种意义上是文学的并且在文学的层面上有怎样的可能有关。

除了面对文学现场需要有预见性，当代文学批评者在面对作家的写作时，也同样应该有预见性。由此，我想起李静曾写过的一篇题为《不冒险的旅程——论王安忆的写作困境》的文章。李静在文章中谈道："在庞大的当代作家群中，王安忆卓然独立，成就非凡。她高产，

① 李敬泽：《论非虚构》，《致理想读者》，中国人民大学出版社，2014年，第88页。

② 李敬泽：《我们太知道什么是"好小说"了》，《致理想读者》，中国人民大学出版社，2014年，第29页。

③ 李敬泽：《我们太知道什么是"好小说"了》，《致理想读者》，中国人民大学出版社，2014年，第30页。

视野开阔，富有深度，艺术自变力强，尤其是汉语的美学功能在她的作品中被愈益发挥得夺人心魄。"① 但李静同时注意到，王安忆的写作在技巧越发精湛的同时，开始呈现出一种"远离冒险""不冒险的和谐"的面貌。这篇文章，发表于 2003 年，实际上那时候王安忆的创作特点，也包括创作上存在的问题，还不是那么明显，但是李静很早就敏锐地意识到了这些。在许多年过后，当我们历时性地去阅读王安忆作品，包括读王安忆的新作时，也许会发现，李静这篇文章是有预见性的。人们未必一定都要认可她的判断，可是不得不说，她所提出的观点对于理解作家的创作特点而言，具有重要的价值。

对于当代文学批评而言，这种预见性，可以说是非常重要的。因为当代文学批评本身就具有很强的实践性和行动性。只有具有预见性，能够对一些文学创作和文学思潮中仅仅是处于萌芽状态的新因素或新特点进行及时的归纳和阐释，其实践和行动才是有效的。

萨义德在《文化与体系间的批评》一文中曾谈到这样一个观点："任何哲学或者批评理论的存在和维系，其目的都不仅仅是为了存在于那里，并且被动地簇拥在一切事物和一切人们周围，而是为了传授于人并使之扩散开来，为了断然地被吸纳进社会诸机构之中，为了在维系或者改变甚或推翻这些机构和那个社会的过程中发挥工具作用。"② 萨义德是特别强调批评的社会作用的，在他看来，这是批评的一大任务，甚至是最为重要的任务。"批评不能假定它的领域仅仅限于文本，甚至不限于名著文本。它与其它话语都栖居于一个论辩激烈的文化空间之内，而在这一空间，在知识的连续性和传播中被认为有价值的东西就是能指，因此它必须把自身视为一个在人类主体上留

---

① 李静：《不冒险的旅程——论王安忆的写作困境》，《当代作家评论》2003 年第 1 期。
② ［美］萨义德：《世界·文本·批评家》，李自修译，生活·读书·新知三联书店，2009 年，第 340 页。

下了持久踪迹的事件。"① 这是批评的建构性的作用。然而，为了完成这一任务，当代文学批评还得注意自身的建设性。对于当代文学批评来说，批评家一方面要"抽丝剥茧"，凭着细致、耐心与技艺把文学作品中的精华和糟粕分开。另一方面，批评家还要"抽丝织锦"，能够从作家结束的地方开始，以作家的成果为基础来进行再创造和再生产。对于当代文学批评来说，"抽丝剥茧"与"抽丝织锦"都不可或缺。它们关乎责任，也关乎能力。相对而言，"抽丝织锦"的难度是要大于"抽丝剥茧"的。批评要完成自身的建构，则涉及文体、形式、思想和批评家自身的主体性等方面。从文体和形式方面而言，批评文章必须要注重文体的经营，要有文章学方面的考虑，要有文章的美感，能够给人带来感性和理性、诗性和智性的多重愉悦。从思想方面而言，则意味着批评文章不只是对对象的阐释，不只是对对象进行主题归纳或复述情节——如果仅仅局限于此，那么批评就只是依附性的，本身并不是具备独立性——而是要通过阐释来进行思想的再生产，要通过对文本的解读而产生新的思想。从批评家自身的主体性而言，则意味着批评家可以在批评文章中树立起自身的形象，传递个人的声音，流露个人的表情。每当读福柯、萨义德、巴赫金、斯坦纳等人的文章，我们总会注意到这些批评家本身的形象，能感受到批评家自身鲜明的主体性。

好了，关于批评的任务，已经谈了不少了。但这些就是批评的任务所在吗？是的，但又远非如此。在《无限的清单》中，艾柯曾谈到这样一种认知上的忧虑："我们担心事情说不完，不但在碰到名字无限多的时候有这种担心，碰到事物无限多的时候亦然。"② 对于当代文学批评，我同样有这样的忧虑。我希望在谈到批评的任务时，能够

----

① ［美］萨义德：《世界・文本・批评家》，李自修译，生活・读书・新知三联书店，2009 年，第 398 页。

② ［意］艾柯：《无限的清单》，彭淮栋译，中央编译出版社，2013 年，第 67 页。

对我所关切的任务有相对清晰的认识。但我同时意识到，这并非就是批评的全部任务。尤其是在今天，批评话语本身的多样化在减少，对话的氛围并不热烈。批评的话语方式，在日渐变得千人一面、千人一腔。尤其是高校的学术体制和学术训练，固然培养了一代又一代的批评家，可是也必须意识到，批评家本身的独特性正在变得模糊。有一个挺有意思的现象，如今读一些青年批评者的文章，即使对作者本身没有多少理解，透过其文字、方法和立场，也时常能判定他们是哪所学校毕业的。另外，对于身处文学现场中的批评者而言，其批评的任务固然少不了对自身的求真意识的维护，还有对自己所认可的价值的追慕，但与此同时，也需要注意到他者的声音是重要的，也可能是有价值的。最起码，它们可以进一步激发我们思考。文学批评本身的正常运转，始终需要有一种多元的、互相激发的氛围。

维护文学批评本身的多样性这个任务之所以重要，还在于当我们谈及当代文学批评的任务时，任务本身即使不能说是无限的，至少也是非常多的。实际上，每位批评家都很可能只完成他们视野中的主要任务，或是为这些主要任务而努力。这些看起来并不一样的、甚至是背道而驰或互相冲突的任务，合而观之，恰好构成了当代文学批评本身的趋于无穷的图景。正如吴亮所说的："文学作品犹如一个世界，它万象纷呈，而纷呈的万象之下不知还蕴藏着多少未探明的矿岩。我们的智慧之光不能奢望照遍它的全部角落，洞悉到它隐蔽在地表下的全部奥秘。我们只能攫取几个片断，而不能全部地占有它。因此，有限的文学批评就开始企求寻找一条便捷的通道和窥视口，来接近并观察这个'世界'。这通道和窥视口显然是因人而异的——批评家掌执的钥匙不同，他就试图凭这个去开锁（问题是，文学之锁的确有许多钥匙可打开）。于是，文学作品所展示的，往往是批评家注意力凝聚的区域。在这焦点下，冒出了缕缕青烟——某些意蕴被'发挥'出来了。"① 每一种批评都可能提供理解作品的角度，但是这种理解不是彻底穷尽了作品的意蕴空间，相反，阐释的可能性是无限的。任何的批评话语或批评方式，总难免有自己的盲见，甚至是具有巨大的迷误。只有当不同的批评方式同时存在时，只有当批评家能从不同的视角去观看文学的风景时，视角所带来的盲见才可能被照亮。

正因如此，让文学批评本身保持多样化，也应该是当代文学批评的一大任务。这个任务，也可以说是文学批评者的共同任务。

---

① 吴亮：《文学的选择》，华东师范大学出版社，2014年，第84页。

"它关涉着'生命的具体性'"

——金理的学术研究与文学批评

在 80 后一代青年学者和批评家中，金理是较早发出自己的声音、已有丰硕成果的一位。他在大学时代曾写过小说，却没有沿着这条路继续前行，而是选择了从事学术研究和文学批评，成为一位"文学性知识分子"。迄今为止，他已在《文学评论》《文艺研究》《中国现代文学研究丛刊》等刊物发表大量文章，还先后出版了《从兰社到〈现代〉：以施蛰存、戴望舒、杜衡与刘呐鸥为核心的社团研究》《历史中诞生：1980 年代以来中国当代小说中的青年构形》《青春梦与文学记忆》《现代记忆与实感经验：现代中国文学散论集》等多部著作。学者与批评家，对于理解金理而言，已然是两种不可或缺的身份。

一、三种研究

这里不妨从他的学术研究谈起。金理的学术研究范围较广，既有文学史的研究，也有思想史的研究。就主题而言，他用力较深的有如下三个方面。

首先是社团研究。2006 年，东方出版中心推出了由陈思和、丁帆共同主编的"中国现代文学社团史"书系，研究对象包括南社、栎社、语丝社、创造社、新青年社、文学研究会等文学社团，金理也参与其中。他将这一本专著命名为《从兰社到〈现代〉：以施蛰存、戴望舒、杜衡及刘呐鸥为核心的社团研究》，"拟从社团的角度，以人事为主，采取社团与人互为参证的方式，研究从'兰社'而'璎珞社'而'文学工场'而'水沫社'、直至《现代》杂志的演变，探讨这一以施蛰存、戴望舒、杜衡为核心成员（后来又加入刘呐鸥）的文学社团的聚结、发展、离散过程"①。这个课题，既是金理硕士论文的研究对象，也是作为青年学者的他的第一次重要出场。如今回头细看，是能够从中看出金理在学术方面的潜质甚至是气象的。他在这一课题中所显示的耐心和谦逊尤其宝贵。文学研究需要广阔的知识背景，因此，中文系的学术训练往往重视广博而非专深。中文系的学生又多少有些才气，才气对创作来说非常重要，舍此绝无可能成为大作家；可是对于学术研究来说，过于倚重才气不是好事。学术研究需要做很多实证的工作，也需要周密的思辨能力，需要有对问题持续打量、反复推敲的耐心，需要费心费时了解相关问题的学术传统。过于依赖才气的话，难免会轻视上述功夫，难以一一完成上述步骤。这是许多中文科班出身的青年学者的软肋，但金理并无这方面的问题。

另外，对于青年学者来说，在研究中提出新见是相对容易的，毕竟是初出茅庐，有胆识，感受也新鲜。更有难度的，是对史料的处理，是如何让初涉学术课题而产生的一闪灵光得到周密的论证，是如何在证实与证伪相交织的过程中反复辩难，对纷繁的奇思妙想做出合理的取舍。对于青年学者来说，取"史从论出"的路径相对容易，可是这并不是学术研究的最佳方法；"论从史出"，以冷静、审慎的态度切近研究对象，始终坚持"绝没有硬要事实迁就观点，而是让观点以事实为依据"的学术精神②，在熟知对象的过程中得出新知，是更好

① 金理：《从兰社到〈现代〉：以施蛰存、戴望舒、杜衡及刘呐鸥为核心的社团研究》，东方出版中心，2006年，第1页。

② ［法］托克维尔：《论美国的民主》，董果良译，商务印书馆，2014年，第18页。

的同时也是更为艰难的路径。《从兰社到〈现代〉：以施蛰存、戴望舒、杜衡及刘呐鸥为核心的社团研究》一书，则体现了金理选择的是更为艰难的一路。丰富的史料，对问题的耐心梳理，使得他的这一研究著作有了厚重的品格，至今仍是理解《现代》杂志和施蛰存等人的文学历程的重要著作。

中国当代小说中的青年构形研究，也是金理用力较深的领域。这方面的主要研究成果，已结集为《历史中诞生》一书，由复旦大学出版社于 2013 年出版。按照金理的说法，之所以取"历史中诞生"的书名，主要是基于如下考虑："任何小说文本和青年人的文学形象，既需要建立起纵向的文学史考察视角，也应该在横向的、特定的历史空间中语境化，这样才能还原出文学创作过程中多种因素的互动。"[①]这段话，既是解释命题形成的因由，也是对个人所取的基本研究方法的说明。这本专著，既讨论了文学与社会互动中的青年文学，也以铁凝、王安忆、路遥、毕飞宇、叶弥、魏微、葛亮、郑小驴等人写青年题材的作品为例，探讨 20 世纪 80 年代以来青年文学与文化心理的变与不变。所关注的问题，既属于中国当代文学史研究的课题领域，又带有文学批评的性质，行文和立论既有文学史研究的厚重和审慎，也不乏置身于现场的敏锐和果断。金理的学者和批评家的双重身份，在这本著作中得到了很好的彰显。此外，金理在 2014 年出版的《青春梦与文学记忆》一书中有一个小辑，重点也是讨论青年文学和青年形象的问题，比如《宅女，或离家出走》一文，以青年作家马小淘的《毛坯夫妻》和张悦然的《家》为例，讨论当下青年写作中的宅女形象与离家出走的青年形象，进而追问青年如何重建个人的主体性。这些文章，亦可视为对青年构形这一研究课题的延伸，不妨与《历史中诞生》一书放在一起阅读。

---

① 金理：《历史中诞生——1980 年代以来中国当代小说中的青年构形》，复旦大学出版社，2013 年，第 11 页。

除了上述两个方面，现代名教的研究与批判，也是金理用力颇多的领域。2008年，金理博士毕业，当时所提交的论文便是对现代名教的研究，题为《抗争现代名教：以章太炎、鲁迅与胡风为中心》。关于现代名教的来龙去脉，他在《"名教"的现代重构、讨论方法及其批判意义》一文中有较为详细的梳理。"名教"本来是指以正名定分为主的封建礼教，其实质是围绕正名定分并以之为教化来建立长幼有序、尊卑有别的秩序；近代以降，在谭嗣同、章太炎、冯友兰、胡适等人的具体论述中，"名教"的含义则有所变化。在金理的论述中，现代名教大概有两层内涵，"首先是指一种'名词拜物教'，关心的不是具体语境具体问题而只是空洞的符号；其次它指向一种消极的思维方式，本质上是现代迷信，'对于抽象名词的迷信'往往演变为对于'绝对真理'与终极教条的迷信，而拒绝在历史和社会的行进中向实践开放"①。

迷信名教的危险，首先在于它会造成思想（观念）与实际行动、生活世界的割裂，因过分强调思想的优先性而本末倒置。这种危险，是金理在研究中持续吃紧，丝毫不肯放松的。对于现代名教，他主要持批判的立场。除了揭示现代名教的种种问题，金理的研究还有非常精彩的地方，那就是以非常细致的方式重构了章太炎、鲁迅、胡风、胡适等知识分子在不同语境中如何对待同样的问题并做出不同的选择。观念的阐释总是抽象的，金理的研究则将阐释融入到具体的事件当中，使之获得鲜明的、具体的形象。他的研究，也为理解这些知识分子的心灵史提供了一个独特的角度。偏重从文学的角度进入，也使得金理的名教研究与其他学者的有所不同。

而类似的名教崇拜与名教批判，在西方思想史中也同样存在。黑格尔曾这样批判康德对认识论问题的重视："康德的批判哲学的主要

---

① 金理：《"名教"的现代重构、讨论方法及其批判意义》，《青春梦与文学记忆》，北京大学出版社，2014年，第95页。

观点，即在于教人在进行探究上帝以及事物的本质等问题之前，先对于认识能力本身，作一番考察功夫，看人是否有达到此种知识的能力。他指出，人们在进行认识工作以前，必须对于用来工作的工具，先行认识，假如工具不完善，则一切工作，将归徒劳。——康德的这种思想看来异常可取，曾经引起很大的敬佩和赞同。但结果使得认识活动将探讨对象，把握对象的兴趣，转向其自身，转向着认识的形式方面。如果不为文字所骗的话，那我们就不难看出，对于别的工作的工具，我们诚然能够在别种方式下加以考察，加以批判，不必一定限于那个工具所适用的特殊工作之内。但要想执行考察认识的工作，却只有在认识的活动过程中才可进行。考察所谓认识的工具，与对认识加以认识，乃是一回事。但是想要认识于人们进行认识之前，其可笑实无异于某学究的聪明办法，在没有学会游泳以前，切勿冒险下水。"① 这其实何尝不是一种名教迷信——它所迷信的，是在思维层面讨论形而上的认识论问题的优先性。近代哲学重视讨论认识论而轻视存在论的问题，由此而造成认识论和存在论的割裂，正是典型的名教思维所导致的。"'对于抽象名词的迷信'往往演变为对于'绝对真理'与终极教条的迷信，而拒绝在历史和社会的行进中向实践开放"，正是这种认识论哲学的最大问题。而马克思、海德格尔等人所做的，也正是金理所说的"破名"的工作。以海德格尔为例，他先是借助现象学或解释学来试图克服近代形而上学与科学所造成的运思方式的问题，到了后期却又意识到过于强调现象学本身也是有问题的，因而试图在东亚思想比如道家学说中寻找资源，试图让个人的运思保持"无名"状态，甚至拒绝以"哲学"来命名之。任何的思想观念，如果不能从生活世界出发，并最终回归到生活世界，都难免会缺乏足够结实的地基，有凌空虚造的嫌疑。胡塞尔、海德格尔等人对生活世界的强

---

① ［德］黑格尔：《小逻辑》，贺麟译，商务印书馆，2007年，第49-50页。

调，用意也正在于此。

如果把他们与鲁迅、胡风等人放在一起观察的话，便可以发现，虽然这些不同国别的思想者的思考语境有所不同，要解决的问题也有差异，但所采取的策略是相似的。合而观之，则可以发现另一个同样值得关切的问题：自晚清以来，中国知识分子不断地朝向西方寻求新知，甚至唯西方之名是举，殊不知西方也自有其问题，西方思想家也尝试从东方寻找思想资源。这种显得有些错位的"思想取经"，直到现在也并未中止。这一点，在德布雷和赵汀阳最近的系列通信中亦可看出。如德布雷所言："正当我们转向中国传统智慧和文化、帝王时代的智慧和文化（孔子、道家、传统医学、《易经》等）的时候，你们的知识分子背向它们而采取我们的价值（比如说在1919年或者1949年）。这个旋转门是个大误解，导致了双边的失望。"[①] 由此也可以看出，如何破除名教思维的限制，更恰切地在实践中开放，仍旧是每个现代知识分子都要面临的问题。

二、两种论述

金理的社团研究和青年构形研究均已有专著出版，与之相比，现代名教研究仍带有未完成的性质。但我个人觉得，在上述三个方面的学术工作当中，最为扎实且最为重要的，当属现代名教研究。如上所述，这是一个非常重要的思想史课题，对于当下的文化建设也同样迫切。另外，对于理解金理的学术研究乃至文学批评的特点来说，其现代名教研究也是非常关键的。正是通过现代名教研究，金理找到了或是进一步明晰了他从事学术研究与文学批评的运思方式，找到了属于

---

① ［法］德布雷、赵汀阳：《两面之词：关于革命问题的通信》，张万申译，中信出版社，2014年，第203页。

他个人的方法、资源和立场。这又首先在他关于文学的两种论述——文学"实感"论与"境况中"的文学论——中得到体现。

如果说现代名教研究主要是属于思想史范畴的话，那么《文学"实感"论》这篇文章则更多是带有文论的性质。文学"实感"论的提出，其实仍旧是以对名教的批评作为背景和前提的，是金理批判现代名教之后的合乎逻辑的扩展与延伸。在这篇文章中，他先是以诗人翟永明和于坚的遭遇为例，来说明文学创作与接受中被名教思维所束缚的处境：在一次会议上，翟永明朗诵了自己写给母亲的诗《十四首素歌》，朗诵结束后，却有读者表示不能理解。因为这位读者习惯于把母亲等同于祖国，却失去了将母亲还原为具体形象的能力。"将祖国比喻成母亲无可厚非，危险的是，任何试图将母亲还原为原始语义、具体形象和私人命名的努力，会招致'听不懂''缺乏现实感'的责难。"[1]于坚在文章中也曾感叹想要在文学创作中直接面对原初意义上的大树、乌鸦、玫瑰等事物，已变得异常困难，因为这些具体事物已经被隐喻思维所缠绕，以至于人们只能看见其形而上的、经过升华之后的含义。为了回到事物本身，就必须拒绝隐喻。通过这一类例子，金理则看到了文学可能遭遇的一种处境：名教形成了一种思维上的压制机制，使得文学无法面对具体的、活生生的生活世界，而只是符号和观念的抽象演绎。因此，金理强调具体的感官参与对于创作的重要性，认为比之于哲学、科学，文学的最大长处在于它能够提供"实感"。"所谓实感，首先是指主体对'具体事物和运动'的直接的、实在的'经验'与'感觉'"，"'实感'力图呈现出具体事物和生活世界的原貌，昭示着一种'回到事物本身'的力量；但它又并不是简单地如'白板'一般无损耗地复制客观原貌（事实上这也没办法做到），'实感'无法戒绝主体的介入，它本身就是一个同主客体'融然无间'

① 金理：《文学"实感"论：以鲁迅、胡风提供的经验为例》，《同时代的见证》，北岳文艺出版社，2015 年，第 154 页。

的化合过程紧密结合的概念。"①

《文学"实感"论》虽然主要是以鲁迅和胡风的文学实践和思想实践来谈"实感"经验，但它也是金理本人的文学观念和运思方式的最好说明。从运思方式而言，金理是反本质主义的，不承认存在一种具有普遍性质的真理，也不相信存在一种针对问题的一次性的解决方案。从方法论的角度而言，金理则非常强调研究对象的具体性，不认为存在着一种包打天下的"武功"。那么，个人该如何具体地开展学术研究与文学批评呢？在《"不得不如是之苦心孤诣"与"外部的批判支点"》这篇文章中，金理提出了他的看法。

这篇文章有个副标题叫"'境况中'的文学及其释读"。"境况中"的文学指的是"处于特定历史时期内的文学作品、命题与思潮，其表述并未构成一个相对完备的系统，这并不是说'境况中'的文学表述就不准确、不挑剔，'而是说对这一准确和挑剔的认识没有一个处于相对封闭系统中的有机上下文为其提供特别条件，而只能把它置回该言述所依托的事件境况和话语境况中'，才能体会其意涵"②。在金理看来，20世纪中国文学史上绝大多数的思想命题和文学，均属于这种"境况中"的知识型，它们都不具备"超社会""超历史"的有效性，并不是不受"世界观"制约的"纯理论"。面对这样一种思想命题与文学，金理强调后之来者应基于如下的原则或方法来进行研究："首先'设身局中'地了解'境况中'的历史要素，在何种社会构成、意识形态与知识状况中，压抑性机制产生，其间人们曲折复杂的精神生活，他们把握了何种新起的契机，尝试了何种策略，获得什么样的效果与意义……对这些都应有'了解之同情'与周彻观察。尤其是通过

---

① 金理：《文学"实感"论：以鲁迅、胡风提供的经验为例》，《同时代的见证》，北岳文艺出版社，2015年，第158-159页。

② 金理：《"不得不如是之苦心孤诣"与"外部的批判支点"："境况中"的文学及其释读》，《青春梦与文学记忆》，北京大学出版社，2014年，第193页。

'回置'来体贴在当日语境中所承担的机能与创造性，探析'回置'所取得的经验在今天话语条件中是否具备转化、激活的资源与可能。其次，采取'外部的批判支点'，照亮原有观察中的洞见与不见，将'境况中'的特殊经验经由'原有的思维方式不同的方式思考'，而'向一般化开放'。"①

这样一种解释原则的确立，与金理的现代名教批判是暗合的。它们对于理解金理的学术研究和文学批评来说，也许仍显得有些抽象，却是根本性的。在具体的研究中，他未必时时以此作为参照，但我们能借此理解金理大致的学术路向与批评路向。

三、多样的文学批评

金理的文学批评，也同样值得注意。

对象的多样和宽广，是金理的文学批评的一大特点。如刘涛所言："金理对中国当代作家的论述视野广泛，他研究过王安忆、贾平凹、严歌苓、张炜、阎连科、迟子建等文坛中坚，也研究过盛可以、哲贵、甫跃辉、郑小驴等青年作家，大都持论公允，言之有物。"② 他尤其是强调批评的同时代性，主张要与同代作家同步成长。③ 在表达方式上，金理的文学批评也较为多样，不同阶段也有不同变化。

2003 年，金理开始在《文汇报》写作"期刊连线"专栏，讨论彼时刚刚发表不久的、优秀的中短篇小说。这个专栏，一直持续到 2006 年。他为这个专栏所写下来的文章大多篇幅不长，写法上较为率性自

---

① 金理：《"不得不如是之苦心孤诣"与"外部的批判支点"："境况中"的文学及其释读》，《青春梦与文学记忆》，北京大学出版社，2014 年，第 201 页。

② 刘涛：《"80 后"批评家的时与命——兼及〈'80 后'批评家文丛〉》，《大家》2014 年第 2 期。

③ 周明全对此已有详尽分析，这里不再重复。具体论述可参见周明全：《金理：同代人的批评家》，《大家》2013 年第 5 期。

由，有许多个人的新鲜感受和即时判断。理论思辨的成分，还有文学史的视野，自然也是有的，可是金理在写作时有意淡化之，以更为直接的方式说出个人对文本的看法，也借此为作家和普通读者牵线搭桥。

此后，金理在《小说评论》杂志以"小说的面影"为题开设了两年的专栏，以盛可以、朱苏进、迟子建、余华、胡风等作家作品为例，讨论小说创作中的一些重要问题。与"期刊连线"相比较，这个专栏的文章显然加重了思辨的力度。比如，他曾经以盛可以和迟子建等作家的作品为例，来讨论现象叙事和价值叙事的区别，并重申价值叙事的意义。20世纪中国文学曾经非常强调文学服从政治，强调小说在政治、道德教化方面的功能，严重地损伤了小说叙事的可能性与丰富性。作为对这一观念的反叛，不少作家后来倾向于认为作家的天职仅仅在于发现并揭出生存的真相，而无需给予读者任何的慰藉，甚至认为写作与道德或政治完全是没有关联的。这未尝不是一种矫枉过正，是从一种偏至走向另一种偏至。针对这些问题，金理有很多精彩的论述。尤其是在《温情主义者的文学信仰》一文中，他将迟子建视为"价值叙事最为出色的论证者"，"迟子建的创作指向生活的'应然'，指向'另一种生活和世界观'：无论在何种境遇里，你都可以选择；而你的选择，决定你成为什么样的人。在价值叙事的意涵中，人们决意过一种符合伦理的生活，决意成全人性，人们感到需要有一种比现在更美好的生活、更健全的人性。更重要的是，价值叙事相信人们有能力争取上述二者的实现，这是可能的"①。这样的阐释，不仅为理解迟子建的创作提供了独到的视角，也有助于作家们调整视角，转变观念，形成更为整全的精神视野。自然，作家可以选择成为无预设的"现象学家"，面向事物本身，写出事物复杂、暧昧的全体。但是，在面对这个参差多样的世界时，作家还可以也应该有自己的伦理立场

---

① 金理：《温情主义者的文学信仰——以迟子建的创作为例》，《一眼集》，云南人民出版社，2013年，第146-147页。

与实际承担。真正好的作家，总是既能写出恶的可怕，而又能让人们对恶有所警惕。只有当一个作家既不刻意简化"现实的混沌"，又始终有自己的伦理立场和道德意识，他才真正建立了自己的、健全的主体性。也只有兼顾这两个方面，作家才不会在虚无中下沉，读者也才能从中获得滋养。

"小说的面影"专栏中的文章，在体例上显得较为学术化，读来却有直指人心的魅力。与之相比，《反躬自省的"医生"与拒绝被动的"病人"——从这个角度讨论文学中的医疗与卫生话语》《〈平原〉的虚和实》与《心态·身份·际遇——小说中的阅读史分析》等文章对作家作品的解读，还有对相关问题的阐释，要更为学术化。它们都不是感悟式的、印象式的解读，而是非常注意借鉴前沿理论，或是将作品放在文学史或思想史的视野中进行打量，也注重引入其他学科的话语。由此也可以看到，金理的文学批评有非常学院化的一面。这种批评特色的形成，与金理的经历不无关系。从本科到硕士到博士再到博士后，金理都是在复旦大学度过的，毕业后又留校任教。长期浸润在复旦大学深厚的学术与人文传统中，恒定的学院生活，使得金理会注重与学院的同行进行对话，也多少会受到学院学术体制与批评体制的塑造与影响。

在《古代哲学的智慧》一书中，法国哲学家皮埃尔·阿多曾这样谈及今天之大学学院生活的状况："大学机构倾向于使哲学教授成为公务员，他的工作很大程度上在于训练出其他公务员。大学的目的不再像它在古代时的目的那样，训练人们作为人去谋生，而是训练他们作为职员或者作为教授的职业生涯——就是说，作为专门人才、理论家和多少是隐秘知识特别细节的保存者。然而，这样的知识不再与生命整全有关，就像古代哲学所要求的那样。"[①] 阿多注意到，现代哲

① ［法］阿多：《古代哲学的智慧》，张宪译，上海译文出版社，2012年，第281页。

学家普遍倾向于将哲学看成是一种有体系的理论科学，"从黑格尔到存在主义兴起，随后是结构主义的风行，观念论对整个大学哲学的支配，极大地滋养了这样的观念——只有理论的和体系的，才一定是真正的哲学"①。的确，重视理论，重视知识学的建构，重视方法论的探寻，是现代以来学术研究的特点，也是学院批评的重大特点。阿多所说的"观念论"的支配性作用，在文学批评尤其是学院批评中，其实也是随处可见的。尤其是从上个世纪90年代以来，学院批评家普遍开始重视借鉴海外汉学的研究方法与思维模式，藏匿、克制、牺牲个人的性情与感悟，加重理论干预的力度，注重遣词造句的"严谨""规范"，力求"科学""客观"而诉诸具有抽象性与普遍性的术语范畴，文学批评甚至还大面积地转为文化批评。这些尝试，并不完全是没有意义的，也不能说完全是错误的。比如说对理论的重视，理论作为系统的观念体系，运用得当的话，是可以给阐释问题营造视角，新人耳目的。至于重视知识学和方法论的建构，得当的时候，也可以让批评活动和学术活动走向纵深。这种运思方式不好的一面，则是使得不少文章存在着理论过剩、术语超载、言词晦涩等问题；等而下之者，甚至成了自我封闭的知识生产，繁琐无聊的概念演绎，沦为一种门槛很高的、复杂的话语游戏，一种在体制内赢取象征资本的手段。它最大的危害，则是让学术活动或批评活动成为一种僵死的学问，而跟"生命整全"没有什么关系，研究者和读者都不能从中获得生命层面的教益。

对于学院批评的这些负面作用，金理是有所反思有所警惕的。比如对于文化研究，他也写过类似的文章，却很快就注意到了这种研究方法的局限，此后不再涉足。对于学院批评其他方面的得与失，他也有自己的认识。他试图入乎学院批评之内，将学院批评话语的效能发

① ［法］阿多：《古代哲学的智慧》，张宪译，上海译文出版社，2012年，第282页。

挥到极致；同时又出乎其外，不受其藩篱约束。这种审慎和清醒，的确给他的批评带来了不一样的面目。

四、一以贯之的学术理想与批评理想

金理的学术研究和文学批评，无疑具有独立的意义，值得重视。同样不应该忽略的，是他"压在纸背的心情"。是将学术研究和文学批评视为一种纯粹知识学式的思辨活动，从知识到知识，从学术到学术，从纸上到纸上，还是在此之外，也强调学术研究与文学批评之于人生、之于生活世界的意义，是两种截然不同的路向。读金理的文章，让我时常有认同感的，除了他针对某些问题的具体看法，还在于他很好地兼顾了上述两个方面。不管是关于现代名教研究也好，还是社团研究和青年构形研究也好，最终都能返归自身，回落到生命层面。也就是说，在进行知识论方面的梳理或建构的同时，他也会重视学术活动和批评工作在存在论层面的意义。

这里不妨举个例子：张新颖在《见证一个人的成长》这篇文章中曾经谈到，在参加金理的博士论文答辩时，曾提醒他"论文都是在一个方向上分析（章太炎、鲁迅、胡风），而在 20 世纪以来的思想和文学中，名教批判的脉络不止一脉，还有别的方向的批判"①。此后，金理一直尝试放宽视野，从之前所忽略的方面入手继续梳理这一问题，以至于博论迟迟没有出版。经由这个细节，多少能看出他在学术态度上的严谨，以及他的情怀所在。迟迟不肯交付出去，是为严谨；最初都在"同一个方向用力"，正是因为研究对象的言路与金理本人的心路是契合的，是心之所念，对之怦然心动，才会格外重视。

金理的文学批评，其实也是自觉地往重视认识论和存在论的贯通

---

① 张新颖：《见证一个人的成长》，引自金理：《同时代的见证》，北岳文艺出版社，2015 年，第 2 页。

这个方向走的——这是我在读金理的文章时共鸣最为强烈的所在。其实，不管是学术研究也好，还是文学批评也好，都并不是在知识学层面上足够完备就可以止步了。它们的意义不能局限于此，相反，不管是学术研究还是文学批评，都应该与个人生命、时代相贯通，需回应生命与时代的问题。它们并不是纯粹的玄思，而是如阿多所说，也是一种精神修炼或精神参悟的方式。精神修炼并不是只是获得信息或知识，而是包含着自我或内在生命的养成与建立。这无疑也是金理所认同的。他曾这样谈到自己的批评观："文学批评是我个人的生命和文学发生关系的一种方式。它关涉着'生命的具体性'……所谓'生命的具体性'，在我的理解，是不将'个人'凝固成一个自外于现实世界、一尘不染的封闭'自我'，而是置身于纷繁复杂的现实（哪怕它们是平庸、烦琐的）中，通过'完成切近的具体事业'来沟通、担负个人在现实世界的责任，而文学批评正是这样一种'具体事业'。这个时候，批评（好的文学同然）应该化成批评者的血肉存在，甚至是一种生命机能，'布乎四体，形乎动静'，见证其在岁月流转中的生命履历，表达批评者浑然的存在体验，个人对现实社会和宇宙全体的直面与担当。"[1] 视批评为"个人的生命和文学发生关系的一种方式"，不断地学与思，以言行事，既增进学术层面的理解，也借此丰富对个体生命的自我认知，所强调的，正是批评在存在论层面的意义。

除了学术研究和文学批评，金理现在也在从事文学教育和编辑学术刊物等工作，身份日益丰富，但变之中也有其不变的所在。这些具体的工作，和金理的学术研究，可以说是互相促进、互相成全的。因着这些工作，学术研究和文学批评中的真知与美善，就不再是停留在理性认识的层面，而是在内化为个人生命之重要组成部分的基础上，被付诸具体的实践。具体的行动又反过来，让真知与美善得到拓展与

---

① 金理：《"新鲜的第一眼"与"生命的具体性"》，《南方文坛》2008 年第 6 期。

深化。这构成了一种"解释学循环",也是一种解释学的具体实践。正是这些具体的实践,使得金理的学术研究的精神,有了具体的表现形式,变得可见、生动、鲜活。学者赵园在谈论黄宗羲时,曾有这样的评议:"在黄氏,正是心性之学提供了学术的意义源泉,使学术境界与生命境界合致;而那种'江汉源头醋歌鼓掌'式的精神发越、情感陶醉,应是其后的乾嘉学人所难以体验的吧。"① 对于金理来说,始终不变的,一以贯之的,也许正是他有志于成为一个"文学性知识分子"的本色与初心;而使"学术境界与生命境界合致",使"人"与"学"合致,也正是金理所一路寻求与坚持的。我想,这种日渐增进的合致,学术、批评与生命的互相成全,会越来越成为金理的学术研究与文学批评的魅力所在。

---

① 赵园:《明清之际士大夫研究》,北京大学出版社,1999 年,第 423 页。

具体事情的逻辑与更丰富的智慧

——对 2016 年短篇小说的回顾与反思

2016 年的短篇小说，较之往年，并没有出现明显的断裂，或是异常耀眼的新变。不过这种平稳，并不意味着这一年度的短篇小说毫无可观之处。这里之所以做出这样的判断，起码与两个原因紧密相连：第一，不少作家在 2016 年之前，已经写出颇具分量甚至是令人惊艳的作品。到了这一年度，虽然他们同样写有水准不低的新作，但是相比于他们之前的那些杰作，相比于那些作家中的作家——文学大师们的杰作，还显得突破性不够。这恐怕也是无法强求的事情——杰作从来就是稀缺的，创新也从来都是困难的。大多数的作家，都要写作大量看起来颇为雷同的作品，才能迎来那灵光闪现的瞬间，写出属于个人的、不可复制的杰作。而在这灵光闪现的刹那之后，又将进入漫长的与平庸搏斗的时期，重又置身于对杰作的期待之中。第二，作为一个离文学现场不算太远的读者，我已经读过不少作家的杰作或优秀之作，大抵知道他们的能力所在，知道他们各自的志趣、品性和美学特色，对他们所能抵达的高度也有所预期。这种前理解的形成，既加大了作品震掉个人阅读预期的难度，也带来了某种与期待相生相伴的苛求。

虽然没有颠覆性的惊喜，但是阅读 2016 年的短篇小说，仍然让我感到快乐。这一方面是因为，在众多的沙砾中间，仍有不少闪光的所在；另一方面则是因为，比之于历史、哲学、社会学等人文社会科学，小说，也包括短篇小说的最大优势在于，它能够呈现具体事情的逻辑，在场景的还原、重构与虚构中呈现丰富的智慧，带来诗性的愉悦。对于小说的这种独门能力，我仍旧深怀信任和热爱。

一、回望历史

2016 年的短篇小说中，有不少具有鲜明的历史意识。有的试图对历史进行回望和反思，有的则试图以历史作为视野，打量历史当中的人，理解他们为什么在特定阶段会做出这样那样的选择，是如何一步一步走到今天的。

孙春平的《身后事》这篇小说的主线是老革命秦丰年去世后所发生的一切，在叙述的过程中穿插讲述他生前所经历的重大事件。秦丰年是一个革命者的形象，但又不同于以往脸谱化的革命者的形象。他的人生遭遇颇为曲折，对革命亦有自己的理解。抗美援朝时期曾下过的一道独特的命令，使得他在战争后屡次受到审查，长期遭受不公平的待遇。但秦丰年最终得到平反，"磊落曾为老人带来不幸，但公平正义也终因他的磊落而回归"①。小说中对秦丰年在革命年代的遭遇的讲述，还原了历史本身的复杂性。秦丰年在后革命年代所经历的一切，也颇符合当今的现实。尤其是秦丰年如何处理与几个儿女关系的部分，涉及当代生活的不同面貌。不管是对待历史，还是对待当下的现实，孙春平的笔墨都是审慎的，也是从容的。他恰如其分地以文字重构个人与历史、现实的关联。这种扎实的、融贯着个人思考的写作，无疑是十分珍贵的。

朱山坡的《革命者》同样把视线转向风云变幻的革命年代，塑

---

① 孙春平：《身后事》，《长江文艺》2016 年第 12 期。

造了几个另类的革命者形象。他们都来自一个家庭："我"的伯父放浪形骸，浑浑噩噩，在大问题上又清醒而坚定，善于在画作中巧妙地隐藏生死攸关的秘密，因而在革命行动中起到不可替代的作用；"我"的父亲表面看来懦弱无能，实则有着坚定的信念和果断的行事能力；"我"的祖父则更为深藏不露，他的革命者身份，长期不为人所知，最终也出人意料。如今的小说创作，越来越重视理念的传达，观念化的程度越来越高，在小说中难以看到生动的人物形象和符合人物性格逻辑的语言和神态。《革命者》在这方面做得较为成功，值得注意。其实塑造生动的、有生命力的人物形象，讲好一个故事，对于小说家来讲，是非常重要的天赋，也是不可多得的能力。一部小说最后真正要被人记住，或具备恒久的魅力，最重要的，也还是看能不能塑造一些甚至只是一个能够在文学史上留得下来的人物。如果以现代主义或后现代主义文学的写作传统作为参照，这无疑是一种非常落后的做法，但重新重视那些曾因某种激进的策略而抛弃的写法，恰好是现代主义或后现代主义小说更好地完善自身的方式。

储福金近年来一直在经营"棋语"系列，也在持续地发表这方面的小说。《棋语·搏杀》的题目就是这篇小说的主题词。除了"棋语"和"搏杀"，还有一个词对于理解这篇作品同样不可或缺，那就是"不平等"。小说中的彭星出身于普通工人家庭，在吃喝玩乐方面，无法与人可比；在学校读书时，则成绩很好，经常与一个被称为"奶油小生"的人互为第一、二名。后来到了上山下乡的时期，由于招兵的部队连长与"奶油小生"的父亲是老战友，"奶油小生"有了晋升的路途，参军后可复员回到城市。无特殊关系的彭星则只好到农村去，但在干农活上无法与农村青年相比，下乡一年多，"依然一挑上担，脚下就像在走钢丝"。出于对这种不平等的处境的反抗，他决定跳开来搏一搏，去找围棋高手查淡一较高下，却发现与查淡下棋仍需接受不平等条约，仍旧无法摆脱受制于人的境地。彭星在下棋上最终搏杀成功，赢得一局，然而，如何在现实中反抗更大的不平等，能否在现实中反抗更大的不平等，他是茫然的，并无把握和信心。正如小说里所写到的，在下完棋后，"他就开了门走进黑暗的巷子里去了。他不停地走，并不知道自己要往哪里去。一直走到城郊，面对着无垠的旷野……他为什么站在这里？他搏了什么？胜负是什么？如此，获得了什么？不如此，又失去了什么？然而他又觉得，他人生中只有这一次搏杀是实在的，其他所有的事情都在感觉中虚掉了"①。小说很好地表现了彭星身陷束缚却又无从反抗的感受。小说中的围棋高手查淡其实也身处不平等之中。结婚后，他听命于他老婆，凡事受她摆布，后来他老婆还是带着孩子离家出走。他的生活是破碎的，心灵也未必完整。有此不平等遭遇的查淡之所以着意设定不平等的棋局，试图让自己始终占据主导权，多少与个人境遇有关。耐人寻味的是，查淡最后仍旧失算，被彭星赢得一盘，查淡精心营构的世界也由此崩塌。另外，把茨威格的《象棋的故事》与阿城的《棋王》、双雪涛的《大师》与储福金的"棋语"系列放在一起进行对读，应是一件有趣的事情。

　　双雪涛的《跷跷板》则涉及上世纪 90 年代国企改革的问题。这一短篇，几无赘语，每一段话，每一句话，都有子弹般的硬度和力度。字数未必多，却有复杂的人性景深和广阔的社会景深，意蕴丰富。小说中的刘庆革，原是一个工厂的厂长，在企业改革时曾犯下不可告人的罪，虽然多年来一直没被人发现，内心却一直承受着罪责的折磨。在不久即将离开人世的时刻，刘庆革仍希望能找到合适的方式，来减轻自己良心上的不安。这是小说中隐约可见的线索。双雪涛并没有采取平铺直叙的方式来讲述以上的种种，而是从一个名叫李默的青年人的视角来逐渐揭开这一切——他是刘庆革女儿刘一朵的男朋友。刘庆革的故事，刘一朵与李默之间的爱情故事，在小说中两相交织，齐头并进，由此而形成小说的独特结构。《跷跷板》虽然涉及国企改革的

---

① 储福金：《棋语·搏杀》，《收获》2016 年第 6 期。

问题，但与上个世纪所盛行的"改革文学"大相径庭。除了年青一代人生活的引入，小说在写法上还借鉴了悬疑小说的叙述方式，主题严肃但扣人心弦，可看出年轻一代作家既坚持严肃探索又强调可读性的努力。

二、凝视现实

除了试图回到历史的深处，2016年有不少短篇小说也立足于当下的生活现场，着力关注当下的现实。现实生活中的困境，各个阶层、各种形式的困境，成为本年度短篇小说创作的重要主题。

这里不妨从须一瓜的《灰鲸》谈起。小说的主角是一对普通的夫妇。所谓普通，包括很多方面，比如他们的外貌，他们的生活态度，他们的经济状况，等等。小说也主要从普通的事情写起，先是写小说的男主角去参加高中同学聚会，昔日意气风发、激情四溢荷尔蒙也饱满的同学如今都开始进入中年，面临精神上的或物质上的危机。有个别已被枪决，有的则在服刑，有的已病逝或在遭受着中风偏瘫等疾病的折磨。其中有发了财的，在"金钱荷尔蒙"的刺激下，仍旧意气风发；绝大多数的人，则"都在岁月中变丑、变老、变乏味。彼此都是镜子，照出了大好年华都过了保质期。结实有力的身体、披荆斩棘的理解力、敏锐的感觉、过剩的精力、美好的好奇心。说不清哪一天起，就一样一样统统蛀蚀光了，像一篮子迟早要坏掉的蛋"[1]。小说的男主角，一个鲸鱼专家，一面感受着时光的飞逝、无情与凌厉，一面努力摆脱对当下生活的倦怠。灰鲸在小说中象征着另一种生活——庞大的、雄浑的、理想的、稀缺的人生。与灰鲸有关的一切，对于鲸鱼专家而言，就像雾霾中隐约可见的一丝光芒，是他能够继续坚持走下去的动力。他的妻子同样过着灰色沉闷的生活，甚至比他更加无望。

---

① 须一瓜：《灰鲸》，《花城》2016年第2期。

这夫妻间又是隔膜的，互相不能理解。

《灰鲸》主要写的是普通阶层的灰色人生，张悦然的《天气预报今晚有雪》则把目光放在一个中产阶级女性周沫身上。这是一个离异女性，她没有工作，每个月从前夫庄赫那里得到的那笔钱则让她仍旧有条件过上不错的生活。因此，她的困境主要是情感上的，这对于她来说，已经不堪面对，已让她非常痛苦。尤其是她与昔日的情敌顾晨，如今都因为被庄赫抛弃而形成一种独特的关系——既相互折磨，又相互依存。而随着庄赫的意外身亡，周沫很可能会失去那些她曾认为理所当然的、不值一文的东西，也失去她原来认为可以由自己所掌握的自由，陷入更加痛苦的境地。

蔡东的《朋霍费尔从五楼纵身一跃》同样从当下生活中普遍存在的困境出发。周素格的丈夫乔兰森原是一所大学的哲学教授，后来突然因病失去生活的能力。原本智力过人，优游于哲学世界的乔兰森在精神和日常生活方面都全面退化，俨然回到了孩童阶段，在方方面面都得依赖周素格才能维系下去。相应地，周素格也似乎从妻子的角色转变为母亲的角色。小说从一开始就提示周素格在筹划实行一个"海德格尔行动"，留下悬念。这个行动其实并不复杂，不过是周素格希望能独自去看一场演唱会而已。之所以命名为"海德格尔行动"，与这位德国哲学家的代表性著作《林中路》有直接关系。小说引用了《林中路》的题词："林乃树林的古名。林中有路。这些路多半突然断绝在杳无人迹处。"海德格尔在《林中路》中主要是借此暗示思想本身有各种各样的可能，有不同的进入思想之林的路径，并非只有形而上学这一路；在周素格这里，则是借此追问生活本身是否还有其他的可能。周素格所心心念念的行动，其实不过是从家庭责任的重负中稍稍脱身，有片刻属于私人的时间，借此喘喘气。然而，周素格终究是放心不下丈夫一人在家，最终选择了带他一起去看演唱会，并在喧嚣中亲吻她的丈夫。对于周素格而言，做出这样的选择，似乎仍旧是在责任的重负当中，似乎她的"海德格尔行动"失败了。事实并非如此。她最终的主动承担，既包含着对苦难的承认，也是人性的一次升华。通过书写周素格的个人遭遇，作者既直面了灰色的人生，又对苦难的人世始终保持温情和暖意。这篇小说在叙事上亦有可观之处。它之所以被命名为《朋霍费尔从五楼纵身一跃》，是因为里面写到，一只名叫朋霍费尔的猫曾从五楼跳下，自杀身亡。朋霍费尔决绝的行为，与周素格执行"海德格尔行动"的犹疑和辗转，一快一慢，形成鲜明的对比。

旧海棠的《下弦月》是一篇耐读的小说。它主要讲的是一个从小父母不在身边、由奶奶和爷爷抚养逐渐长大的少女笑笑，在十五岁这一年面临着如下的人生抉择：是跟随大伯到省城生活，跟随父亲到深圳去念高中，还是继续留在乡下和奶奶相依为命？随着这一条主线逐渐浮现的，还有笑笑上两代人所遭遇的社会历史和人伦的纠葛。小说中写到，笑笑奶奶和奶奶的妹妹曾生活在大城市，后来一起下乡。妹妹怀孕后扔下孩子给奶奶抚养，然后独自一人回城。奶奶为了妹妹的孩子，也就是笑笑的大伯，做了很多牺牲。包括失去回城的机会，也包括一直生活在穷困当中。到了笑笑父亲这一辈，又酿成大伯、父亲与母亲三人之间的不伦之恋——其实大伯才是笑笑的亲生父亲，而笑笑误认为是她亲生父亲的那位，其实只是笑笑的养父。笑笑母亲之所以在笑笑很小的时候就离开，也与这段"恶业"有关系。笑笑其实是不幸的，但是因为有她奶奶的呵护，也因为对上一辈的"恶业"尚未完全知悉，已经十五岁的笑笑依旧不失天真烂漫。如果知道真相后，笑笑将会如何选择，又将面临什么样的命运？这是小说中并未展开的部分。这篇小说，用了很多笔墨来写笑笑，俨然她是作品的主角，其实作者更多想写的，应是垂垂老矣的奶奶这个人物，这也是小说为什么被命名为《下弦月》的原因。笑笑奶奶是一个有光彩的人物，虽然命运充满困厄，但是她选择了背负起属于她的以及并不属于她的责任。对于笔下的人物，旧海棠怀有发自内心的体恤。

鲁敏的《拥抱》同样关注当下的现实问题。中年危机可以说是近年来写作的一个重要主题或重要面向，也出现了诸如弋舟的《刘晓东》《李选的踟蹰》这样有代表性的作品——当然这些作品的内涵未必局限于此。鲁敏的这一短篇和须一瓜的《灰鲸》，同样可以纳入这一范围。《拥抱》的题材不算新，写的人也多，但鲁敏找到了独特的表现角度。《拥抱》中的"她"和蒋原本是校友，蒋原读书时期曾是少女们心仪的对象。"她"与蒋原并非恋人关系。这么多年后，蒋原之所以约"她"，并不是为了重拾旧情，也不是因为对"她"有好感，而是因为蒋原发现，他那患有自闭症的孩子"喜欢""她"。"她"本以为蒋原约会"她"是因为对自己有好感，不想这次约会的目的只是希望"她"能够跟他儿子有个约会。"她"在青春期不曾有过轰轰烈烈的恋爱经历，这时候虽然事业有成，但因为丈夫出轨，家庭生活早已破碎。或许是因为个人生活得并不幸福，或者是因为蒋原身上会不时折射出"她"在少女时期的记忆和梦想，又或者是出于对"她"丈夫、对蒋原和对自己的恶作剧般的心理，"她"同意了参加这次"约会"。有意味的是，小说中的每一次拥抱都会落空。这个时时落空的动作，让人感觉无望，但结尾处男孩突然变得势不可当，最终结果如何，拥抱后又如何，却不得而知。因为小说所采取的是开放性的结局。《拥抱》的叙事逻辑的建立，是有难度的。如果只是对其情节进行概述，会令人感到离奇，甚至觉得所写的一切不可能发生，这小说并没有多少书写的意义。但这正是鲁敏的能力所在——通过细密的叙事建立一种有说服力的逻辑，尤其是小说对"她"的心理的把握和展现，可以说是令人惊叹。这篇小说令人觉得触目惊心的地方还在于，它很好地写出了人在困境面前是如何一点一点地陷落的。

《拥抱》主要写"她"如何被日常生活所磨损，写一个人"如何白白地年轻了，然后又白白地老了"，并没有让"她"落入深渊。在本年度的短篇小说中，我们还可以看到，人是会一点一点地陷落的，并且最终直到落在深渊才会警觉。我指的是徐则臣的《狗叫了一天》。徐则臣有不少作品写的都是那些生活在底层的人，卖假证的、贴小广告的、卖水果的，等等。这也是《狗叫了一天》中几个人物的职业。对于工作，对于生活，他们并不满意，各有各的倦怠，也各有各的愤怒。于是他们带着轻微的恶意，调侃一个智障的孩子，也带着轻微的恶意捉弄一条饥不择食、更谈不上有骨气的狗。他们在狗的尾巴上涂上骨头汤，让这条贫贱的狗不断挑战自身的局限，最终走向死亡。连带地，这个恶作剧也酿造了一场车祸，那个智障的孩子因此离开尘世——尘世之于他，原本不是困苦的所在，他热衷于给天空打补丁这样好玩的游戏。那些本来很轻微的恶意，正是在他们没有警觉的时刻，越滚越大。恶本身具有的体量，本来也不应该造成这么恐怖的后果，但它最终的威力是出人意料的。由此，对恶的警觉，理应成为一种人性的必须。

最近这些年，青年作家已成为短篇小说写作的重要力量，我们几乎会在每一份、每一期的文学期刊上与他们的作品相遇，甚至很多刊物都专门设立了有年龄限制、以代际来划分的栏目。在这些作品当中，马小淘的《小礼物》兼具文学意义和社会学意义。它有一种独属于马小淘和当前时代的声音、色彩与气息。马小淘和旧海棠一样，都以塑造人物见长，且有自己的独特写法。马小淘2015年发表的《章某某》和2016年发表的《小礼物》都分别塑造了属于这个时代的有代表性的人物。如果只是看小说的题目，很难会想到"小礼物"竟然是一个女孩的绰号。小说中的冯一锐第一眼见到陈爽就喜欢上了她，觉得她"像一株静默的马蹄莲，纤细、清洁、劝人向善，美得高洁而纯真，不见一点虚荣与轻浮"[①]。而在接下来的交往中，冯一锐却

---

① 马小淘：《小礼物》，《收获》2016年第6期。

隐隐觉得，个人与之交往的那种严肃和庄重，与陈爽的实际风格有些不搭。但与其说陈爽轻浮，不如说她身上所携带的，只是属于当前时代的率性和直接。这是目前青年一代的主导型的性格。在《小礼物》中，马小淘似乎是饶有兴致地观察生活中的各种人，饶有兴致地观察各种事情，饶有兴致地观察生活中的一切，然后把各种声音荟萃在一起，形成一种众声喧哗的效果。对于这一切，她有所思考，又并不偏执地认为就该如何如何。她通过"小礼物"这个词，以及这个人物形象，浓缩而形象地总结了"小时代"独特的交往方式和价值取向：略表心意，成则成，不成也无所谓。无可无不可。

李晁的《看飞机的女人》可视为一篇后青春期小说，这是他所擅长的题材。青年一代作家中，擅长写作此类题材的，还有文珍、毕亮、于一爽、吕魁，等等。《看飞机的女人》中的皇甫、木朗等青年，生活在一个边地城市，日渐职业化和社会化的他们开始日渐被"锁定"在一个地方，无所事事，心生厌倦。看飞机起飞、降落，也成为一种生活习惯，甚至是一种生活仪式，一种表达理想的方式。而这种习惯和仪式，随着他们社会化程度的加深也开始难以为继。小说的叙述语调略带调侃和反讽，让人想起余华的《十八岁出门远行》，还有朱文那些风格卓绝的作品。小说中还借皇甫的视角讲述了一个叫卓尔的女孩的经历，她从小就遭遇不幸，一直渴望能否以一种轻盈的方式告别如影随形的沉重，但这种状况一直持续着，无从摆脱。对于后青春期的忧郁和倦怠、叛逆与抵抗，小说作了精彩的书写。这些基本情绪，也是弥散在小说中的迷人气息。

三、先锋实验

本年度有不少小说作品，也带有先锋实验的写作意图。

东君本年度有风格相异的作品面世：《懦夫》的遣词造句和精神

气息，与中国古典小说有紧密的关联；《徒然先生穿过北冰洋》小说的写法则非常现代，有些章节完全以对话的形式写成，大量地运用了意识流的手法。《徒然先生穿过北冰洋》从第一人称展开叙事。小说中的"我"，网名叫徒然先生，他的微信朋友圈用的封面图片跟北冰洋有关。希望有一天能够穿越北冰洋，是徒然先生的梦想，但在实际生活中，他是一个受够了生活压迫的中年男人，他的妻子拉拉多次出轨后被他杀害，他则养了一条名叫拉拉的狗继续着属于他的幽暗人生。对妻子的爱和恨，罪与悔，如今都延续到所养的狗拉拉身上，过去的时间和现在的时间也在徒然先生与狗的相处中重叠。《徒然先生穿过北冰洋》写出了一个小人物的屈辱与无奈，以及被逼入绝境的愤怒和绝望。

李浩本年度起码有两篇同题的短篇小说面世，名字都叫《会飞的父亲》，分别发表于《青年文学》和《花城》。跟他以往的大多数作品一样，李浩的这两篇新作同样重视先锋探索，尤其是发表于《花城》的这一篇。它的叙述者"我"是一个孩子，小说主要是写"我"在八岁时关于父亲的现实和想象。在"我"不到一周岁的时候，父亲就离开了。在"我奶奶"和"我母亲"的讲述中，父亲当时是飞走的——小说的叙述之旅由此开启。在往后的论述中，则是现实和想象交织。一方面是"我"在生活中所遇到的现实，比如父亲的真实身世，他现在的身份，还有"我"和周围世界的疏离，同龄人对"我"的排斥。另一方面，则是"我"对父亲的持续想象，比如他到底是怎么飞走的，飞走后又过着怎样的生活。这些场景，展现了李浩作为一个小说家的独异想象力。小说中对"儿童世界的政治"的书写，也令人感到难忘。尤其是"我"，因父亲的问题而遭到同龄玩伴的排斥和疏离。被拒绝在世界之外，成为世界的一个陌生人，这对一个孩子来说，无疑是非常巨大的伤害。为了重新回到他们的阵营，"我"甚至自愿在游戏中扮演叛徒的角色。雷默的《告密》在写法上并不具备明显的先锋性，却也涉及这一问题。《告密》从儿童视角看成人的世界，观照特定阶段的政治观念对人伦的影响。比如里面写到"我"跟父亲聊天时的隔阂。"我"觉得跟父辈聊天是困难的，因为在聊到一个人的时候，大人们总会去追问这个人的父辈是谁，他们家原来的情形怎么样。那是一个重血统、重阶级出身的年代。"我"和国光是小说中不可忽视的两个人物，可以说国光曾经是一个坏孩子，比如他曾经当着"我"的面，跟别的同学放肆地大笑，以此来嘲弄"我"的孤立无援。这种"儿童世界的政治"，可能是每个人在成长的过程中都会遇到的，史铁生在他的散文和小说中也反复写到类似的经历。对于孩子而言，这是恐怖的记忆。《告密》既写了"我"和国光的结怨，也写了他们的和解；既试图写特定时期或人性中或隐或显的恶，但又不忽视细小的善，还有星火般的希望。这比一味地写人性的恶或写恐怖记忆要强得多。

黄惊涛的《天体广场》包括三个短篇。《让我方便一会儿》主要讲述因贫穷买不起房子的李也西一家去看房子的情景。他们将此视为一次难得的旅行，在看房的过程中则想象自己拥有一套房子后的生活。对于李也西夫妇来说，这是一个出神的时刻——暂时告别了苦闷而平庸的生活，在想象中"实现"了梦寐以求的、慰藉性的新生活。然而，李也西的父亲，一个身体有些小毛病的老人，忍不住使用了样板房的洗手间，这使得原本一直态度很好的售楼小姐突然变了脸，她的大声呵斥让他们从白日梦中醒来，再次回到日常的现实。《大海在哪个方向》同样关乎想象。小说的主角是一个在高空作业的玻璃清洁工。在工作的时刻，他的处境是危险的，然而这并不妨碍他拥有属于自己的世界，拥有属于自己的想象。跟李也西一样，他被凡俗的人生所缠绕，又在想象中进入另一个世界。《来自杧果树的敌意》则是讲述老干部吴约南搬迁房子后如何和窗外的一棵杧果树建立关系。对杧果树渐进的熟悉、渐进的喜欢，让这棵杧果树在吴约南的世界中越来越茁壮，杜果树的树荫甚至开始覆盖"他一生中已经在走下坡路的性爱时光"。出乎意料的是，这棵树在吴约南毫无准备的时刻就从他的世界中消失了。这三个短篇，既互相独立，又互有关联，有如晶体的不同侧面。它们所写的，都是一些平常的人物，都是一些平凡的瞬间，却往往有独特的光芒。《天体广场》在叙事上试图以轻驭重，具有卡尔维诺所提倡和追求的轻逸之美。

哲贵的《活在尘世太寂寞》带有传奇色彩或神秘色彩，小说的主角是一个叫诸葛志的神医。诸葛家族世代皆为神医，并且医术只传男不传女。作为诸葛家族的成员，诸葛志也从小就背负着神圣使命。文中所写，也多有神奇之处。这个家族的医生，很多时候类似于神，技艺高超，却无比冷漠。比如诸葛志，"无论病人和家属有多急，无论他们的哭声有多高，他的面色不会有任何变化，他的动作不会比平时快一分，说话的语速也不会快一秒。这些不会变化的原因，是他的心跳没有出现波动"[1]。诸葛家族的成员身上似乎具备一种独特的理性、一种只属于神的绝对理性。不过这种绝对理性并不能贯彻到底，一旦离开诊所，诸葛志也有情感的浮动，甚至会因为所背负的家族重任而深感压力。小说中还写到，诸葛志父亲临终前跟他所说的那句似乎能完成家族之间神性传递的话是"于病人而言，我们诸葛家族的人就是神，你就是神，生死皆在掌控之中"[2]。这种巨大的能力还有绝对理性，似乎就是他们"活在尘世太寂寞"的原因。他们身在尘世但又不属于尘世，故而寂寞。如果能够再往前一步，对世人有着更大的爱愿并付诸行动，这种高处不胜寒的寂寞可能会涤荡一空。

这些作品的先锋意图，或是体现于形式，或是体现于观念——试图反抗惯常的观念，或是体现于题材的开拓。或许是受短篇小说本身的篇幅限制，这种种意图的实现，还不算特别理想。如果以年度为

---

[1]　哲贵：《活在尘世太寂寞》，《收获》2016年第6期。

[2]　同上。

界，2016 年的中长篇小说在这方面所作的尝试，比短篇小说更值得注目。比如李宏伟的长篇小说《国王与抒情诗》和中篇小说《而阅读者不知所终》《暗经验》，还有黄惊涛的长篇小说《引体向上》、黄孝阳的长篇小说《众生·设计师》，都是值得讨论的先锋文本。

四、对一个问题的反思

以上主要是从主题和形式的角度入手，对 2016 年的短篇小说进行回顾。接下来，我想以更为内在的精神层面为路径，继续谈谈这一年度短篇小说所存在的问题，其实也是这些年来短篇小说创作中一直就存在的问题。

中国当代文学一直面临着变革的期许，作家们也以这种期许为期许。这使得小说创作领域发生了很多可喜的变化，可是也出现了不少问题，甚至是迷误。从上个世纪 90 年代以来，作家的主体意识和文学意识开始日益增强，大多尝试对小说的内部空间进行开拓。具体方式则有很多种，比方说，题材领域的不断拓宽，对事情复杂性的认识在加深，写作手法也日益多样化。在技艺和思想层面具有双重自觉的作家越来越多，可是与此同时，作家的思想资源也日益同质化，人文精神的退却，更成为一种常见的现象。如今，有不少作家只把自己定位为复杂世相的观察者和描绘者，此外再无其他使命。昆德拉在《小说的艺术》中提出的"小说是道德审判被悬置的领域"这一观念，成为他们的写作信条。借着这一信条，很多作家在"写什么"上得到了极大的解放。一些极其重要的伦理、道德、社会问题的领域，成为作家感兴趣的所在，但这当中的不少小说作品，在价值层面是存在迷误的。有不少作家都致力于呈现各种现象，尤其是恶的现象，可是在这些作品中，很难看到有希望的所在。很多作品甚至是在论证，人在现实面前只能苟且，只能屈服于种种形式的恶。对恶的书写，并不是越极端就越有深度——这是对小说创作的极大的误解。诸如此类的迷误和误解，在 2016 年的短篇小说创作中同样存在。值得注意的是，一个作家的写作，当然可以站在非人文的、非道德的立场，而不必始终承担道德教化的任务，但是不滑向反人文、反道德的境地，这一底线伦理始终是有必要坚守的。因为非道德、非人文的立场，只是意味着悬置道德判断和价值判断，无对错之分；而反人文、反道德，则是鲜明的道德立场和价值立场，是必然要论对错的。在写作中事事、时时持道德教化的姿态，固然无趣，可是在一些非常重要的，甚至是根本性的问题上，还是应该保持警觉，应有某种肯定的价值作为依托。如果没有这样的警觉和依托，就很容易陷入尼采在《善恶的彼岸》中所说的境地："与恶龙缠斗过久，自身亦成为恶龙；凝视深渊过久，深渊将回以凝视。"

就此而言，我觉得一个作家的理想状态是：能够面向事情本身，有能力写出事情复杂的、暧昧的全体，而不是以偏概全，只看到事情的一个点或面。在面对参差多样的世界时，作家还应该有自己的情怀、伦理立场与实际承担。这并不是要求作家给出适合于所有人的答案，告诉人们应该如何做，而是将问题揭示出来，借此激起人们的伦理感受。真正好的作家，应该是既能写出恶的可怕，而又能让人对恶有所警惕的。只有当一个作家既不刻意简化"现实的混沌"，又始终有自己的伦理立场和人文情怀，才真正建立了健全的主体性。

由此，我想起了福克纳和他的写作。1949 年，福克纳在接受诺奖的演讲中曾经谈道，"爱情、荣誉、同情、自豪、怜悯之心和牺牲精神"对作家来说是非常重要的，"少了这些永恒的真实情感，任何故事必然是昙花一现，难以久存"，作家"写起来仿佛处在末日之中，等候着末日的来临"。但福克纳说，他拒绝接受人类末日的说法，不相信这种景象会到来。相反，他对人和人的未来抱以希望，"因为人有灵魂，有能够怜悯、牺牲和耐劳的精神。诗人和作家的职责就在于写出这些东西。他的特殊的光荣就是振奋人心，提醒人们记住勇气、荣誉、希望、自豪、同情、怜悯之心和牺牲精神，这些是人类昔日的荣耀……诗人的声音不仅仅是人的记录，它可以是一个支柱，一根栋梁，使人永垂不朽，流芳百世"[1]。这正是福克纳的叙事遗产的精华所在。

由此，我还想起鲁迅和他的写作。鲁迅在最初开始写作小说时，正处在内外交困的时期，心情是非常灰暗的，甚至是绝望的。这使得他不愿意写作，只是靠抄古碑来消磨生命。这种感受，在他为小说集《呐喊》所写的序言中有完整的记录。在那时候，失望，甚至是绝望，才是鲁迅的确信，但他又说，"我虽然自有我的确信，然而说到希望，却是不能抹杀的，因为希望是在于将来，决不能以我之必无的证明，来折服了他之所谓可有……"[2]正是出于这样的认知，他才终于开始作起小说来，并且在写作《药》《明天》《祝福》《孔乙己》等作品时，既不断地往恶的深处挺进，又不断地寻找光，不忽视那些慰藉性的温暖，例如，在《药》里给夏瑜的坟头添加一个花环。《药》中所描绘的景象，其实是非常黯淡和非常惨烈的：华夏本是一家，但如今夏家孩子的鲜血，却被用来制作人血馒头，成为医治华家孩子的肺痨的药；夏瑜是启蒙者、革命者，被反革命所杀，却得不到他试图启蒙的对象的理解，反而认为夏瑜是"发了疯了"，是活该。就连夏瑜的母亲去给他上坟，见到有人在看着自己，"便有些踌躇，惨白的脸上，现出些羞愧的颜色；但终于硬着头皮，走到左边的一坐坟前，放下了篮子"[3]。鲁迅说，往夏瑜坟上添一个花环是"曲笔"，但这一"曲笔"，

---

① ［美］福克纳：《获奖演说》，收入刘硕良主编：《诺贝尔文学奖授奖词和获奖演说》，漓江出版社，2013 年，第 247-248 页。

② 鲁迅：《呐喊·自序》，《鲁迅全集》第 1 卷，人民文学出版社，2005 年，第 441 页。

③ 鲁迅：《药》，《鲁迅全集》第 1 卷，人民文学出版社，2005 年，第 470 页。

在小说中是相当重要的，将小说提升了不止一个高度。如果没有这一笔，小说中所描绘的世界就是一个没有任何希望没有任何出路的世界，有这一笔，则意味着再浓烈再沉重的黑暗也可能有尽头，尽头也可能会有光。小说中写到，夏家的亲戚早已经不跟夏家来往了，这个花环很可能是夏瑜的友人或同志送的。读者借此看到，革命者虽然牺牲了生命，但可能他的同志仍在努力，未来到底会怎样，仍旧有不同的可能。夏瑜的母亲在看到这个花圈后，认为这是夏瑜特意显灵告诉她，夏瑜是被冤枉的。但当夏瑜的母亲想要进一步确证时，鲁迅在小说中却没有给出这样的保证。也就是说，鲁迅并没有刻意地否认或回避事实的惨烈，并没有否认恶的横行是存在的，更不会轻易做幸福的承诺。可是我们可以看到，鲁迅在写作时，在面对恶时，他是有自己的声音和立场的，哪怕他所写的只是小说。包括小说中写到许多人都觉得人血馒头"香"时，鲁迅在小说中也说那是一种"奇怪的香味"。鲁迅写了阴冷残酷的景象，但他的创作始终有着充沛的人文精神，整体上体现出汪晖所说的"反抗绝望"的言路，鲁迅所建构的，是一个"阴暗而又明亮"的文学世界。[1]

鲁迅在谈论自己的写作时，曾提到要"揭出病苦，引起疗救的注意"。[2]如果一个作家所描绘的，是完全黑暗的景象，固然也揭出了病苦，却未必能引起疗救的注意。因为既然是完全的黑暗，那么就连疗救的愿望，也会被打消的。作家在写作的过程中，时间久了，也会被恶所卷走，最终认同恶的逻辑才是唯一的逻辑。这也是为什么有的作家会觉得写作是非常痛苦的事情，读者读这样的作品，也不能从中得到有益的滋养，甚至会觉得对个人心智是有害的，顶多只能从中获得

---

① 参见汪晖：《反抗绝望：鲁迅及其文学世界》，生活·读书·新知三联书店，2008年，第316页。
② 鲁迅：《我怎么做起小说来》，《鲁迅全集》第4卷，人民文学出版社，2005年，第526页。

一些时代的信息而已。如此而已。

"揭出病苦"的勇气是可嘉的，这样的写作，无论在什么时代都需要，都值得肯定。在此基础上，用什么样的方式"引起疗救的注意"，也同样值得思考。只有同时兼顾这两个方面，小说才有可能形成更丰富的智慧，走向更为阔大的境界。而作品所闪耀的光芒，也将更加多彩，更加绚烂——那里不仅有艺术之光，更有思想之光，有心灵之光。

新锐的多重面孔

——关于"广东本土新锐小说家、诗人专号"

　　2011 年，广东作协主办的《作品》杂志下半月刊开设了"新活力"栏目，以每期一半左右的篇幅，先后推出了彤子、陈崇正、王威廉、李德南、卓奇文、王哲珠、叶清河、于馨宇这八位广东青年作家的作品专辑。随后又相应地开设了"岭南批评"栏目，邀请知名批评家对这些作者的作品进行解读。这种重视培养新人的举措，引起了《南方日报》等媒体的关注；"新活力"栏目中刊登的不少作品，也先后被《小说月报》《中华文学选刊》《2011 中国中篇小说年选》等选刊、选本收录。有的作者，更借由这一机缘，顺利地推出了个人的长篇小说。这种相对集中的出场方式，对这些作者的创作，多少起到了激励与推动的作用。

　　也许是基于同样的考虑，《作品》杂志在 2013 年第 6 期又打算推出"广东本土新锐小说家、诗人专号"。较之"新活力"栏目，这次的专号，既有彤子、陈崇正、王哲珠三位作者再次入选，也有不少新的面孔。通过这期杂志的作品，我们也多少可以看到这些新锐小说家、诗人在写作上的同一与差异。

一、写实的本土叙事

　　这些青年作家中，彤子、陈崇正、王哲珠等，都注重开掘自身的本土经验，有志于赓续岭南文学的书写传统，挖掘岭南文化的底蕴。① 他们的写作，分别涉及广府文化、潮汕文化等岭南文化的不同组成部分，写法上又有所不同。

仅就本土叙事而言，用力最深、最为本色的，当属彤子。她先后创作的《落雨大·寡妇》《水上人间》《逝去的瓜》《玉兰赋》等"岭南旧事"系列小说，都有意从不同层面入手，重新打量自己所扎根其中、饱受浸染的岭南文化。《落雨大·寡妇》以广东民谣作为小说的架构，书写几个女性的命运；《水上人间》主要书写疍家人那种逐水而居、行将逝去的生活方式；《玉兰赋》则通过客家婶玉兰的人生经历与形象，展现独具特色的"唱叹"（哭丧）这一地方风俗。在经过审美创造与诗学转换后，"唱叹"便和白先勇《游园惊梦》中的京剧、贾平凹笔下的秦腔、莫言《檀香刑》中的猫腔一样，成为一种"有意味的形式"。

彤子这次发表的《伞者》，对岭南文化之异质性的表现，主要在语言方面。《伞者》的叙述语言，仍以普通话为主，人物的对话却融入了很多粤语方言。这是值得重视的尝试。从某种意义上来说，语言和存在本身，其实是有同构性质的。海德格尔曾经说过："语言是存在的家。"他在诠释学方面的传人伽达默尔则接着发挥说道："能被理解的存在就是语言。"语言不只是一种沟通的工具或表意符号，还是我们与世界照面的方式。人只有掌握语言，才能理解世界，拥有世界。我们在掌握语言的同时，我们也为语言所掌握。海德格尔更是特

---

① "本土"并非一个只有单一内涵的概念，在不同的语境和参照系中，常常被赋予不同的涵义。例如在后殖民理论进入我们的批评视野后，"本土"也被用来指称和西方不一样的、甚至是对立的"中国经验"。"广东本土新锐作家、诗人专号"中的"本土"，则主要是对写作者出身地的限定，即他们来自广东各个地级市，都是土生土长的广东人。这里所使用的本土经验、本土叙事等概念中的"本土"，则更多是在岭南文化、岭南文学的层面上使用。

别重视原初意义上的语言——诗歌语言和方言。在《思的经验》这本书中，他曾经提到一个观点："也常常有人认为，方言是对普通话和书写语言的糟蹋，让普通话和书写语言变得畸形丑陋。但事实恰恰相反：土话是任何一种语言生成的隐秘的源泉。任何蕴含在自身中的语言精神都从此一隐秘源泉中源源不断地流向我们。"[1] 由此可见，对方言土语的重视，其实不乏哲学存在论的依据。

从文学的角度来看，引入方言土语，也是有意义的。对于很多南方作家来说，用普通话来写作，其实面临着非常大的挑战，甚至会陷入失语的困境。在《马桥词典》的"后记"中，韩少功曾特别提到一点：1988 年后，他到了海南。不会说海南话的他有一次跟朋友到市场去买菜，见到不知名的鱼，便向卖主发问。卖主瞪着眼告诉他说，这是"海鱼"。再问，卖主又瞪着眼说，这是"大鱼"。韩少功于是觉得，这些渔民的语言和词汇，是很贫乏的。后来才知道，海南"土著"关于鱼的词汇量非常非常大。问题是，这些词汇，没办法进入普通话。它们"隐匿在我无法进入的语言屏障之后，深藏在中文普通话无法照亮的暗夜里"。而对于文学来说，这些生活经验又是非常珍贵的。因此，在《马桥词典》里，韩少功对马桥这一民间世界的考证、辨析与展现，主要是围绕着方言词汇展开的。余华也不无抱怨地说过：对于他这样在南方小镇上成长的作家来说，用普通话来写作，差不多就是在用一门外语来写作。写作俨然成了一种翻译。既然是翻译，写作过程中，就有可能会丢失很多独特而微妙的东西。也正因如此，在推荐韩邦庆用吴语写作的《海上花列传》时，胡适说道："方言的文学所以可贵，正因为方言最能表现人的神理。通俗的白话固然远胜于古文，但终不如方言的能表现说话的人的神情口气。古文里的人物是死人；通俗官话里的人物是做作不自然的活人；方言土话里的

---

[1] ［德］海德格尔：《思的经验（1910—1976）》，陈春文译，人民出版社，2008 年，第 103 页。

人物是自然流露的活人。"①

　　胡适的说法，虽然不免绝对，但在写作中适当地引入方言，的确有助于展现方言使用者那错综复杂的意识结构，达到"传神"的效果。就此而言，《伞者》的尝试，有其值得注意之处。彤子的这篇小说，并没有给我多少思想上的冲击，也没有提供多少新的叙事经验，可是对于从小就说粤语的我来说，《伞者》里的对话是鲜活的，我似乎也借此回到了生活的现场。方言的引入，较好地呈现了玉丫、玉丫外公这些人物的神情与语气，还有岭南日常生活中的独特气息，也让作者自身的情感体验与生命体验，得到了真实而自然的流露。

　　适当地引入方言，对小说的语言艺术本身，也是一大丰富。在当下，很多的作家，其实主要是以普通话为中心的现代汉语来写作。这种标准化、公共化的语言方式，有时候会削减文学的丰富和多样，让写作变得千人一腔。借助语言的差异和特点，文学则可能找到突破点。比如今年获得华语文学传媒大奖的两部小说，金宇澄的《繁花》和颜歌的《段逸兴的一家》，就分别吸收了不少上海话、四川话的元素，有了自己的特色与魅力。这是文学的胜利，也是语言的胜利。从这个层面来说，彤子的这一系列尝试，也不失为一个好的方向。

二、后现代的本土叙事

　　除了彤子，陈崇正的写作，也注重传达自身的本土生存经验，试图完成一个庞大的家族—地域小说系列，建立一个属于他个人的小说世界，已经完成的作品包括《半步村叙事》《香蕉林密室》《寄魂》《结扎》等。他的书写方式，和彤子又有很大的不同。在陈崇正的小说中，很少能看到鲜明的方言土语。另外，彤子所倚重的，是一种非

① 　胡适：《〈海上花列传〉序》，《胡适文集4·胡适文存三集》，北京大学出版社，2013年，第368页。

常扎实的、近乎实证的方式，基本上不出传统的现实主义范畴。陈崇正的写作，则带有浓重的后现代色彩，注重引入武侠、言情等通俗文学的手法，也注重不同主题的拼贴或糅合。

在《香蕉林密室》《半步村叙事》等小说中，陈崇正既试图直接面对历史，努力还原历史的真实，又试图通过自己的想象和虚构，把历史"陌生化"。《香蕉林密室》里具有普遍性的、当代的"大历史"，在小说里大多是在半步村这个地方展开的。陈崇正将中国的"大历史"和半步村这个地方的"小历史"对接起来，由此，"大历史"便获得了一个不一样的"起源"，也获得了另一种参照。半步村具有独特的人文风习，例如"在半步村，所有的拜祭活动都离不开蛇的身影。从青花瓷碗上的蛇纹图案也可以推知，对半步村的人们来说，蛇是恐怖的，也是神圣的"。蛇这一诡异的意象，给半步村笼上了一丝诡异的历史气息，有些魔幻的味道。这些风习，还有半步村的空间诗学，都有陈崇正的个人记忆，甚至有个人的想象成分在内。因此，小说中的历史，是陌生化了的历史，也是诗化了的历史。

陈崇正的这些作品，还带有鲜明的80后特色。琼瑶小说热、计划生育、大学生就业难……这些和80后这一代人有关的文学现象或社会现象，都是他在创作中所念兹在兹的。《春风斩》篇幅不长，只有两万字左右，却同样涉及80后所经历过的诸多公共事件，叙事密度大，叙事手法也非常多样。傻正、孙保尔、向娟娟三人的"伟大的友谊"，是整篇小说的主线。小说还穿插了几条不同的副线。小说主要从"傻正"的视角展开叙事，他与孙保尔、向娟娟自小就是朋友。向娟娟一度对"我"（傻正）有好感，后来与孙保尔来往，遭到孙保尔家里反对后，又一度回到"我"的身边。"我"与孙保尔、向娟娟既有很多的共同记忆，又与他们分别有些寻常或不寻常的经历。这里面的线索，互相缠绕，但说到底，都是对友情、爱情的回忆与诉说。

在叙述的中途，《春风斩》也一度将叙述重心移至向娟娟和她的家人身上。计划生育，可看作是理解这一家庭的核心事件。向娟娟的父亲向四叔以杀猪为生，这一人物形象，多少让人想起周星驰《国产零零七》中那位"风度翩翩的猪肉佬"。"每天早晨他起床做的第一件事不是撒尿，而是用玻璃杯倒满一杯白酒，随手在橱柜里抓两颗橄榄，坐到门口的树桩上半眯着眼睛喝起来……他仰起头也不说话，就算是打过招呼。"对于这样的细节，看过周星驰电影的，或许都会觉得似曾相识，忍俊不禁。有意思的是，向四叔身上，又多少融入了一些武侠的因素。"半头猪，一百来斤，他一拎前后两条猪肘子，就能稳稳当当将之扔到板台上，跟扔一个皮球似的。哐当，猪肉在板台上晃动了一下。然后向四叔开始在手摇水泵边磨刀，霍霍，霍霍。""向某人今天把话撂在这里，一边是刀，一边是钱，你们自个选，屋瓦你们想捅也尽管捅，人是不会给你带走，向某人杀猪无数，也不怕杀几个人。"向四叔拎猪的动作，还有一番自我表白，都颇具侠气。可是接下来，便出现了向四叔因计划生育被抓去结扎的场景。通过结扎这一情节，有些英雄气息的向四叔，又回到了常人的层面上。这正是典型的后现代技法。

在《春风斩》的第六到八节，叙述的重心再次回到了"我"、孙保尔、向娟娟身上。这里面，既有对"伟大的友谊"这一青春主题的再度叙述，又引入了一新的公共事件：SARS。在这里，陈崇正所关心的并非SARS发生的前因后果，而更多是以SARS作为背景，讲述孙保尔误信传言，倒卖陈醋与板蓝根的荒唐经历。在小说的第九、十节，小说又写到SARS所带来的恐慌，也涉及最近几年大家所关心的医患关系等话题。就这样，20世纪80年代以来的诸多公共事件，被整合在了一部中篇小说里。

陈崇正曾在微博上透露，写《春风斩》的动因，是为了"纪念"十年前的SARS事件，可实际创作出来的作品，已非原来的设想所能涵盖。在小说中的具体行文，《春风斩》还不断地提及老狼的校园民谣、刀郎的《2002年的第一场雪》、张国荣去世等80后的集体记忆。从文本中所涉及的诸多公共事件和细部的修辞来看,《春风斩》俨然是陈崇正从80后的视角出发、为80后而作的"怀旧"的文本。这种面向时代主要问题而写作的努力是值得期许的,然而,电影对白体的游戏式对话,还有打一枪换一个地方式的游击战术,过多地考虑读者趣味的写法,也削弱了小说的深度。当然,从后现代的立场来说,反讽和游戏本身就是写作的终点和目的,深度不过是无关紧要的乌有之物。

三、乡土中国与城市中国的纠葛

陈再见的《七脚蜘蛛》和王哲珠的《医道》,放在一起进行对读,恰好能看到乡土中国与城市中国之间的微妙纠葛。

多年前,费孝通在《乡土中国》中曾指出,从基层上,中国是乡土性的。而近年来,随着城市化进程的加快,中国的社会性质发生了很大的变化。乡土中国在走向没落,城市中国则开始引人注目。很多原本生活在乡土上的人们,纷纷开始入城,陈再见便是其中一员。他来自广东陆丰,到深圳后有过打工经历,后来得益于深圳较好的文化政策,借助专职写作的形式亦能相对自如地生活。最近,他又开始在某社区图书馆工作。与这种生活经历对应,他近年所写的不少作品,也以打工题材居多。《七脚蜘蛛》中的"我",就有不少作者本人经验的痕迹。

《七脚蜘蛛》的"我"与水塔,都来自粤东,曾一起到深圳的电子厂打工。水塔一度成为拉长,"我"则是物料员。水塔做人比"我"要活络,有时候甚至会为了钱而不惜偷窃。他们和别的过来人一样,希望能通过自己的努力,买房买车,扎下根来,成为深圳这一新兴城市的一员。而对于庞大的打工族来说,这就像是一个不切实际的梦想，借用小说里"我"的看法，"那就跟读小学那会儿说要当个像爱因斯坦那样的科学家一样远大悲壮"。当诸多的困难甚至是困境在眼前展开时，的确有不少人，会像"我"一样，选择过半逃避、半妥协的生活，或者是和水塔一样，耗尽心思，甚至不惜铤而走险。这两条路，都不乏典型。

《七脚蜘蛛》并没有写到乡土生活，也没有写到"我"与水塔对乡土的态度。可是很显然，他们并不想回到乡土世界里，继续以往的生活。哪怕在城市里过着一种流离的生活，似乎也比回去要强。乡土的记忆又总有其坚韧的一面。比如小说里的七脚蜘蛛，既真实地存在于水塔那堆满废品的出租屋里，又与他们的出生地联系在一起。我不知道，在粤东是否真有七脚蜘蛛是"七脚拐鬼"这么一说，但这种特殊的经验与记忆，确实成了小说里最引人注意的部分。"我"，不再像更早的离乡入城者那样，在城与乡之间有那么多的心理纠葛，但依然是社会变迁途中的中间物，必得承担社会历史所给予他们的命运。也因着七脚蜘蛛这一意象，他们的命运便具有了隐喻般的力量——住不下来、又不能离去的城市，对他们来说，也正是一只七脚蜘蛛。它有属于自身的魔力，"谁要是在夜里遇到它，谁就得经受那种魔力的考验，也就是在死的边缘挣扎"。

与陈再见相比，王哲珠的写作，更多是扎根乡土，尽管她也有《那世那人》这样注重语言实践、诗意空灵的作品。我之所以认为她的《医道》可以和《七脚蜘蛛》进行对读，首先与小说里的陈当这个人物有关。他的人生，与《七脚蜘蛛》里的"我"与水塔不尽相同，但都有乡土和城市生活的经历，三者同属一个形象序列。不同于"我"与水塔那种决绝地离开乡土的人生态度，陈当对乡土世界有自己的眷恋和情怀。他本有机会留在城市，能比《七脚蜘蛛》里的"我"与水塔要更容易地在城市里扎根，却选择了留在寨里。这是另一种的人生选择，也是承担命运的又一种形式。

小说里的圆木这个人物形象也值得注意。《医道》的语言是柔软的，和圆木的心灵对应。《医道》也没有多少曲折的情节，不过是写圆木因为思念自己的父母，对医生说自己病了，希望能通过医生的努力，让在城里打工的父母能回来和自己过生日。最终，陈当也答应了小男孩的要求，宁愿承担来自圆木父母方面的苛责，替圆木实现这再平常不过的愿望。王哲珠将小说取名为《医道》，显然是有自己的深意——提醒大家多关注"道"，顺应生命和心灵的需要，不要为"术"所束缚，为外界的喧嚣所干扰。也可以说，这是一种温和的提问：对于我们的生命而言，到底什么最重要？在巨大的城乡变动面前，我们是选择过一种功利的、物质化的人生，还是更重视情感，继续守护土地的本根？

四、新锐的想象与内心生活

吴纯、张其鑫和静颜都是非常年轻的作者，也都有非常好的写作机缘。生于1987年的吴纯，曾凭短篇小说《驯虎》获得台湾的联合文学奖，以文坛黑马的形式进入我们的视野。如今，我们通常从以下两个角度来理解"新锐"之为"新锐"：一、年纪较轻便开始受到文坛关注，并能逐渐发出自己声音；二、写作中具有鲜明的探索精神，有可能创造出新的文学范式或提供新型的美学经验。吴纯的独特之处，就在于她兼具这两种特点。不管是她所关注的问题，还是她的表述方式，都与前人有明显的不同，具有鲜明的异质性。

不同于陈崇正、陈再见、王哲珠这些出生较早的80后对社会现实经验的关注，《驯虎》和《猎鹿》并无清晰的时代感，而更多是朝向个体的内心，向内挖掘。《猎鹿》带有些许童话的色调，有两个故事单元。第一单元，主要是讲"我曾有过一段多灾多难的牙齿成长史"，讲述"我"如何排斥吃肉，还有周围的人对肉类的耽溺。作为个体的"我",最终也被家人所教化,"终于融入了正常的家庭生活,在各种唧唧咕咕的吃肉聚会中谈论说笑"。第二单元,则借助写实和幻想等手段,讲一头熊如何猎杀鹿,熊最后也被人类所猎杀。小说也附带地提到一个食客猎杀十七头鹿的疯狂。这两个故事单元,在小说里被吴纯用吃肉这一行为和其他的细节很好地缝接起来。所有的这些似乎只是作者一次无关紧要的臆想,无关宏旨。但作者的笔墨还是隐约地指向了文明与野蛮这个人类的基本生活命题。在日常生活中,人们通过烹饪等手段,还有诸如"印有粉色兔子的餐具和花朵图案的切肉器"等器物,让食肉行为变得文明起来。可事实上,在这文明的底部,依然是野蛮的猎杀。人之杀鹿和其他动物,与熊猎杀鹿一样残忍。在"吃"这一层面上,人并没有摆脱动物性,而是和动物处在同一个序列。人在生物链上,其实也是猎食者,是暴力的施予者。

在写作的过程中,吴纯有意把上述主题打碎。遣词造句时,她又特意选择了一种生物学和医学式的语言。比如:"我们从幼年开始就接受了吃肉类食物的训练,母亲教我们如何用侧边的牙齿使力,如何让上下颚配合无间,利用牙齿凹槽的力量把肉自然碎开。""花色的脂肪皮肉之后,脉搏和血管被胡乱扒开。猎物剧烈悲惨地渗着血水颤抖,它撕纸条一样拉开右肱骨,再若有所思地扔掉,最后不小心把整个头颅拧了下来。它抱着一颗鹿头,鼓着嘴坐在草地上,像个不知所措的懵懂孩童。"这种处理方式,和小说的主题是暗合的——这些表述,既适合人,也适合其他动物。它起到了一种陌生化的美学效果。

在吴纯的写作中,想象占了很大的比例。就此而言,张其鑫的小说可说是有过之而无不及。他的《我曾如此孤独》,和陈崇正的小说也有些相似之处,语言都带有黑色幽默的成分,但张其鑫小说中的抒情气息比陈崇正的要重一些。小说虽命名为《我曾如此孤独》,叙述重心却不在"我"身上,更多是借助"我"的视角,来讲述一个家庭内部的种种不堪或不幸:祖父是强盗,父亲因为毒品而坐牢,母亲与人偷情，祖母有毒害祖父的嫌疑，哥哥夏答杀害前恋人的父亲胡屠夫，夏答又死于车祸……所有的这一切，都是造成"我"之孤独的原因。最后，"我"选择了出家。这一连串的意外，暴露了小说的编造痕迹，也削弱了小说的说服和感染力。对张其鑫来说，稍微注意一下写实的手法，多融入一些现实生活的经验，也许会有更大的提升。

和《我曾如此孤独》相比，静颜的《小日子》在写法上要平实得多。它并没有多么复杂的情节，而是写一个家庭内部不无琐碎的生活，写家人的喜怒哀乐。再有就是年轻人开始逐渐长大，告别童话般的单纯和理想，开始努力理解生活庸常的一面。无须讳言的是，小说里所透露出来的对生活的理解，都是清浅的。当然，对于一个才二十岁的年轻作家来说，要理解人生种种的复杂、幽微，还为时过早。

五、诗歌写作的两种面向

本期刊发的两位诗人的诗作，在风格上差异极大，几乎是对立的两极，也代表着当下诗歌写作中两个不同的路向。

这次入选的不少作者，多是依靠直觉、才情和经验来写作，唐不遇则更强调知识、教养对写作的意义。他既继承中国古典文学的传统，也有广阔的世界文学视野。《草木三章》《隐士三章》《杜甫三章》《自传三章》等诗作，更多是尝试对中国古典意象与古典题材进行现代转化。这种现代，是立足于自身的文学传统而生成的。这既包括把很多古典的意象用现代汉语的句式表现出来，从而形成新旧的交错和融合。再有就是立足于当下的生活，重新理解古典文化、古典文学的人物及其精神。例如《杜甫三章》，文末标明是为纪念杜甫诞辰一千三百周年而作。既然是纪念，是一种历史性的回望，就难免会把当下的视角也带到诗歌里——这便是伽达默尔所说的阐释学境遇。"这一夜，你睡得一点也不安稳，/像是睡在穷人的坟地。/在黑暗中呼吸的不是你的肺，/ 而是生存漏风的肚脐。""你的鞋子比道路更懂得 / 这个国家为何诞生又抛弃你，/ 此刻它们在床脚下醒着：/ 卑微和苦难，哪个更像鞋里的沙子？""骨头，只是大地的一处闲笔。"诸如此类的诗句，都写得内敛、有力，唤起我们的现实感受。借助杜甫、李贺这些历史人物，唐不遇介入现实的情怀与意图，亦在在可见。

《天堂三章》《脸谱三章》《幻象三章》，还有《彗星三章》中的《兰波》则偏于现代，承接的主要是西方诗歌的脉络。尤其是"在那三年里，你像一根火柴 / 刮擦着巴黎咖啡色的磷。/ 火焰照亮天堂和地狱，/ 灰烬洒进面包和酒。// 这就是你独特的炼金术 / 在胃酸过多的梦里，洗涤着 / 疯狂的食物，沾满颜料的词语……/ 那一个个声音的气泡。"这样的小节，不管是意象还是句式，还有内在的精神，都更符合西方诗歌的传统。

两个不同的诗歌传统，在唐不遇的写作中，有时候也会合二为一。例如《自传三章》中的《潭经》这一首："背对着瀑布，坐在岩石上，/ 水流从脊背冲刷而下，/ 骨头想哇哇大哭，/ 深绿的潭水 / 紧紧收缩着。// 在别的女人的子宫里 / 我再也没有听见 / 儿时第一声哭泣的回声。/ 我成熟的肉体，/ 睡觉时依然蜷着。// 在另一块岩石上 / 一条蛇，犹如瑜伽大师。/ 当它直起身子，潭水 / 一阵猛烈阵痛，/ 一尾红色的鱼跃出水面。"

"背对着瀑布，坐在岩石上""潭经""深绿的潭水""一尾红色的鱼跃出水面"这样的字眼和诗句，在中国古典诗中较为常见；其他的意象和诗句则是"西化"的，现代的。然而，它们被用在同一首诗里却不显得分裂或冲突。也正因为有学养作为根基，唐不遇的诗，往往透露出一种在 80 后里并不多见的成熟、节制与从容，在技艺与经验、艺术与政治、个人与社会、感性与知性、语言与存在等方面均能保持平衡。

与唐不遇的这种沉着、庄重相比，乌鸟鸟所写的，多是"撒旦的诗篇",充满了亵渎的激情和快感。他有意借助"狂想"来穿透生活,挖掘诗歌的可能性。他的诗一如他的名字,奇异,滑稽,生猛,凌厉。这次发表的系列组诗,主要是借用一种"负面的想象力"来完成的。姜涛曾提到一个观点:"在一般的文学经验中,存在着基本的价值等级,比如崇高/邪恶,优雅/粗鄙,光明/黑暗,天空/大地等一系列的'二元模式'。在经典的文学想象中,这些价值等级是稳定的,比如北岛的诗歌想象就依据这一等级产生,或者说完全是'正面的'。而海子虽然在观念上是'反现代'的,但在感受上,却发展了波德莱尔以来现代文学关于'黑暗''恶'的关注,并形成了他想象力的核心……"[1] 他把这命名为"'负面'的想象力",这正是乌鸟鸟的"狂想体"的重要特点——它们也处处充满黑暗的、恶的事物。

《那些年我们常常在夜晚压倒青草一片狂想》这一首,主要写少年身体觉醒时的苦闷和叛逆,还有来自教育体制方面的压抑。这可以说是一个早已陈旧不堪的主题,乌鸟鸟却借着这种"负面的想象力"创造出诸多奇特的关联与意象,刷新我们的经验:"卷曲的人毛"与"羞耻的苔藓","义务教育的围墙顶部尖尖的玻璃碎片"与"龇咧的鳄鱼之嘴","青春的操场"与"宽阔的温床","少女"与"怀孕的花朵"……这是一种极其放肆、大胆的"青春写作"。

《盒装人造氧气狂想》《贫穷的皮箱狂想》《长途非洲犀牛狂想》等诗作,都带有超现实主义的成分,强调诗歌对体制和规则的拆毁能力,呈现出一种惊人的陌生化色调。乌鸟鸟的诗里充斥着对生活的极度失望乃至绝望,写作的激情却让他从中升腾而起,创造出奇特的经验图像:这是一个贫乏的时代,人落难,连罕见的天使也拎着皮箱出逃,于是"鸡毛与天使毛,满天飞舞"。地球再无原生的东西,一切都是人造的,人生如此无趣,人们只能"数着上帝的毛,安然昏睡"。

---

[1] 姜涛:《冲击诗歌的"极限"——海子与80年代诗歌》《巴枯宁的手》,北京大学出版社,2010年,126–127页。

《长途非洲犀牛狂想》这一首，更是打破了诗与小说的界限，可看作是一则诗体小说，超现实主义版的《人在囧途》：在 3999 年，异乡人开始思乡，"在外省贩卖婴儿的舅舅"开始在地下室"面孔苍白地谈论回家的事宜"。为了避开乘慢火车、长途汽车、飞机等种种恐怖的方式——诗里有详细描述，他们开始了骑长途非洲犀牛回家的"浪漫"之途。这一还乡之旅，刚开始还算顺利，却不想在第四天，"气温降至3℃，还下起了酸雨 /N 个昼夜的奔跑，他们的屁股颠起了血泡 / 继而磨破了皮，两条孩子痛得大哭 / 他们被迫在亚热带高速公路上，安扎帐篷 / 给损坏的屁股，涂云南白药，贴创可贴 / 安抚孩子，等待乌云变白，天放晴，再上路 / 他们坐在帐篷里，看汽车，在酸雨中奔跑 / 舅妈再也浪漫不起来了，愁容满面 / 呆若木鸡地咀嚼，康师傅牌美颜方便面。"等他们回到家时，已经是大年初六了，年味全无，地上"连片爆竹皮也清理干净了"。这些荒诞的叙事，已接近想象的极限，是如此地不可思议。然而，一旦我们把它和很多底层百姓过年春运时那种困境对接起来，便会觉得这想象中隐含着一种奇特的预见能力。它是未来生活的变形记。乌鸟鸟借助诗歌这一样式发展了卡夫卡式的想象力，是这些作者中最为激进的新锐。他俨然成了诗歌界的拉什迪。

辑二

意志与深情

生存论的写作路向与写作伦理
——以史铁生为中心

一、两种写作路向

近读谢有顺的《此时的事物》一书，看到其中有这么一段话："回想整个 20 世纪以来的文学，由于过度崇尚想象和虚构，以致现在的作家，几乎都热衷于成为纸上的虚构者，而不再使用自己的眼睛和耳朵写作，也忘记了自己身上还有鼻子和舌头。于是，作家的想象越来越怪异、荒诞，但作家的感官对世界的接触和感知却被全面窒息。写作者普遍戴着文化的面具，关心的多是宏阔、伟大、远方的事物，而身边那些具体、细小、卑微、密实的事物呢，不仅进入不了作家的视野，甚至没人再对它们感兴趣。一种远离事物、细节、常识、现场的写作，正在成为当下的主流，写作正在演变成为一种抛弃故乡、抛弃感官的话语运动。这种写作的特征是：向上。——仿佛文学只有和天空、崇高、形而上、'痛苦的高度'密切相连才是正途，而从大地和生活的基础地基出发的写作——也就是一种向下的写作——则很容易被视为文学的敌人。"①

这一论断值得注意——它着实说出了 20 世纪，尤其是 20 世纪下

---

① 谢有顺：《发现生活的地基》《此时的事物》，江苏教育出版社，2005 年，第 210 页。

半叶以来中国文学的弊端所在。如果要对"向上的写作"和"向下的写作"从更理论化的角度作归纳，大概可以说，"向上的写作"走的是知识论的写作路向，"向下的写作"则是走生存论的写作路向。所谓知识论的写作路向，指的是这种写作是概念化、公式化的，是先验的，作者的种种理念在文本中呈显现状，甚至如石头在水当中一样突兀。这种写作，多以现成的总体性的知识话语、流行的"主义"（如和文学、政治、经济、性别、种族有关的种种知识或"主义"）作为演绎对象，惯于在抽象的符号世界里奔突，却不与生活世界接通，没有从生活现场中获取鲜活的精神气息，也往往与作者个人的心灵世界相隔绝，是一种"纸上的文学"。生存论的写作路向则意味着，这种写作试图抵达知识得以形成的更具本源性的存在领域，始终以个体的存在作为地基，和具体的生活世界、心灵世界互相贯通，甚至是密不可分的。作者的各种理念与其直接经验相融，就像盐溶化在水中一般自然而然，因而是非概念化、非公式化的。也可以说，这是一种有存在感、有"个人的深度"（祁克果语）的文学。

知识论的写作路向和生存论的写作路向所意指的，既是一种思维方式的差异，又是一种写作方式的差异。做出这样的区分，并非要简单地贬低前一种写作路向并抬高后一种写作路向。毕竟，人的骨子里都有一种形而上学的冲动；对知识的追求，也合乎人类本性。爱因斯坦对此就多有肯定，他说："人们总想以最适当的方式来画出一幅简化的和易领悟的世界图像；于是他就试图用他的这种世界体系（cosmos）来代替经验的世界，并来征服它。这就是画家、诗人、思辨哲学家和自然科学家所做的，他们都按自己的方式去做。各人都把世界体系及其构成作为他的感情生活的支点，以便由此找到他在个人经验的狭小范围里所不能找到的宁静和安定。"[1] 而我想要指出的是，

---

① ［美］爱因斯坦:《探索的动机》,《爱因斯坦文集》第一卷, 许良英、李宝恒、赵中立、范岱年编译, 商务印书馆, 2012年, 第171–172页。

爱因斯坦的话中所涉及的一些基本事实常常为我们所忽略，那就是真正有效的知识，总是来自于"经验的世界"。知识效能的实现，最终也还需要回到个人的经验世界中，"经验唤起的人的感受比思想更多，而且来得更直接和更鲜活，也更容易沟通"①。与此相连，我认为爱默生以下的话非常值得重视。他说，书本理论——也就是知识——是高尚的，但一个写作者要"用自己的心灵重新进行安排"，然后再把它表现出来。"进去时是生活，出来时是真理；进去时是瞬息的行为，出来时是永恒的思想；进去时是日常的事务，出来时是诗。过去的死去的事实变成了现在的活生生的思想。它能站立，能行走，有时稳定，有时高飞，有时给人启示。它飞翔的高度、歌唱的长短都跟产生它们的心灵准确地成正比。"②

真正有效的知识，必须从个人的经验世界中来，并且回到个人的经验世界中去。这并非一种无根的设想，而是有深刻的生存论、存在论依据的。依照海德格尔在《存在与时间》中的说法，人（此在）是一种在存在者之中占有特殊位置的存在者，具有不同于其余存在者的存在样式：生存。此在具有两个基本特点：第一，此在的存在并不是现成的，也不是一成不变的。第二，此在的存在具有一种向来是"我"的性质，所关心的首先是"我"自己的存在，而不是具有普遍性的存在方式。③也就是说，人在"站出去生存"这一过程中，总是以自身的存在作为出发点，然后构造起具有个人色彩的世界。个人（此在）和世界的照面，总是以"我"为圆心，是"世界闯进了我的身体"（翟永明语），是"世界无情而鲁莽地直走入我的胸膛里"（郑

① 张清华：《文学的减法》，吉林出版集团有限责任公司，2009年，第40页。
② ［美］爱默生：《美国学者》，《美国散文选》，孙法理选译，重庆出版社，1985年，第76页。
③ ［德］海德格尔：《存在与时间》，陈嘉映、王庆节译，生活·读书·新知三联书店，2006年，第49-50页。

敏语）。世界之于个人，不是像"水在杯子里"这样一种简单的空间关系，而是如蜗居之于蜗牛。世界实际上是个人的一种存在状态，两者有血肉相连的联系。世界以及组成世界的各种存在者，它们和人之间的关系，也首先是存在关系，而不是知识关系。"'存在关系'乃一种可能性关系，是一种源始性关系；'知识关系'源出于'存在关系'，或者说，是以'存在关系'为可能性条件的。"[1] 知识关系可以是经验的，也可以是先验的、超验的，存在关系却必定有经验这一维度；知识关系可以一分为二，分出互相对立的主体和客体，存在关系却必然是血肉相连、密不可分的。

由于这样一种识见，向来以追求具有普遍性的知识为目标的西方哲学也出现了从知识论到生存论的转向。这一转向，首先是由马克思、海德格尔等哲人发动的。然而，由于种种原因，20 世纪下半叶以来的中国文学走的依然是知识论的写作路向，生存论的写作路向则往往遭到蔑视、打击和误解。这既令人迷惑，又令人感到无奈。仅仅是从知识论的路向出发，文学作品本身的局限自然不难设想。它完全有可能导致文学和生活世界、和心灵世界、和人生相隔绝。正因如此，文学史家夏志清先生在《中国现代小说史》中谈论张爱玲时才会特意强调："作家所需要的不一定是知识，而是她的人生的教育。"[2] 而即便是声称"夙短于文学"的思想家梁漱溟也"很知道文学就是对人生要有最大的领略与认识"。[3] 人生，可以说是文学的心。缺少了人生参与的文学，自然是无心的文学，至少也是空心的文学。脱离了活泼的、多样的个人存在，文学和人的距离，更是远而又远。我们很难指

---

[1] 孙周兴：《说不可说之神秘：海德格尔后期思想研究》，生活·读书·新知三联书店上海分店，1994 年，第 28 页。

[2] 夏志清：《中国现代小说史》，刘绍铭等译，复旦大学出版社，2005 年，第 258 页。

[3] 梁漱溟：《朝话：人生的省悟》，百花文艺出版社，2005 年，第 27 页。

望这样的作品中能有多少鲜活的精神识见站立起来，更不能指望通过阅读这样的作品能让我们的生命、灵魂变得温润，因为它们本来就不关乎生命，不关乎灵魂，不关乎人生。

尽管这种知识论的写作路向有着如此大的局限，一代又一代的写作者却往往在不经意间重蹈覆辙。长此以往，文学的路，自然是越走越窄。面对这样一种状况，对知识论的写作路向的批评，还有对生存论的写作路向的认可与实践，都值得我们重视。

史铁生也明确地反对认识论的写作路向。在《写作与越界》中，他说："我遗憾地发现，'文学'二字果然已被'知识树'的果实给噎成了半死；更多的人宁愿相信那不过是一种成熟与否的技能，却忘记着，上帝所以要给人孤独、欲望和写作才能的苦心苦盼。"[1] 他甚至试图将"写作"与"文学"区别开来："文学之一种，是只凭着大脑操作的，唯跟随着某种传统，跟随着那些已经被确定为文学的东西。而另一种文学，则是跟随着灵魂，跟随着灵魂于固有的文学之外所遭遇的迷茫——既是于固有的文学之外，那就不如叫写作吧。前者常会在部分的知识中沾沾自喜。后者呢，原是由于那辽阔的神秘之呼唤与折磨，所以用笔、用思、用悟去寻找存在的真相。"[2] 史铁生所说的那种"只凭着大脑操作的，唯跟随着某种传统，跟随着那些已经被确定为文学的东西"的"文学"，那种"在部分的知识中沾沾自喜"的"文学"，所走的正是知识论的写作路向；而他所说的跟随着灵魂、致力于寻找存在之真相的"另一种文学"，所走的正是生存论的写作路向。

透过上述这段话，我们已经能够大抵看到史铁生对知识论的写作路向的不满。而事实上，他对这一写作路向有非常多的批评。在另

---

① 史铁生：《写作与越界》，《史铁生作品全编》第 7 卷，人民文学出版社，2017 年，第 91 页。

② 史铁生：《病隙碎笔 5》，《史铁生作品全编》第 8 卷，人民文学出版社，2017 年，第 137 页。

一些场合，他还指出："现代的混乱大半是因为，人们让已有的知识、主义、流派等等缠绕得不能抽身，却离生命最根本的向往与疑难——我相信这就是罗兰·巴特所说的'写作的零度'——越远了。"[①] 在他看来，写作并不是从政治和经济出发，不是从传统出发，甚至也不是从文学出发。写作的起点，应该是原初的、本真的存在。是存在的疑难，而不是什么理念与知识，那种种关于民族的、国家的、政治的、文化的理念与知识，构成了写作的开端："当一个人刚刚来到世界上，就如亚当与夏娃刚刚走出伊甸园，这时他知道什么是国界吗？知道什么是民族吗？知道什么是东西文化吗？但是他却已经感到了孤独，感到了恐惧，感到了善恶之果所造成的人间困境，因而有了一份独具的心绪渴望表达——不管他动没有动笔，这应该就是、而且已经就是写作的开端了。"[②] 在另一些场合里，史铁生进一步指出了知识本身的局限。在他看来，我们人类的知识永远不可能穷尽外部世界的奥秘，因此，我们永远都只能在主观世界中徘徊。一切知识或客观真理都只是在不断地证明着人类自身的残缺，"它们越是广博高妙越是证明这残缺的永恒与深重，它们一再地超越便是一再地证明着自身的无效"。[③]

与此相连，史铁生对祁克果所说的"主观性真理"抱肯定的态度。祁克果曾指出，在"主观性真理"当中，"是不存在供人们建立其合法性以及使其合法的任何客观准则的，这些真理必须通过个体吸收、消化并反映在个体的决定和行动上。主观性真理不是几条知识，而是用来整理并催化知识的方法。这些真理不仅仅是关于外部世界的

① 史铁生：《给 FL（1）》，《史铁生作品全编》第 7 卷，人民文学出版社，2017 年，第 343 页。
② 史铁生：《病隙碎笔 4》，《史铁生作品全编》第 8 卷，人民文学出版社，2017 年，第 137 页。
③ 史铁生：《病隙碎笔 2》，《史铁生作品全编》第 8 卷，人民文学出版社，2017 年，第 69 页。

某些事实，而且也是发扬生命的难以捉摸、微妙莫测和不肯定性的依据"。[①]借助这样一种思考，史铁生进一步地完成了他在写作上的认知，更为坚定地与知识论的写作路向告别，越过了那个为总体话语、各种主义或理念所统治的世界。

二、从个体的存在处境出发

史铁生在写作观念上有深入的反省，在具体的写作实践中则有更充分的文学自觉。与对知识论的写作路向的否弃相连，他对生存论的写作路向的贯彻是非常坚决的。他的作品，可以说是生存论的写作路向极为生动的范例。

不少批评家在论述史铁生的写作时，都会注意到他的个人身世，尤其是残疾这一遭遇。这样一种切入方式不免残忍，对于理解史铁生的写作却是必需的。残疾，正是史铁生最为基本的存在处境；他的写作，则是从这一处境出发，走向纵深。在《我与地坛》《合欢树》《病隙碎笔》等散文中，史铁生总是一再提到残疾以及其他疾病对他的影响。他也承认，这一身体的基本处境影响到他看问题的角度和态度，和爱情一样，残疾也是他个人生命的密码。

在《我与地坛》中，史铁生的笔触，首先指向地坛这一古园。地坛是文化胜地，可是在落笔之初，史铁生就有意地省略了它在知识、文化上的"意义"（这正是文化大散文得以大做文章的着眼点），坚持从生存论的、现象学的角度去看待它：

> 地坛离我家很近。或者说我家离地坛很近。总之，只好
> 认为这是缘分。地坛在我出生前四百多年就坐落在那儿了，

---

① 转引自史铁生：《病隙碎笔 2》，《史铁生作品全编》第 8 卷，人民文学出版社，2017 年，第 68 页。

而自从我的祖母年轻时带着我父亲来到北京，就一直住在离它不远的地方——五十多年间搬过几次家，可搬来搬去总是在它周围，而且是越搬离它越近了。我常觉得这中间有着宿命的味道：仿佛这古园就是为了等我，而历尽沧桑在那儿等待了四百多年。

它等待我出生，然后又等待我活到最狂妄的年龄上忽地残废了双腿。四百多年里，它一面剥蚀了古殿檐头浮夸的琉璃，淡褪了门壁上炫耀的朱红，坍圮了一段段高墙又散落了玉砌雕栏，祭坛四周的老柏树愈见苍幽，到处的野草荒藤也都茂盛得自在坦荡。这时候想必我是该来了。十五年前的一个下午，我摇着轮椅进入园中，它为一个失魂落魄的人把一切都准备好了。那时，太阳循着亘古不变的路途正越来越大，也越红。在满园弥漫的沉静光芒中，一个人更容易看到时间，并看见自己的身影。①

在这段文字中我们可以发现，史铁生对地坛的理解和描述一开始就是与"我"有关的。"我"对事物的理解，还有对自身存在意义的确认，则如海德格尔所说，是在时间中展开的。后面史铁生还提到，死亡对于"我"这样的人类个体来说，是必然要经历的事实。"我"的生存因为受时间和死亡限制而带有有限性，不得不向死而生。史铁生还写到，在两条腿残废后的那最初几年，"我"找不到工作，也找不到去路，几乎什么都找不到了。这时候，"我"就摇着轮椅到地坛那儿去，"仅为着那儿是可以逃避一个世界的另一个世界"。这里的"世界"，不是物理学意义上的、纯粹客观的世界，也不是符号化的、抽象的、纯粹观念的世界，而是一个与"我"之日常生活经验相连

① 史铁生：《我与地坛》，《史铁生作品全编》第6卷，人民文学出版社，2017年，第35页。

的、直接可感的实在世界。每个个体在日常生活中具体的生存体验，还有恐惧、烦闷等基本情绪，都是这个"世界"的重要构成。这个"世界"，乃是生存论、现象学意义上的"世界"。按照黑尔德在《世界现象学》中的说法，这一"世界"实际上是人类生存的境域："所有与我们相关的东西在同我们相遇时，我们对它们出现的境域十分信赖，尽管我们并没有对它们做过专门研究。这个事实，用胡塞尔建立的现象学来看，是现象学的基本知识。所谓境域就是我们人类生活于其中的那些'世界'，如政治界、体育界、公务员界、计算机界等等。最后还有涵容一切的世界，即不同的文化。我们必须在这些世界中为我们的思想和行为定向，因为这些世界作为指引联系为我们提供规则，告诉我们的注意力应该沿着什么途径前进：所有与我们有关的东西或事件，总是进一步指向另外一些同样可能为我们所处理的东西或事件。离开这类指引联系，任何独立的举止行为都是不可能的。"[1]黑尔德所说的"世界"，乃是一个作为行动或思想之境域的"世界"。不同的"我"，具有不同的"世界"。这生存论意义上的"世界"，在一般情况下是不会引起人注意的。比方说，当我们在自己的家里，悠然躺在舒适的沙发上，很少会时刻地注意到家的存在。家这一"世界"或境域因与"我"此时此刻的情绪两相契合，一点都不触目。然而，若是我们外出了很长时间，或者是遭遇了巨大的变故，或者是家里很多事物发生了明显的变化，我们就会注意到它。"世界"对"我"的显现，需要有某些契机。残疾对于史铁生来说，就是使"世界得以显现"的重大事件。它牵涉到史铁生的方方面面：肉身和精神、生与死、爱情、社会价值、意义感、生计……从根本上看，它意味着史铁生的整个"世界"都发生了变化，意味着理解事物和自身的境域发生了变化。然而，不管怎么变化，只要"我"还存在，依然在向死而

---

[1] ［德］黑尔德：《世界现象学》，倪梁康等译，生活·读书·新知三联书店，2003年，第199页。

生，作为境域的"世界"就依然存在。有"我"就必然有"世界"。如黑尔德所言："在我们的生活中，不管处境显得多么绝望，也绝不会发生我们最后找不到任何指引联系而告结束的情况。在每一个具体的处境中，生活世界的普遍的指引联系都会更新变化，也就是说，现象学意义上的'显现'，即从境域中走向前来的事件的发生，是绝不会中断的。现象的这种不中断性、这种不会停顿的发生过程，其基础就是，指引在不断地进行下去；这种不断的发生无非就是世界，只要我们把世界理解为作为普遍境域的具体的生活世界。这里，世界的存在具有一种发生的性质。按照人们习惯的想法，世界是一种静止存在，是一个巨大的容器，它可以容纳一切可能存在的东西，或者像维特根斯坦所说的那样，世界是'一切发生的事情'的总和。这个通常的想法是不充分的……新的指引联系总是不断展现于我们之前。"①

对于史铁生来说，地坛就是黑尔德所说的具有指引作用的境域。当史铁生在里面写道，地坛"是可以逃避一个世界的另一个世界"，这绝不是无心之举，而是为我们提供了一个理解《我与地坛》之要义的根本性的切入点。正是因为这种生存论、现象学意义上的关联，"我与地坛"的"与"字，便具有了甚深的意味。这里的"与"，实际上相当于海德格尔的"此在在世界之中存在"的"在……之中"。"与"和"在……之中"一样，都不是对某种物理空间的说明，而是对一种存在关系的标明。正是基于"我"的残疾境遇，基于"我"个人存在的疑难，"我"与"地坛"才获得了血肉相连般的联系。"与"字正是对这种存在关联的提示。因此，在阅读《我与地坛》时，我们有必要好好体会这个"与"字的深厚蕴含。

《我与地坛》可以说是一个现象学的经典文学文本，史铁生在观看、书写"我与地坛"的关系时，他所用的是现象学家的眼睛和笔

---

① ［德］黑尔德：《世界现象学》，倪梁康等译，生活·读书·新知三联书店，2003年，第201页。

墨。对于"我"来说，地坛首先是一个与"我"之存在密切相关的"世界"，一个符合"我"个人意愿、让我愿意置身其中的"世界"。这一"世界"既为肉身性的"我"提供了切身的去处，也为精神性的"我"提供了得以自由冥思的空间。正是在地坛里，"我"可以一连几个小时专心致志地想关于死的事，想关于灵魂的事，也可以以同样的耐心和方式思考生存及其意义等等问题。在地坛之中的"我"处于一种敞开状态，既不断向内挖掘，凝视个人的自我与内心，又不断地朝外在世界开放。我不单是在思考个人的遭遇和命运，也在思考爱唱歌的小伙子、中年夫妇、长跑家、漂亮而不幸的姑娘等人乃至于全人类的遭遇和命运。存在的自我超越和澄明，就是在带有开放性的省思中发生的，是在地坛这一"世界"或境域中发生的。

在这里，"我"与地坛的关系，并非像水在杯子当中、桌子在屋子当中、书在抽屉里这样单纯的物理意义上的空间关系，而是具有一种深刻的现象学意蕴。水脱离了杯子，水照旧是水，杯子也照旧还是杯子；桌子离开了屋子，桌子也照旧是桌子，屋子也照旧还是屋子；书远离了抽屉，书照旧还是书，抽屉也照旧还是抽屉。这种分离，仅仅是物理空间意义上的变更，不会导致彼此在形态、性质上发生丝毫改变。可是对于"我"而言，地坛是"我"的生存得以展开、得以形成、得以成其本质的境域或"世界"。"我"之存在的可能性，在"我"身上所发生的存在之澄明，是在和地坛照面、"打交道"的过程中形成的。地坛作为"世界"，具有生存论、存在论的意味。"我"与"地坛"，实际上是相互生成、相互成全的关系。一旦缺少了地坛，"我"就少了一条通达存在的通道；离开了"我"之存在的切身与具体，地坛也将不复是如此有血有肉、有生命气息的地坛。离开了史铁生这个"我"之存在的切身与具体，"我"与地坛之间，就很可能只具备公共化的"知识关系"，而缺少个人化的、亲切而熟悉的"存在关系"。很多读者，正是因为《我与地坛》这篇文章，正是因为对史铁生的敬仰才知道地坛，才去地坛的。多年后，史铁生在《想念地坛》中提到，写完《我与地坛》以后，因为搬家搬得离地坛越来越远等原因，"我"已经很少去地坛。然而史铁生说，虽然"我"已经不在地坛那里，但是"我"对地坛有想念，凭着想念"我"便能跨过时空的界限，只要"我"在想念地坛，地坛的清纯之气便会扑面而来，地坛并没有远去，地坛依然还"在"。"我已不在地坛，地坛在我。"这也再次说明，"我"与地坛之间有一种存在论意义上的切近和熟悉。

对于"我"而言，地坛除了是现象学意义上的空间，还是一种具有存在论意味的关联方式。这里对"我"之优先性的确认，和海德格尔在《存在与时间》中对"此在"之优先性的确认若合符节。如果说《我与地坛》的第一节主要写"我"与地坛的关系，那么接下来的第二节则是主要写"我"和母亲的关系。在"我"和母亲之间，地坛同样起到了一种关联作用。第二节的第一句是这样写的："现在我才想到，当年我总是独自跑到地坛去，曾经给母亲出了一个怎样的难题。"[①] 地坛是"我"和母亲的纽带。而这样的关联方式，实际上贯穿于整篇文章：第三节主要是写"我"与时间的关系，为的是再次强调时间对"我"之生成的意义。第四、第五节主要写"我"和地坛其他来访者的关系，第六、第七节则是"我"对存在之意义的终极体认。

史铁生在整篇文章中所涉及的种种，莫不是从"我"个人的存在状况出发的。这样一个具体而实在的"我"，在《我与地坛》中可谓是念兹在兹，无日或忘。作为读者，又岂能忽视。而这样的一种写作思路，几乎贯穿于史铁生最为重要的著作。以"我"观人，以"我"观物，以心证心，可看作是史铁生的思维方式和书写方式。

在《病隙碎笔》当中，史铁生的写作同样建基于个人的存在处

---

① 史铁生：《我与地坛》，《史铁生作品全编》第6卷，人民文学出版社，2017年，第37页。

境。很多人都会注意到，《病隙碎笔》是一部非常有深度的散文作品。在这部看似随意、松散，实则有严密构思的作品里，史铁生对宇宙、自然、人生、死亡、病痛、愉悦、命运、宗教、文学艺术等问题进行了开掘。可是史铁生的思考，并非仅仅是知识论意义上的，而是和《我与地坛》一样，始终有生存论的根基，是从个人的存在处境出发的。

写作《我与地坛》时的史铁生仅是残废了双腿；而在写作《病隙碎笔》的时候，他的两个肾也失灵了。史铁生在其中的种种思考，都是在这一背景中铺开的。他的思考之所以深刻、动人，是因为种种思考都经由个人的生命进行"重新安排"，是有"个人的深度"的。若是单单从知识论的角度去评价这些思考，他对宗教的沉思未必比得上西方的众多宗教学家，事实上，史铁生的认信方式和对宗教的认知和威廉·詹姆斯、薇依等人尤其接近；他对文学艺术的思考，也显得有欠缜密，缺乏体系意义上的完整；和索福克勒斯这样的悲剧作家相比，史铁生对命运的思考，也并没有说出更多的秘密，发现更多的幽暗地带。可是，史铁生的所言所思背后，始终站立着一个人，也就是史铁生自己。此一铁生，命运多舛，却不畏险阻，持志前行，勇气可嘉。此一铁生，何其具体；他的存在，又何其鲜活。而从个人的存在出发，他的所言与所思就始终是独特的、具体的，和他的人生一样鲜活、生动，无从化约。

我们完全可以说，史铁生的写作，是一种从个人存在处境出发的写作，是一种从个人生活的基础地基出发的写作，也是一种把诚与真（史铁生将此表述为"诚实"与"善思"）融为一体的写作。

三、打破文体的边界与固定格式

在中国当代作家中，史铁生是为数不多的同时在小说和散文领域都有重要影响的作家之一。尤其引人注目的是，他的不少作品都跨越了文体的界限，具有鲜明的先锋气质。

在史铁生的写作中，《我与地坛》是一部为他赢得巨大声誉的作品，某大学的一位中文系教授甚至每年都会用十余节课的时间来讲述这篇文章。这也能从一个侧面说明《我与地坛》的价值与意义。

《我与地坛》最早发表于《上海文学》，当时编辑把它归类为小说，史铁生则把它视为散文，后来不少学者围绕它甚至有过"散文与小说之争"。从文体学的角度来看，它确实既"像"散文，又有小说的"嫌疑"，是一个非常值得讨论的文本。然而，就史铁生的作品整体而言，过多地纠缠于文体的区别并无太大意义。原因在于，打破文体的边界，取消文体的固定格式，正是史铁生从事创作的意愿之一，也是史铁生个人写作路向的合乎逻辑的展开。

在一封书信中，史铁生曾这样表达他对写作伦理的理解："理性一词至少有两个解：一是恪守成规，一是善思善想。相应的写作理性也有两路：一是向已有的作品问技巧，问流派；一是向生命根本的向往与疑难问原由，问意义，技巧而后发生。"[1] 他所说的两种写作理性的差别，也正是知识论的写作路向和生存论的写作路向的差别。在另一封书信中，史铁生还沿着这一思路，对"文学"和"写作"作了区分，"向已有的作品问技巧，问流派"的写作，常常为"学"所局限，这是"文学"。不管技巧甚至也不管流派，只管对生命的根本疑难发出追问的，则是"写作"："我经常觉得，我与文学并不相干，我只是写作（有时甚至不能写，只是想）。我不知道写作可以归到怎样的'学'里去。写作就像自语，就像冥思、梦想、祈祷、忏悔……是人的现实之外的一份自由和期盼，是面对根本性苦难的必要练习。写作不是能学来的（不像文学），并无任何学理可循。数学二字顺理成章，

---

① 史铁生：《给 FL（1）》，《史铁生作品全编》第 7 卷，人民文学出版社，2017 年，
第 343 页。

文学二字常让我莫名其妙，除非它仅仅指理论。"[1] 写作的目的，则是为了"寻找存在的真相"，"对无边的困境说'是'，并以爱的祈祷把灵魂解救出肉身的限定"。[2] 这些说法，都能为我们理解史铁生的写作提供有效的通道。要理解史铁生的一些跨文体的写作文本，它们更是不可或缺。

如果说史铁生的散文还有着相对清晰的文体界限的话，那么他的小说，尤其是长篇小说，则是典型的跨文体写作。不管是《务虚笔记》还是《我的丁一之旅》，都没有什么故事情节，读起来，更像是思想随笔；在具体的行文中，史铁生甚至还大量地引述了他以前所写的散文和随笔，这是非常罕见的一种写作方式。这也使得，两部长篇小说的跨文体特征尤其明显。

在写给柳青的一封信中，史铁生较为详尽地讲述了他写作《务虚笔记》的意图和心得。他在信中提到，人们完全可以把这部长篇小说看作是自传体小说，"只不过，其所传者主要不是在空间中发生过的，而是在心魂中发生着的事件。二者的不同在于：前者是泾渭分明的人物塑造或事件记述，后者却是时空、事件乃至诸人物在此一心魂中混淆的印象。而其混淆所以会是这样而非那样，则是此一心魂的证明。故此长篇亦可名曰'心魂自传'。我相信一位先哲（忘记是谁了）说过的话，大意是：一个作家，无论他写什么，其实都不过是在写他自己"。[3] 这部小说中人物的面容是非常模糊的，他们的遭遇也常常互相重合。史铁生也说过，他并不试图塑造完整的人物，"倘若这小说真

---

① 史铁生：《给李健鸣（1）》，《史铁生作品全编》第 7 卷，人民文学出版社，2017 年，第 227 页。

② 史铁生：《病隙碎笔 5》，《史铁生作品全编》第 8 卷，人民文学出版社，2017 年，第 137 页。

③ 史铁生：《给柳青》，《史铁生作品全编》第 7 卷，人民文学出版社，2017 年，第 205 页。

有一个完整的人物，那只能是我，其他角色都可以看作是我的思绪的一部分"。① 史铁生早期的很多小说，比如像《山顶上的传说》《老屋小记》《奶奶的星星》《没有太阳的角落》《人间》《我之舞》《我的遥远的清平湾》等等，都带有浓厚的自传色彩，有论者更把这些作品称之为史铁生"实写"阶段的作品，《务虚笔记》《我的丁一之旅》《毒药》《中篇1或短篇4》《关于一部以电影为舞台背景的戏剧之设想》则是"虚写"阶段的作品。事实上，不管是"实写"还是"虚写"，史铁生始终强调，这都是一种有"我"的写作。实写和虚写的差别，就在于前者较多地征用了史铁生个人的具体生活经验，虚写则是史铁生将自己作为一个思辨者所思的一切表现出来，是将史铁生心魂里的一切作为书写对象。这可以说是一种回退：史铁生似乎从海德格尔退回到了胡塞尔，从此在的现象学退回到意识的现象学，从个人的具体生活世界退回到了个人的意识领域。即便是这样一种后撤，史铁生始终是以"我"为圆心的。"我"之"心魂"里所发生的一切同样值得重视，因此，史铁生不愿意接受柳青提出的将C的穿插删去，以求让这部小说更独立更成熟的建议，同时也不愿意受所谓的文体、文学的束缚："我想，某种小说的规矩是可以放弃的，在试图看一看心魂真实的时候，那尤其是值得放弃的……如果有人说《务》不是小说，我觉得也没有什么不对。如果有人说它既不是小说，也不是散文，也不是诗，也不是报告文学，我觉得也还是没什么不对。因为实在是不知道它是什么，才勉强叫它作小说。大约还因为，玻尔先生的那句话还可以作另一种引申：我不关心小说是什么，我只关心小说可以怎样说。"②

　　"实在是不知道它是什么，才勉强叫它作小说。"这当然是一种

---

① 史铁生：《给柳青》，《史铁生作品全编》第 7 卷，人民文学出版社，2017 年，第 208 页。

② 史铁生：《给柳青》，《史铁生作品全编》第 7 卷，人民文学出版社，2017 年，第 211 页。

机智的说法，史铁生并非不知道小说所谓的惯常写法，乃至于各种流派的特点。早在 20 世纪 80 年代中期，在写作《关于詹牧师的报告文学》等作品时，史铁生就对各种现代的叙事手法进行了演练，只不过他不愿意单一地、机械地、脱离个人实际地从知识论和方法论的角度去进行小说创作。根据依然在于，这种知识论的写作，很可能是和个人存在无关的，并不能回答个体生命的疑难。也只有从生存论的角度出发，我们才能更恰切地理解史铁生的《务虚笔记》和《我的丁一之旅》等作品，才能恰切地明白史铁生的写作到底在何种层面上是先锋的。他首先是思想的、精神上的先锋，然后才是形式上的先锋。尤奈斯库曾经有言："先锋就是自由。"史铁生在文体上的创造，首先基于思想的、精神上的解放，来自于摆脱了对知识的盲从，来自于对人生、对心魂、对人之存在禀性的清晰认知。他的先锋，不仅仅是知识论和方法论层面的，更是存在论的意义上的。他得益于先锋的奥秘，在于他的写作抵达了现象学哲学所能抵达的精神境界，回到了生存本身，为个人的写作找到了切实的地基。

四、文学是个人的存在学

不管是从理论提倡还是写作实践，是从内容还是形式的角度来看，史铁生所走的都是生存论的写作路向，而绝非单纯是知识论的。写作路向上的差异，实际上也意味着写作伦理的差异。走知识论路向的写作，往往坚持的是一种集体伦理、国族伦理。坚持这一写作路向的写作者在创作时，首先考虑的是国家、民族、集体的话题和需求，他们所重视的首先是种种具有公共性质的"知识"，是时代的总体话语，或者是具有主导性质的意识形态。用陈思和的话来讲，这是一种"共名写作"。为了某些公共化的目的，他们甚至会排斥个人的记忆，抹杀个人的差别，忽视个人的心魂。生存论的写作路向，则不排斥国家、民族、集体，而是从个人的境域出发来理解它们。这是因为，具有历史性的个人，总是在世界之中与他人共在。他离不开国家、民族、集体、他者，但他首先是一个个体。因此，生存论的写作路向就意味着，写作是以个人存在为圆心，从广阔的历史视野出发，对个人的存在状况进行察看、探寻、端详。史铁生的写作，正是后者的充分体现。他所坚持的，正是一种以个人的生活、以个人的存在处境作为地基的写作伦理。

在过去，受"杨朔模式""刘白羽模式""秦牧模式"以及对文学提出"感时忧国"的要求等种种创作模式或文学理论的影响，散文的创作，也一度出现过"假大空"和"高大全"等毛病。在中国当代，诗歌写作的革新实验，在 20 世纪 80 年代，甚至是在 20 世纪 70 年代就已在酝酿；散文变革获得较大进展，却要等到 20 世纪 90 年代初。《我与地坛》正是在这个背景下出现的——它的初稿写于 1989 年，1990 年定稿。虽说史铁生谈不上是中国当代散文变革的主将，《我与地坛》却堪称是这一变革中的一枚重要果实，是这次革新中具有"典型"意义的作品。要说《我与地坛》的文学史意义，恐怕就在于它有效地让散文从过分政治化的境地中脱离开来，切实地回到了存在本身。可以说，《我与地坛》堪称是"个人写作"的一个范例。它说明了一点：散文的写作，并非总是和家国存亡、民族大义、集体生活这些话题联系在一起才有意义的。散文的写作，也可以回到个人，回到个人的存在本身。如果散文的写作，能做到从个人的具体性出发，然后扩展自己的视域与问题的边界，由个别而一般，由特殊而普遍，那么这种写作非但不会降低它在交流上的有效性，反而可能更容易打动人，被人接受，被人记住。

而小说领域的革新，虽然在 20 世纪 80 年代中期已形成浩大声势，但是这种变革却大多是通过单方面的突破（比如先锋小说对形式的探索）而达成的。从整体而言，它始终没有能够很好地摆脱总体话语的制约。

　　小说之所以不同于其他的文体，首先在于它以叙事为主体。因此，小说的写作伦理，也可以称之为叙事伦理。中国当代小说没有能够很好地摆脱总体话语的制约就体现在，个人化的叙事伦理总是微弱的，很少有作家能够有效地构建起个人化的、健全的叙事伦理学。在20世纪90年代以前，小说叙事受政治的影响最深；在20世纪90年代以后，汹涌的商业潮流则塑造了它的基本面貌。在一个政治意识形态对叙事价值、生命价值占有绝对解释权的时代，叙事必然会极大地受制于时代的总体话语，个人化的小叙事总是受制于公共化的大叙事。正如王安忆所指出的，在过去文学从属于政治的时代，每当有政治运动，特别是1949年后政治运动频繁的时期，作家"常会成为枪，或者靶子，批评的对象或批评的工具，总是这种作用，逃脱不了的作用。历来的运动中，作家正是成为一种意识形态的工具，无论是从正面，还是反面，很难摆脱……"[1] 而在一个商业意识形态对文学的生产、传播具有超强的操控能力的时代，叙事常常屈从于消费逻辑，为另一种总体话语所引诱、控制，那些貌似是个人化的叙事，其实不过是一个虚像。当下的很多写作，"看起来是在表达自己的个人经验，其实是在抹杀个人经验——很多所谓的'个人经验'，打上的总是公共价值的烙印。尽管现在的作家都在强调'个人性'，但他们分享的恰恰是一种经验不断被公共化的写作潮流。在那些貌似个人经验的书写背后，隐藏着千人一面的写作思维：在'身体写作'的潮流里，使用的可能是同一具充满欲望和体液的肉体；在'私人经验'的旗号下，读到的可能是大同小异的情感隐私和闺房细节；编造相同类型的官场故事或情爱史的写作者，更是不在少数。个人性的背后，活跃着的其实是一种更隐蔽的公共性——真正的创造精神往往是缺席的"[2]。

---

[1]　王安忆：《小说家的十三堂课》，上海文艺出版社，2005年，第2页。
[2]　谢有顺：《当代小说的叙事前景》，《文学评论》2009年第1期。

始终无法有效地从总体话语的认识装置中脱离开来，建立起个人的维度，缺乏成熟的个人写作，可以说是中国当代小说最为基本的叙事困境。从叙事伦理的角度看，这种困境也表现为很多作家并没有建立起个人化的叙事伦理学。甚至他们的写作，也不过是从理性伦理学出发，最终也回到理性伦理学的立场，叙事彻底地成了对先验伦理的图解。而以叙事为中心的小说要获得永恒的品格，体现自身的价值，就必须从先验理性与总体话语中脱离开来。要而言之，就是要回到个人，回到个人的、有深度的存在。也正因如此，史铁生才会一再强调，他的小说写作是出自个人的心魂，总是与"我"有关的。也只有从这样的一个角度出发，我们才能真正明白，史铁生的写作，虽然涉及众多的论题，但是它首先是一种"个人的存在学"。

"文学是个人的存在学"，这也并非一个无根的论断。前面所引海德格尔对人之存在结构的分析，已经足以说明问题。考虑到海德格尔的思想有些晦涩，这里不妨再引述一段李泽厚的话："世界只是个体的。每个人各自拥有一个属于自己的世界，这个世界既是本体存在，又是个人心理；既是客观关系，又是主观宇宙。每个人都生活在一个特定的、有限的时空环境和关系里，都拥有一个特定的心理状态和情境。'世界'对活着的人便是这样一个交相辉映'一室千灯'式的存在……艺术的意义就在于它直接诉诸这个既普遍又大有差异的心灵，而不只是具有普遍性的科学认识和伦理原则。艺术帮助人培育自我，如同每个人都将有只属于为自己设计但大家又能共同欣赏的服装一样。"① 其实，文学的意义，乃至于文学的力量，何尝又不是在于"它直接诉诸这个既普遍又有很大差异的心灵，而不只是具有普遍性的科学认识和伦理原则"？那种概念的、逻辑的、先验的写作，那种受制于时代的总体话语的写作，那种局囿于现成的文化结论的写作，是很

---

① 刘再复：《李泽厚美学概论》，生活·读书·新知三联书店，2009 年，第 210 页。

难产生"一室千灯"的美学效果的。对于文学而言，理想的状态不是"一室一灯"，更不是"一灯千室"，而应该是"一室千灯"。

真正的文学，总是"个人的存在学"；史铁生本人的写作，也正是这样一种"个人的存在学"。他的写作，为我们理解人生开辟了一块林中空地，也为如何重构写作伦理提供了生动的范例，具有不可重复的意义。借助他的写作，我们能真正发现知识论的写作路向的局限以及生存论的写作路向所具有的可能性。以此反观中国当代文学，在过度地迷信知识与理念之后，或许真的需要告别抽象的符号世界，悬置种种可疑的意识形态教条，回到生存本身，从观念式的写作返回到本真的写作。也只有在这样一个坐标中，我们才能真正发现史铁生的写作所具有的文学史意义。

走向生命的澄明之境

——重读《我与地坛》及其周边文本

一

这篇文章，主要是尝试对《我与地坛》进行重新解读。比之于以往的文章，我主要尝试从两个角度入手，一是以现象学作为主要的却并非唯一的思想资源和诠释视角，二是试图形成新的诠释方法，即不只是读《我与地坛》这篇文章本身，不是将之视为一个完全独立的"精致的瓮"，而是试图打通这一文本的内与外，通过对《我与地坛》及其周边文本的诠释来厘清史铁生思想中的一些关键问题。

为什么要从现象学的角度入手，我稍后再作具体的解释。这里之所以提出"周边文本"这个说法，是因为《我与地坛》在史铁生的写作中影响甚大，已不仅仅是史铁生的作品之一，而是被视为史铁生精神世界的重要标记，甚至是核心象征。很多人都是因为《我与地坛》而知道地坛；史铁生去世后，有不少人也把地坛视为他的理想归宿，希望能在地坛公园为史铁生立一雕像。史铁生与地坛的这种密切关联，最初是因为《我与地坛》这一文本而建立的。还需要注意的是，在写作《我与地坛》之前或之后，史铁生有不少作品也跟"我"与地坛有关，比如《我之舞》《想念地坛》《老屋小记》，等等。这些作品，有的可以视为《我与地坛》的前身，比如《我之舞》；有的则是对"我与地坛"这一话题的重新叙述并对其中一些难以索解的细节进行补足，比如《想念地坛》与《地坛与往事》。它们对解读《我与地坛》都有着非常重要的作用，需要放在一起作为参照。

二

首先需要纳入视野的周边文本，是《我之舞》。不管是艺术性还是影响力，《我之舞》在史铁生的作品中都不算特别出色，对于理解《我与地坛》乃至于史铁生的作品整体而言，却极其重要。

《我之舞》被归为小说一类。它的叙事空间是一座僻静的古园，主人公是一个才满十八岁的年轻人，周围的人都喊他"十八"。有一年夏天，园子里发生了一件怪事：两个老人悄然死在了茂密的草丛中。最先发现这件事的是叙述者"我"、世启、老孟和路，都是残疾人。对于两个老人是怎么死的和为什么死的问题，他们各自的理解与解释完全不一样。在"十八"眼中，死者看起来很坦然很轻松，表情下是类似于学生考完试放假回家般愉悦而轻松的心境。世启在接受警察盘问时，则觉得他们的表情很痛苦，至少很伤心。路是一个傻子，他觉得老孟的腿坏是因为跳舞摔坏的，眼睛是因为后来跳不成舞着急而瞎掉的，两位死者则是因为跳舞跳得一塌糊涂而死掉的。在路的眼中，世上的一切都跟跳舞有关。

面对同样的事件，为什么会有如此不同的答案？其实答案就隐藏在小说后半部分两个鬼魂的对话中。他们第一次出现时谈了很多哲学的问题，尤其是"我"与"世界"的关系问题：

> "这样，你要再问我世界是什么样的、到底是什么样的，我就可以告诉你了，世界就是人们所知道的那样的。除了一个人们所知道的世界就没有别的世界了。"

"还有人们所不知道的世界呢！"

"那你是在扯谎。你要是不知道那个世界你凭什么说有？你要是知道它有，你干吗又说那是人们所不知道的？你是人，这一点我从不怀疑。"

男女一齐朗声大笑，祭坛嗡嗡震响。

男的说："另外我提醒你，你要是孜孜不倦地想要知道一个纯客观的世界你可就太傻了，要么你永远不会知道，要么你一旦知道了，那个世界就不再是纯客观的了。对对对，你还不死心，还要问，请吧。"

"人们现在知道了过去所不知道的世界，这说明什么？"

"这说明世界过去是人们所知道的那样，现在依然是人们所知道的那样。

……

"目前世界上有几位出色的物理学家，"男的说，"他们的研究成果表明：说世界独立于我们之外而孤立地存在着，这一观点已不再真实了，世界本是一个观察者参与着的世界……"[①]

这是两个鬼魂第一次出现时的对话，里面提到的问题，既是物理学的问题，也是地地道道的哲学问题。他们再次出现时，依然像哲学家一样谈笑风生，先后讨论生与死、主观与客观、存在与虚无、有与无、抽象的"我"与具体的"我"、有限的"我"与无限的"我"等常见而重要的哲学问题。在他们的对话中，我们可以理出一个思路：世界是离不开参与者的，这个参与者便是"主体"，便是"我"。我们必然找不到没有"我"的"世界"，任何一个"我"都是主观与客观、

---

① 史铁生：《我之舞》，《史铁生作品全编》第4卷，人民文学出版社，2017年，第178-179页。

有限与无限的结合。作为个体的"我"的生命是具体的，是有限的，带有主观性，看问题也必然有视域上的限制，因此，每个"我"所认识的"世界"必然会是具体的，也不可避免地有主观成分。

孙郁曾经说过，史铁生所走的是一条"通往哲学的路"，阅读上述这段文字我们也会得到类似的感受。事实上，史铁生这里所涉及的正是在哲学史甚至是思想史上非常重要的问题。借此，我们甚至可以辨析一个哲学家的所属，以及他们的哲学是何种意义上的哲学，他们的思想是何种意义上的思想。如马尔霍尔所指出的："至少从笛卡尔以来，人和外在世界的关系问题就一直是哲学的中心问题。针对这个问题的标准的现代答案都有一个共同的重要特征。笛卡尔通过描述自己坐在火炉前，在沉思中凝视着蜡球，生动地把这个问题刻画出来。休谟在寻求因果原理的经验根据时，把自己想象成弹球游戏的观众。康德不同意休谟的分析，这导致他把自己描述成一个观察者，望着一条船顺流而下。换句话说，这三者都站在那个世界的中立的观察者的角度上来探索人和世界之间联系的本质，而没有从作为世界的一个参与者的角度来进行探索。"①

马尔霍尔所说的"现代"，在中国人对西方哲学的学习中实际上被界定为"近代"。对于很多近代哲学家来说，主体或者说"我"在面对世界的时候，可以是一个中立的观察者，能获得一种绝对的、具有普遍性的知识。然而，这种思路放在现代哲学或现代物理学的立场上来看，是大有问题的。海德格尔在《存在与时间》中便使用了不少篇幅来对此进行批判或解构。在他看来，康德与其他哲学家在这个重大问题上所犯的错误在于，他们都首先预设了一个没有世界的"我"，然后为这个独立的"我"找到一个客体以及一种无生存论根据的与客体的关系。这种运思方式之所以有问题，不是预设得太多，而是预设

<hr>

① ［英］马尔霍尔：《海德格尔与〈存在与时间〉》，亓校盛译，广西师范大学出版社，2007年，第45页。

得太少。它并没有注意到"我"存在的诠释学处境，即"我"——海德格尔将之命名为此在——不可能是一个孑然独立的观察者。海德格尔说，此在是众多存在者中的一种，但是它在存在者中占有特殊的位置，具有不同于其他存在者的存在样式：生存。此在的存在总是我自己的存在，落实于语言，就是必须连着人称代词一起说"我存在""你存在"。"你"正是另一个"我"——不管是用哪一个人称代词，都不可能改变此在之存在始终是我的存在这一特质。此在和世界又是怎样一种关系呢？海德格尔说，此在在世界之中存在——这是此在的基本存在结构。对此在来说，"在世界之中存在"是一个必然存在的现象或事实。石头和植物这样的存在者是不会有"世界"的，但只要有此在存在，就必然会有"世界"。此在、世界、在……之中，三者必然是一体的，缺一不可。此在在世界之中存在，"此在首先与通常从自己的世界来领会自身"。[①]"我"在生命长度与视域上带有无法克服的局限，不能做到全知全能。这就使得，"我"对"世界"的观察总有我的体验在内，带有我的主观限制。而"哲学的耻辱"，并不在于至今尚未完成"我之外的物的定在"这一证明，而在于人们还是一而再再而三地期待并尝试着这样的证明，无法摆脱这一认识装置。

这种对"我"在认识上的有限性的认知，经由海德格尔和伽达默尔等人的努力，尤其是经过伽达默尔的诠释学建构后，成为一个非常重要的诠释原则。在关于"我"与"世界"的关系上，史铁生的态度和立场也显然和笛卡尔、康德、休谟大不相同，而是偏向海德格尔这一边。史铁生不像笛卡尔、休谟、康德这些近代哲学家那样，认为主体或者说"我"能够中立地、客观地认识世界，能够获得一种绝对可靠的、永恒不变的知识。相反，他倾向于把"我"看作是"世界"的参与者而不是旁观者。史铁生强调，客体并不是由主体生成的，但客

---

① ［德］海德格尔：《存在与时间》，陈嘉映、王庆节译，生活·读书·新知三联书店，2006年，139页。

体也不能脱离主体而孤立地存在。"世界"虽然并不是由"我"来生成，但作为客体的"世界"并不能脱离作为主体的"我"而存在。作为人类个体，"我"既有一个粒子样的位置，又有一条波样的命定之路。"我"又是一种能观照自身的观察者，世界并不是独立于"我"的观察之外的，"我"只能在世界之中存在。由于视域的限制，"我"对"世界"的认识可能也有某种局限。"我"与世界的关联既是源初的，又是具体的。只要有不同的"我"，就有不同的"世界"。

虽然在讨论"我"与"世界"各自的内涵及其关联时，史铁生时常引用现代物理学理论作为依据，俨然是在探讨一个纯粹的认识论问题，但事实上，他已经深入到存在论或本体论这一维度。他对人之认识问题的讨论和对存在及其意义的讨论是联系在一起的，认识论和存在论的融贯，使得他围绕"我"与"世界"之关系这一架构而形成的观念和海德格尔的现象学立场甚为接近。正是从这一点入手，史铁生走上了一条通往现象学的路。并且，他一开始就走上了通往现象学的大路。因为不单海德格尔在《存在与时间》里是以此为架构来展开其独特的现象学分析，胡塞尔、梅洛-庞蒂、黑尔德等现象学家也将此视为现象学的源初起点。对"世界"或世界现象的探究，可以说是现象学的共同主题，是各种现象学变体的"不变项"。

在伊德看来，现象学可以描述为一种哲学风格——它强调的是人类经验的特定解释，特别是有关直觉和身体活动的解释，并且现象学对经验的重视不局限于心理学，而是更进一步，深入到本体论或存在论的层次。现象学"总是把人类经验者和经验领域的相关性作为首先考虑的问题"，"人—世界关系的相关性是所有知识和经验的一个存在论的特征"。① 对应于史铁生的创作，这种对经验的重视首先体现为，他的写作时常是从史铁生这独特而具体的"我"开始，是一种

---

① 〔美〕唐·伊德:《技术与生活世界：从伊甸园到尘世》，韩连庆译，北京大学出版社，2012年，第27页。

有"我"的写作。同时,他不是孤立地理解"我",而是在"我"与"世界"的关系中来理解"我"何以成为"我"。他不是孤立地、静止地解释"世界",而是意识到"我"总会为个体意义上的"世界"打上存在的印记,"我"与"世界"都是不断生成的,是一种"动中之在"。他的作品整体,可视为他个人的生命哲学,同时也是一种关于"我"与"世界"的现象学。

如果进行一个时间上的考察,那么我们可以发现,史铁生的这种观念,在20世纪80年代中期就开始形成了,并且首先是在《我之舞》中得到清晰的、相对完善的表达。史铁生后来在创作中更是不断地重复,把"我"与"世界"的关系问题视为展开其他问题的前提。不单在《一种谜语的几种简单的猜法》《务虚笔记》当中,史铁生是在"我"与"世界"的架构中展开他对爱情、命运、残疾等重要命题的探讨和书写,在《我与地坛》《记忆与印象》《私人大事排行榜》《病隙碎笔》等作品中,史铁生也不断地提示,读者应该从这个角度来进入他的精神世界。可以说,史铁生作品的基本主题和认知方式最初是在《我之舞》中得到揭示的,只有理解了史铁生在《我之舞》中所作的哲学上的准备,我们才能更好地理解《我与地坛》。如果不是有了上述这种运思方式上的奠基,《我与地坛》很可能会是另一种写法,与我们所见的完全不同。

三

在《我与地坛》中,史铁生所关注的"我"与"世界"的关系问题可以说是具体化了——具体化为"我"与"地坛"之种种。

开篇简要地说明了"好几篇小说中都提到过一座废弃的古园实际就是地坛"之后,史铁生在接下来的段落中这样写道:

地坛离我家很近。或者说我家离地坛很近。总之，只好认为这是缘分。地坛在我出生前四百多年就坐落在那儿了，而自从我的祖母年轻时带着我父亲来到北京，就一直住在离它不远的地方——五十多年间搬过几次家，可搬来搬去总是在它周围，而且是越搬离它越近了。我常觉得这中间有着宿命的味道：仿佛这古园就是为了等我，而历尽沧桑在那里等待了四百多年。

它等待我出生，然后又等待我活到最狂妄的年龄上忽地残废了双腿。四百多年里，它一面剥蚀了古殿檐头浮夸的琉璃，淡褪了门壁上炫耀的朱红，坍圮了一段段高墙又散落了玉砌雕栏，祭坛四周的老柏树愈见苍幽，到处的野草荒藤也都茂盛得自在坦荡。这时候想必我是该来了。十五年前的一个下午，我摇着轮椅进入园中，它为一个失魂落魄的人把一切都准备好了。那时，太阳循着亘古不变的路途正越来越大，也越红。在满园弥漫的沉静光芒中，一个人更容易看到时间，并看见自己的身影。[1]

地坛又称方泽坛，始建于明代嘉靖九年，是明清两朝帝王祭祀"皇地祇神"的场所，也是重要的人文景观。史铁生在《我与地坛》也包括后来的文章中却有意不提它在知识与文化上的意义，没有从"文化大散文"得以大做文章的地方着眼，而是坚持从现象学的角度去看待它。史铁生对地坛的理解与描述一开始就是与"我"有关的："我"对事物的理解还有对自身存在意义的追问和确认，则如海德格尔所说，是在时间中绽开的。上述这段文字不算长，却有多处的时间标记："四百多年""五十多年间""十五年前"。史铁生后面还谈到，

---

[1]　史铁生：《我与地坛》，《史铁生作品全编》第 6 卷，人民文学出版社，2017 年，第 35 页。

死亡对于"我"这样的人类个体来说，是必然要经历、要承受的事实。"我"的生存因为受时间和死亡限制而带有有限性，不单生命是有限的，连视域也是有限的，"我只能以我的角度看世界"。这里对地坛的认识，也是"拘于我的角度而有的移情"：就空间而言，"我"与地坛之间有一种切近的在场关系。它似乎总在我的视线之内，与我是有缘的，是我的意向的投射对象。它已经有四百多年的历史，其间的历经沧桑，似乎就是为了迎接一个不幸遭受残疾的"我"，让我可以看到活生生的时间，可以在时间中展开自己的生命。

史铁生还写道："两条腿残废后的最初几年，我找不到工作，找不到去路，忽然间几乎什么都找不到了，我就摇了轮椅总是到它那儿去，仅为着那儿是可以逃避一个世界的另一个世界。"[1] 这里的"世界"一词，也值得注意。它不是物理学意义上的、纯粹客观的世界，也不是符号化的、抽象的、观念的世界，而是现象学的、生存论意义上的"世界"：它是一个与"我"之日常经验相连的、直接可感的生活世界。这个"世界"中有"我"作为人类个体的具体生存体验，还有恐惧、烦闷等情绪。它还是"我"进行自我观照、解释生命现象的境域。残疾，使得史铁生近乎本能地进行自我凝视，通过以自身的存在作为对象来理解、解释人之为人的特点与意义。对"我"的凝视和思索，却又必须有一个境域，有一个进行自我理解的先定结构，有一个让"我"之存在得以显现、生成的整体关联。在这里担当如此重任的，正是地坛。地坛"是可以逃避一个世界的另一个世界"。这里对"世界"所做的区分，也是现象学的、生存论意义上的。"另一个世界"指的是什么？主要是指社会世界。史铁生残疾后，有很长一段时间没有找到工作，在社会世界中遭受种种歧视。对于一个出身不好也不坏、经济并不富裕的人来说，这无疑是沉重的打击。这让史铁生

---

[1] 史铁生：《我与地坛》，《史铁生作品全编》第6卷，人民文学出版社，2017年，第36页。

觉得被放逐到了社会世界之外，借用史铁生后来在《务虚笔记》中的说法，就像是被送到了"世界的隔壁"。这是一种边缘化的处境。他想回到那个"更大的世界"，却一时无能为力。"没处可去我便一天到晚耗在这园子里。跟上班下班一样，别人去上班我就摇了轮椅到这儿来。"① 这句话提供的信息很重要，"没处可去"说的正是史铁生失业时的困境，对应着史铁生心里的无着无落；"跟上班下班一样"则表明了史铁生渴望重新回到社会世界中，在正常的轨道上过正常的生活。

在《我与地坛》的第二节，史铁生这样谈到他当时的精神状况："我那时脾气坏到极点，经常是发了疯一样地离开家，从那园子里回来又中了魔似的什么话都不说。"② 这里对待家与地坛的态度值得注意。巴什拉在《空间的诗学》中曾试图以"微观现象学"作为方法来描述"家宅"等空间的存在论意义："家宅是我们在世界中的一角。我们常说，它是我们最初的宇宙。它确实是个宇宙。它包含了宇宙这个词的全部意义。从内心的角度来看，最简陋的居所不也是美好的吗？"③ 通常说来，家宅的确是美好的，哪怕是简陋的家宅。然而，它也与具体的生存处境相联系。对于史铁生而言，他那时候对家的感受就是非常复杂的。"发了疯一样地离开家"，"回来又中了魔似的什么话都不说"，这就说明了一点：史铁生一度把家视为需要逃离的"世界"；而地坛之所以是"可以逃避一个世界的另一个世界"，是因为它的存在有利于史铁生平息自己的痛苦。文章中写到，史铁生一度渴望死，用了很多时间来思考"活着还是死亡"这一问题，后来又觉得："死是

① 史铁生：《我与地坛》，《史铁生作品全编》第 6 卷，人民文学出版社，2017 年，第 36 页。

① 史铁生：《我与地坛》，《史铁生作品全编》第 6 卷，人民文学出版社，2017 年，第 36 页。

② 史铁生：《我与地坛》，《史铁生作品全编》第 6 卷，人民文学出版社，2017 年，第 38 页。

③ ［法］巴什拉：《空间的诗学》，张逸婧译，上海译文出版社，2009 年，第 2 页。

一件不必急于求成的事，死是一个必然会降临的节日。"① 这使得他不再那么害怕死亡。然而，如何活，如何活出生命的意义来，对史铁生来说依旧悬而未决。这些思索，在地坛中有所展开，也是在地坛中有所完成。

四

地坛于史铁生之所以重要，首先是因为，它是一个适于沉思的"世界"：

> 十五年了，我还是总得到那古园里去，去它的老树下或荒草边或颓墙旁，去默坐，去呆想，去推开耳边的嘈杂理一理纷乱的思绪，去窥看自己的心魂。十五年中，这古园的形体被不能理解它的人肆意雕琢，幸好有些东西是任谁也不能改变它的。譬如祭坛石门中的落日，寂静的光辉平铺的一刻，地上的每一个坎坷都被映照得灿烂；譬如在园中最为落寞的时间，一群雨燕便出来高歌，把天地都叫喊得苍凉；譬如冬天雪地上孩子的脚印，总让人猜想他们是谁，曾在哪儿做过些什么，然后又都到哪儿去了；譬如那些苍黑的古柏，你忧郁的时候它们镇静地站在那儿，你欣喜的时候它们依然镇静地站在那儿，它们没日没夜地站在那儿从你没有出生一直站到这个世界上又没了你的时候；譬如暴雨骤临园中，激起一阵阵灼烈而清纯的草木和泥土的气味，让人想起无数个夏天的事件；譬如秋风忽至，再有一场早霜，落叶或飘摇歌舞或坦然安卧，满园中播散着熨帖而微苦的味道。味道是最

---

① 史铁生：《我与地坛》，《史铁生作品全编》第6卷，人民文学出版社，2017年，第36页。

说不清楚的。味道不能写只能闻，要你身临其境去闻才能明了。味道甚至是难于记忆的，只有你又闻到它你才能记起它的全部情感和意蕴。所以我常常要到那园子里去。[1]

    这是一段非常精彩的现象学描述，且不论文风枯涩的胡塞尔，恐怕连能把形而上学的语言写得有散文韵味的海德格尔读了也会忍不住叫好。"满园中播散着熨帖而微苦的味道"，这与史铁生在彼时彼地的心境是有联系的，也可以视为史铁生一次幽微的"移情"过程。围绕着社会世界、家，还有地坛，史铁生在这里对"世界"进行了区分：需要逃避的"世界"，是一个非意愿的"世界"；想躲入其中的地坛，则是一个意愿的"世界"。对"我"来说，地坛首先是一个与"我"之存在密切相关的"世界"，一个符合"我"个人意愿、让我愿意置身其中的"世界"。这一"世界"既为肉身性的"我"提供了切身的去处，也为精神性的"我"提供了一个得以自由冥思的空间。正是在地坛里，"我"可以一连几个小时专心致志地想关于死的事，想关于灵魂的事，也可以以同样的耐心和方式思考生存及其意义等问题。在地坛中，我可以相对自由地敞开自身，有可能以自己最为本真的方式存在。这时候的地坛，俨然是沈从文所说的"有情"的"世界"，而不是一个冷冰冰的空间。它接近海德格尔所说的可以"完全投入的世界"。一个可以"完全投入的世界"，是在这样的时刻出现的："此在与世内存在者的源始存在关系不是外在的理论观察（认识）的关系，此在对世内存在者心领神会，了如指掌，没有距离。"[2]

    与在社会世界中的被拒状态、在家中的封闭状态相比，在地坛之中的"我"处于敞开状态，既不断向个人的内在世界挖掘，凝视个

---

[1] 史铁生：《我与地坛》，《史铁生作品全编》第6卷，人民文学出版社，2017年，第37页。

[2] 张汝伦：《〈存在与时间〉释义》，上海人民出版社，2012年，第214页。

人的自我，又不断地朝外在世界开放，凝思个人与世界之关系。"我"不单是在思考个人的遭遇和命运，也在思考"我"的母亲、爱唱歌的小伙子、中年夫妇、长跑家、漂亮而不幸的姑娘等人乃至于全人类的遭遇和命运。

史铁生后来在给柳青的一封信中曾提到："他人在我之中，我是诸多关系的一个交叉点，命运之网的一个结。"① 这句话，可以为我们理解《我与地坛》中的"我"与"别人"的关系提供恰切的切入点。除了讲述自身的故事和遭遇，史铁生还用了许多的笔墨来写他的母亲。在刚刚患病时，史铁生的脾气极其糟糕，总希望离开家，躲进地坛里。这就给他的母亲出了一个大难题，比如担心他是否会出事，他如何才能找到自己的路，如何重新建立起作为一个人的生命尊严，等等。

《我与地坛》还写到不少人。一对老人也经常来地坛，他们与史铁生并无太多交集。史铁生还写到一个热爱唱歌的小伙子，写到一个饮酒的老人，一个捕鸟的汉子，一个中年女工程师，一个"最有天赋的长跑家"，"一个漂亮而不幸的姑娘"。他们各自代表着不同的生活方式，也代表着不同的命运。文中写到的那位有天赋的长跑家，在现实生活中确有其人，是史铁生的朋友，叫李燕琨。他因为在"文革"中出言不慎而坐了几年牢，出来后好不容易找了个拉板车的工作，样样待遇都不能与别人平等，苦闷极了便练习长跑，以求改变自己的命运。吊诡的是，命运总是让他那充满期待的手势时时落空。他有长跑的天赋，却终究是被埋没了，被政治埋没，也被命运埋没。

漂亮的姑娘之所以不幸，与她患有智障有很大关系。何怀宏曾在文章中借用施特劳斯的"上帝与政治"这一说法来概括史铁生思想的主要维度。在何怀宏看来，对于"上帝"（"超越于人的存在的探求

---

① 史铁生：《给柳青》，《史铁生作品全编》第 7 卷，人民文学出版社，2017 年，
　　第 209 页。

和情感")与"政治"(地面上的不那么纯粹、干净的生活),史铁生都是很重视的,同时都重视。[1] 那位最有天赋却被埋没的长跑家,还有同时领受了漂亮的外表和智障的女孩,就涉及"上帝与政治"的问题。但相对来说,"政治"问题在《我与地坛》中并没有得到特别的强调,而是转化为"上帝"的问题,转化为命运的问题。即使涉及"政治"的问题,也是以极其隐晦的方式提及:

> 谁又能把这世界想个明白呢?世上的很多事是不堪说的……我常梦想着在人间彻底消灭残疾,但可以相信,那时将由患病者代替残疾人去承担同样的苦难。如果能够把疾病也全数消灭,那么这份苦难又将由(比如说)相貌丑陋的人去承担了。就算我们连丑陋,连愚昧和卑鄙和一切我们所不喜欢的事物和行为,也都可以统统消灭掉,所有的人都一样健康、漂亮、聪慧、高尚,结果会怎样呢?怕是人间的剧目就全要收场了,一个失去差别的世界将是一潭死水,是一块没有感觉没有肥力的沙漠。
>
> 看来差别永远是要有的。看来就只好接受苦难——人类的全部剧目需要它,存在的本身需要它。看来上帝又一次对了。
>
> 于是就有一个最令人绝望的结论等在这里:由谁去充任那些苦难的角色?又由谁去体现这世间的幸福、骄傲和快乐?只好听凭偶然,是没有道理好讲的。
>
> 就命运而言,休论公道。[2]

---

① 何怀宏:《上帝与政治》,收入岳建一执行主编:《生命:民间记忆史铁生》,中国对外翻译出版有限公司,2012年,第272-273页。

② 史铁生:《我与地坛》,《史铁生作品全编》第6卷,人民文学出版社,2017年,第47-48页。

史铁生的这些思考，一方面是由长跑者和女孩的遭遇与命运而引发的，又与自身的残疾遭遇相联系，相交织。正如范培松所指出的，史铁生在《我与地坛》中写到的诸多人物"虽则性别不同，年龄不同，经历不同，个性不同，但有一点是相同的，他们都是被社会遗忘的不同程度的'废人'，是一群弱势者。'废园'和'废人'的血缘联结点是'废'。但正是在'废人'身上，却又闪烁着一种共同的勃勃的永恒的精神……"[1] 的确，这里有一种多向度的移情，一种特殊的"解释学循环"。实际上，这也是"我"与他人在世界中共在的意义——每一个"我"都可以互相观照，在交往中不断地改变自身、重塑自身。而史铁生在这里所思考的问题，都是非常重要的存在命题，是很难有答案的。他真正看到了存在的困境或绝境，看到了存在本身荒诞的一面。

五

文章到此并没有结束，接下来，史铁生谈到了自己面向荒诞境地、走出绝境的方法。

残疾后，写作一度成为史铁生活下去的理由："为什么要写作呢？作家是两个被人看重的字，这谁都知道。为了让那个躲在园子深处坐轮椅的人，有朝一日在别人眼里也稍微有点光彩，在众人眼里也能有个位置，哪怕那时再去死呢也就多少说得过去了，开始的时候就是这样想，这不用保密，这些现在不用保密了。"[2] 很显然，史铁生把写作视为重返社会世界的途径。他多次写到自己"中了魔了"，"那时我完

---

① 范培松：《中国散文史》，江苏教育出版社，2008年，第831页。

② 史铁生：《我与地坛》，《史铁生作品全编》第6卷，人民文学出版社，2017年，第49页。

全是为了写作而活着"。① 写作之所以重要，是因为它可以为史铁生赢得一条重返社会世界中的路径，比如获得一定的经济收入，解决生计的问题，更重要的，则是获得尊严和敬重——那时候作家还是个受尊重的社会角色。写作也可以让史铁生不断地思考荒诞，在读与思的过程中获得力量，继而走出绝境。

再有就是亲情和爱情。来自母亲等亲人的关心，来自朋友的鼓励，无疑也给了史铁生活下去的动力。史铁生在小说中写到，那时候还不想死是因为有爱情在心底萌动。这一点，《我与地坛》中并没有展开来写，只是留下了一条线索："要是有些事我没说，地坛，你别以为是我忘了，我什么也没忘，但是有些事只适合收藏。不能说，也不能想，却又不能忘。它们不能变成语言，它们无法变成语言，一旦变成语言就不再是它们了。它们是一片朦胧的温馨与寂寥，是一片成熟的希望与绝望，它们的领地只有两处：心与坟墓。比如说邮票，有些是用于寄信的，有些仅仅是为了收藏。"② 史铁生在这里说得极其隐晦，其实里面想要埋藏的，首先是一个爱情故事。在认识陈希米之前，史铁生曾有过另一段恋情，史铁生的好几位朋友在回忆文章中都称之为 H。"长跑者"的原型人物李燕琨在关于史铁生的回忆文章中就写道："我与他认识三十多年，无话不谈。性、金钱、朋友与缘分、婚姻与爱情、贫困与富有、体育与政治、环保与动物、哲学与文学、人性与教育。但唯独不谈或很少说到他与 H。"③ 作为史铁生的朋友，作为史铁生生活的一个见证者，李燕琨知道地坛中既有史铁生母亲列

---

① 史铁生：《我与地坛》，《史铁生作品全编》第 6 卷，人民文学出版社，2017 年，第 49 页。

② 史铁生：《我与地坛》，《史铁生作品全编》第 6 卷，人民文学出版社，2017 年，第 51 页。

③ 李燕琨：《爱神之子》，收入岳建一执行主编：《生命：民间记忆史铁生》，中国对外翻译出版有限公司，2012 年，第 114 页。

匆赶来的脚步，有这位母亲对儿子的焦急与张望，"也有 H 傍晚寻找史铁生飘飘的长裙和渴望的目光。上帝看到了并没有干扰。或许为上帝的纵容，铁生忘掉了伤残……"①

按照史铁生在《我与地坛》中的说法，之所以很少谈 H，是因为"有些事只适合收藏"。是 2002 年至 2004 年间写作《比如摇滚与写作》时，史铁生才透露，《我与地坛》中原来藏着"一个爱情故事"。对于这个故事的来龙去脉，史铁生仍旧是不愿意谈论的，认为他在《我与地坛》中所写的，已经是这个故事的全部。然后又到了 2007 年，在《地坛与往事》中才以相对清晰的方式回忆起昔日的恋人还有在地坛中恋爱的场景：他们"偷偷地但是热烈地亲吻——可能是在地坛，那一片火一样燃烧的枫林里……也可能，是在那些历经数百年寒暑的老柏树下……或者，是在那座古祭坛旁，石门中的落日正越来越大，也越红……"②

值得注意的是，这里所说的"有些事只适合收藏"，也许不局限于爱情，也可能是在以极为隐晦的方式为何怀宏所说的"政治"问题留下踪迹。

据史铁生的很多朋友回忆，日常生活中的史铁生对政治哲学的问题是非常感兴趣的。孙立哲在回忆史铁生的文章中就写到，当时他们清华附中的同学们的组成多样，背景复杂。"学生中还有党、政、军高级干部的孩子，首长秘书偶尔在假期和周末坐车接送他们。这些学生与其他高校的高干学生有千丝万缕的关系，对政治敏感，1966 年创建了全国第一支红卫兵，清华附中成了'文化大革命'的前沿阵地。与红卫兵交往，参加政治运动，给史铁生留下了一份深刻的体验。这

---

① 李燕琨：《爱神之子》，收入岳建一执行主编：《生命：民间记忆史铁生》，中国对外翻译出版有限公司，2012 年，第 114 页。

② 史铁生：《地坛与往事》，《史铁生作品全编》第 9 卷，人民文学出版社，2017 年，第 160–161 页。

是铁生观察道德冲突、理解人性本质，以及后来思考政治哲学的起点，铁生多次和我提到。铁生一直与红卫兵创始人中的阎阳生、张晓宾、卜大华等保持联系。老红卫兵张承志成了名作家。他们一起回望历史，从不同的角度解读时代的潮起潮落，世事沧桑。"[1] 通过这些追述，我们多少能发现，史铁生对政治问题或"政治哲学"的关切。史铁生的生命哲学，并不完全是一种"去政治化"的生命哲学。虽然史铁生在文章中不断地强调命运层面的问题比政治层面的问题重要，但是实际上，史铁生的生命哲学里有政治哲学的存在之地，尽管后者所占的面积不是特别广阔。在《务虚笔记》等作品中，他不断地用自己的方式来思考政治问题，其中的生命哲学就包含着政治哲学。同样，在《我与地坛》当中，史铁生所说的"有些事只适合收藏"，除了私人感情的"私事"，也包含着一些隐微的政治记忆。

史铁生不单对政治哲学的问题感兴趣，还曾经主动参与到事件当中。"1978年，我作为'四人帮流毒'被拉回延安接受批判，铁生亲自替我写检查交待材料，摇着轮椅四处求人援救。最后与作家柳青、画家靳之林、知青杨志群、王立德、邵明路、刘亚岸等上书胡耀邦等领导，递交陕北老乡的'万人折'陈情书，把我'捞'回北京。"[2] 另外，陈徒手有一篇关于史铁生的回忆文章，叫《感念几事》，里面也谈到史铁生在特定历史节点的反应：

（1989年）6月初的那天清晨8点多，在外熬了一夜的我回到家，昏昏沉沉、艰难入睡，突然听到铁生在楼外前后两侧大喊我的名字，我两眼矇眬不清地下楼，铁生一看到我

---

[1] 孙立哲：《想念史铁生》，收入岳建一执行主编：《生命：民间记忆史铁生》，中国对外翻译出版有限公司，2012年，第7页。

[2] 孙立哲：《想念史铁生》，收入岳建一执行主编：《生命：民间记忆史铁生》，中国对外翻译出版有限公司，2012年，第1–2页。

就说："好啦好啦，看到你在家就好。"……

……

过了几天，在傍晚时节，我推着铁生出外走走。当时雍和宫北二环尚未修建立交桥，我们俩停在二环主路上，人迹稀少，车辆空无，夕阳残照，斑驳陆离，放眼看去就像是一片孤寂无援的空洞化世界。我们俩觉得有些空虚和后怕，铁生说："我们还是回去吧。"静静地推着车，铁生又说："书上老提到历史时刻，或许现在就是，我们赶上了……"

那段时间，铁生就更加频繁地去地坛，在书本中慢慢地舒解，在写作《我与地坛》中振作起来。后人们读《我与地坛》，应该体会到作者当年沧桑无比、异常特殊的写作心境，对真理的渴求、对困境的大彻大悟、对人类的大爱、对思想的坚持，应该说是贯穿作品的一条思想辅助线。[①]

这段话，对于理解史铁生所说的"有些事情只适合收藏"是有帮助的，也可以为理解史铁生在特定时期如何重建理想主义提供一个必要的角度，对澄清史铁生个人的政治哲学与生命哲学之关联也有帮助。史铁生在日常生活中对政治问题的关注，远远要多于呈现于文本的那部分。在文学中，史铁生的政治关怀更多是一种"压在纸背的心情"。这种政治关怀非常隐晦，不宜过分放大，也不宜完全忽略。

六

虽然史铁生在写作中也涉及政治哲学的问题，但是并没有把它看作是写作的主要问题，而是让这些问题成为一种背景式的存在，不作

---

① 陈徒手：《感念几事》，收入岳建一执行主编：《生命：民间追忆史铁生》，中国对外翻译出版有限公司，2012年，第135页。

过多的展开。在《昼信基督夜信佛》一文中史铁生曾谈到，他个人并不认可"政治哲学是第一哲学，城邦利益是根本利益，而分清敌我又是政治的首要"这样的观点，而是相信"生的意义和死的后果，才是哲学的根本性关注"。[①] 从根本上说，朝着苦难建立一种生命哲学，才是他的运思意向和写作意向。

在《我与地坛》中，史铁生写到许多不幸者的遭遇，并张扬了一种生命意志。他强调生命本身是一个过程，强调作为个体的"我"是短暂的，而普遍意义上的"我"，还有作为"我"之本质的"欲望"是不灭的。周国平在文章中曾指出，"自我"（"我"）与"世界"的关系是一个很重要的哲学命题，之所以认为史铁生"具有天然的哲学素质"，"证据之一是他对这个最重要的哲学问题的执著的关注，在他作品的背景中贯穿着有关的思考。套用正、反、合的模式，我把他的思路归纳为：认识论上的唯我论（正题），价值论上的无我论（反题），最后试图统一为本体论上的泛我论（合题）"。[②] 这一"正反合"的逻辑推断过程，在《我与地坛》中也有所体现。如周国平所说："认识论上的唯我论是驳不倒的，简直是颠簸［扑］不破的，因为它实际上是同语反复，无非是说：我只能是我，不可能不是我。"[③] 从认识论上的唯我论过渡到本体论上的泛我论，也顺理成章。从认识论上的唯我论推演出价值论上的无我论，却非常有难度。唯我论和泛我论之间并没有绝对的屏障，唯我论与无我论却并非如此，很大程度上是对立的、悖谬的。因此，从唯我论到无我论，必然要经历一个复杂的逻辑

---

① 史铁生：《昼信基督夜信佛》，《史铁生作品全编》第9卷，人民文学出版社，2017年，第265页。

② 周国平：《读〈务虚笔记〉的笔记》，收入许纪霖等著：《另一种理想主义》，凤凰出版社，2011年，第213–214页。

③ 周国平：《读〈务虚笔记〉的笔记》，收入许纪霖等著：《另一种理想主义》，凤凰出版社，2011年，第214页。

推导，还有情感上艰难的自我说服的过程。

　　然而，在《我与地坛》中，确实存在周国平所说的从唯我论与无我论的过渡，这主要体现在文章的最后一节中。从唯我论与无我论的过渡过程，也是史铁生开始脱离非本真的生命状态，走向生命的澄明之境的过程。

　　澄明之境（Lichtung）是贯穿海德格尔思想前后两个时期的基本词语之一，熊伟译之为"澄明"。取名词义的时候，则为"澄明之境"。[①]海德格尔曾回溯 Lichtung 一词的词源，认为这个名词源出于动词 lichten，后者的意思是使得某物轻柔，使某物自由，使某物敞开，例如，使森林的某处没有树木。这样形成的自由之境、敞开之境就是Lichtung。[②]在海德格尔的著作中，澄明和海德格尔对存在及其意义的追问有密切联系。存在之澄明（Lichtung des Seins）和"存在之被遗忘状态"、存在的被遮蔽相对应，在不同阶段、不同场合里具有不同的意义。在《存在与时间》中，存在之澄明多与"此在"相关，指的是"此在"处于本真的生存状态，亦即"此在"可以按照其意愿进行自由决断。[③]在后期海德格尔思想中，它所意指的内容则更为宽广，是指万事万物如其所是地敞开，特别是天地神人之四重整体在相互游戏中的敞开状态。而不管是在前期还是后期，澄明之境所指的都是"自由的敞开之境"。

---

① 在中文语境中，Lichtung 还有"疏明""明敞""敞亮"（陈嘉映）、"林间空地"（王炜）、"林中空地"（陈春文）等多种译法。Lichtung 这个词在海德格尔思想中非常重要。学界一般认为，海德格尔思想可以分为前后两个时期。一般海德格尔前期所使用的词语，到了后期都不容易看到，少有贯穿性的，Lichtung 却是个例外，足见海德格尔对它的重视程度。

② ［德］海德格尔：《哲学的终结与思的任务》，《面向思的事情》，陈小文、孙周兴译，商务印书馆，2007 年，第 79 页。

③ 更具体的论述，可参见刘小枫：《诗化哲学》，华东师范大学出版社，2007 年，第 287–291 页。

对于理解史铁生的精神世界来说,《我与地坛》这个文本的重要意义之一,就在于它让史铁生一度进入了生命的澄明之境,进入了一种自由敞开的状态。这并不是全靠哲学上的逻辑推断来实现,而是通过理智与情感、哲思与诗性、个人生命与周围世界的多重契合而达成。澄明之境也首先是一个存在论的概念,是人与天地万物之间"无穷的互相联系、互相作用、互相影响的交叉点或集合点,也可以说是万事万物的聚焦点。这个点是空灵的,但又集中了天地万物的最广博、最丰富的内涵和意义,它是最真实的"。① 澄明之境的发生或显现,离不开作为个体的"我"对天地万物的理解或领悟,"人心之于天地万物,犹如灵魂之于肉体,前者渗透、融合于后者之中,而不是相互外在的关系。人心(人的体会、体验)是天地万物本身得以显示其意义的一个空隙(gap),没有它,天地万物被遮蔽,是漆黑一团而无意义的"。② 由于动物缺乏存在论的、现象学意义上的"世界",不可能体会这个交叉点的意义,不可能体会到万物一体的状态,因而很难进入澄明之境。"一般人都具有这种体会的本性和能力,但过多、或较多地沉沦于功利追求而很少能进入这万物一体的澄明之境。唯有诗人能吟唱这个最宽广、最丰富的高远境界。"③ 为什么这里说唯有诗人具有这样的优先性?因为"诗意的想象"是进入澄明之境的主要途径,在《我与地坛》中,史铁生也借此走向澄明。比如在文章的开头对"我"与地坛那种历尽沧桑后相遇的状态的书写,还有如下的段落,都是诗性的想象的典范:

如果以一天中的时间来对应四季,当然春天是早晨,夏

---

① 张世英:《进入澄明之境——海德格尔与王阳明之比较研究》,《学术月刊》1997年第 1 期。
② 同上。
③ 同上。

天是中午，秋天是黄昏，冬天是夜晚。如果以乐器来对应四季，我想春天应该是小号，夏天是定音鼓，秋天是大提琴，冬天是圆号和长笛。要是以这园子里的声响来对应四季呢？那么，春天是祭坛上空漂浮着的鸽子的哨音，夏天是冗长的蝉歌和杨树叶子哗啦啦地对蝉歌的取笑，秋天是古殿檐头的风铃响，冬天是啄木鸟随意而空旷的啄木声。以园中的景物对应四季，春天是一径时而苍白时而黑润的小路，时而明朗时而阴晦的天上摇荡着串串杨花；夏天是一条条耀眼而灼人的石凳，或阴凉而爬满了青苔的石阶，阶下有果皮，阶上有半张被坐皱的报纸；秋天是一座青铜的大钟，在园子的西北角上曾丢弃着一座很大的铜钟，铜钟与这园子一般年纪，浑身挂满绿锈，文字已不清晰；冬天，是林中空地上几只羽毛蓬松的老麻雀。以心绪对应四季呢？春天是卧病的季节，否则人们不易发觉春天的残忍与渴望；夏天，情人们应该在这个季节里失恋，不然就似乎对不起爱情；秋天是从外面买一棵盆花回家的时候，把花搁在阔别了的家中，并且打开窗户把阳光也放进屋里，慢慢回忆慢慢整理一些发过霉的东西；冬天伴着火炉和书，一遍遍坚定不死的决心，写一些并不发出的信。还可以用艺术形式对应四季，这样春天就是一幅画，夏天是一部长篇小说，秋天是一首短歌或诗，冬天是一群雕塑。以梦呢？以梦对应四季呢？春天是树尖上的呼喊，夏天是呼喊中的细雨，秋天是细雨中的土地，冬天是干净的土地上的一只孤零的烟斗。[1]

史铁生分别以时间、园子的声响、园中的景物、心绪、艺术形

---

[1] 史铁生：《我与地坛》，《史铁生作品全编》第6卷，人民文学出版社，2017年，第41–42页。

式、梦等对应地坛中的四季。这并不是纯粹客观的景物描写，而是一种诗性想象。书写的目的，不是为了传达浪漫主义文学中所常见的抒情意蕴，更是为了召唤出一种"我"与"世界"相互契合、融合无间的状态。"我"与"世界"就不再是一种相互排斥、相互疏离的状态，而是有着隐秘的精神感应。借助诗性想象，"我"有可能超出个人具体经验的限制，超出时间的限制；"我"不再是一个为有限性所牵绊的"主体"，而"我"所面对的世界与他人，也不是客体意义上的存在。主体和客体总是意味着一种不平等的关系，毋宁说，主体性转换成了主体间性。"世界"中的他人成了"主体"，经过"我"的"移情"之后的地坛、雨燕等诸多事物也就成了"主体"；世界中的动物与植物，乃至于身边的一切事物，也有了情感和自我意识。正是这种"主体"和"主体"的无间契合使得存在之澄明得以发生。

《我与地坛》行将结束的时候还写到，"我"摇着轮椅在地坛里慢慢走的时候常常有一种感觉，"觉得我一个人跑出来已经玩得太久了。有一天我整理我的旧相册，一张十几年前我在这园子里照的照片——那个年轻人坐在轮椅上，背后是一棵老柏树，再远处就是那座古祭坛……我忽然觉得，我一个人跑到这世界上来真是玩得太久了"。① 还有一天的夜晚，"我"又到地坛里来，独自坐在祭坛边的路灯下看书冥想，不经意间听到从祭坛里传出一阵阵唢呐声，那时候，"四周都是参天古树，方形祭坛占地几百平米空旷坦荡独对苍天，我看不见那个吹唢呐的人，唯唢呐声在星光寥寥的夜空里低吟高唱，时而悲怆时而欢快，时而缠绵时而苍凉，或许这几个词都不足以形容它，我清清醒醒地听出它响在过去，响在现在，响在未来，回旋飘转亘古不散"。②

---

① 史铁生：《我与地坛》，《史铁生作品全编》第6卷，人民文学出版社，2017年，第51–52页。

② 史铁生：《我与地坛》，《史铁生作品全编》第6卷，人民文学出版社，2017年，第52页。

史铁生先后两次写到"我一个人跑到这世界上来真是玩得太久了"，还写到"我清清醒醒地听出它响在过去，响在现在，响在未来"；这种声响，俨然是超越时间的，回旋飘转，亘古不散。在回望个人经历时，史铁生也不再说"我"，而是说"那个年轻人"。这些描写暗示并证实了一点：史铁生一度在感觉和认识上进入了一种超越时间限制的状态，一种远距离的静观状态，获得了一个超验的视域。这种超越的状态是在"地坛"这个意愿世界中发生的，又扩大至史铁生所说的"更大的世界"中，扩大到整个宇宙。这种对时间限制的暂时摆脱，也使得史铁生的视域得以上升、扩大。这时候，"我"独立于悠悠天地之间，好像生死于"我"都没有关系，"我"不受时间限制，以往的苦难也不再显得那么沉重，难以承受。文章的最后一节写道："必有一天，我会听见喊我回去。"这实际上是对死亡的隐喻，是对另一个"世界"的隐喻。谈到死亡这一必然降临的事实时，史铁生持的却是一种泰然任之的、静观的态度：

> 我说不好我想不想回去。我说不好是想还是不想，还是无所谓。我说不好我是像那个孩子，还是像那个老人，还是像一个热恋中的情人。很可能是这样：我同时是他们三个。我来的时候是个孩子，他有那么多孩子气的念头所以才哭着喊着闹着要来，他一来一见到这个世界便立刻成了不要命的情人，而对一个情人来说，不管多么漫长的时光也是稍纵即逝，那时他便明白，每一步每一步，其实一步步都是走在回去的路上。当牵牛花初开的时节，葬礼的号角就已吹响。

> 但是太阳，它每时每刻都是夕阳也都是旭日。当它熄灭着走下山去收尽苍凉残照之际，正是它在另一面燃烧着爬上山巅布散烈烈朝辉之时。那一天，我也将沉静着走下山去，扶着我的拐杖。有一天，在某一处山洼里，势必会跑上来一

个欢蹦的孩子，抱着他的玩具。

当然，那不是我。

但是，那不是我吗？

宇宙以其不息的欲望将一个歌舞炼为永恒。这欲望有怎样一个人间的姓名，大可忽略不计。[①]

周国平曾经指出，史铁生这里所说的"我"，"已经不是一个有限的主体或一个有限的欲望了，而是一个与宇宙或上帝同格的无限的主体和无限的欲望。就在这与宇宙大化合一的境界中，作为灵魂的自我摆脱了肉身的限制而达于永恒了"。[②] 这么说有些夸张了，因为人作为一种有限之在，不可能成为"与宇宙或上帝同格的无限的主体和无限的欲望"，只能说此时此刻史铁生的视域是极其广大的，他看取宇宙的角度也是极其高远的。但无论如何，这的确是史铁生进入澄明之境的时刻：它并不意味着对苦难绝对的克服，毋宁说，是在承认苦难存在的前提下，在行动和精神当中都能体会到存在的欢乐。澄明之境的本来意义是林中空地，是在森林中清除掉一些树木，让光线得以照进来，然而，如果把所有的树木都清除掉，让光亮全部照进来，林中空地也就不存在了。如果压根就不存在苦难，也就没有了所谓的超越，没有了获得欢乐的可能。澄明之境也不可能永远地存在，而是生命中短暂的或瞬间的愉悦，正如阳光不可能一天二十四小时地照耀万物。

七

存在的自我超越和存在之澄明，是在带有开放性的思与诗中发

---

① 史铁生：《我与地坛》，《史铁生作品全编》第 6 卷，人民文学出版社，2017 年，第 52–53 页。

② 周国平：《读〈务虚笔记〉的笔记》，收入许纪霖等著：《另一种理想主义》，凤凰出版社，2011 年，第 216 页。

生的，又是在地坛这一"世界"或境域中发生的。对于史铁生这一个"我"而言，地坛是现象学意义上的"世界"，是"我"依寓其中而在的"世界"。现象学意义上的"世界"并不是玫瑰与石头、风车与风、蓝天与白云等事物的简单相加，而是这些事物与事物之间相互影响、作为一个整体而影响着"我"的意义方式。"世界"并非总是自为的，而是"我"存在的意义境域，是"我"理解、解释、揭示事物的条件。现象学意义上的"世界"和"我"并不是可以截然分开的两种不同的事物，而是统一的。"世界"存在的可能性，"世界"存在的存在论根据，就在"世界"与"我"的不可分割的统一中。因此，要解释清楚"世界"现象，就必然要同时解释"我"。从生存论上看，"我"和"世界"并非二物，而是共同属于"在世界之中存在"这个存在结构。更准确地说，"'在世界之中存在'源始地、始终地是一整体结构"。① 对于史铁生这一个"我"来说，地坛正是这样的一个"世界"。也正是因为这种生存论、现象学意义上的关联，"我与地坛"的"与"字便有了甚深的意味，"与"字相当于海德格尔的"此在在世界之中存在"的"在……之中"。"与"和"在……之中"一样，都不是对某种物理空间的说明，而是对一种存在关系的标明。正是基于"我"的残疾境遇，基于"我"个人存在的疑难，"我"与"地坛"才获得了血肉相连般的联系。

　　"我"与"地坛"，实际上是相互生成、相互成全的关系。一旦缺少了地坛，"我"就少了一条通达存在的通道。而离开了"我"之存在的切身与具体，离开了"我"对地坛的"移情"，还有对地坛中生命现象的观看、理解与解释，地坛也将不复是如此有血有肉、有充沛的生命气息的地坛。也正因此，范培松在解读这一文本时，才会

---

① ［德］海德格尔：《存在与时间》，陈嘉映、王庆节译，生活·读书·新知三联书店，2006年，第209页。

说"《我与地坛》中的两个角色是：'我'与'地坛'"。[①] 离开了史铁生这个"我"之存在的切身与具体，"我"与地坛之间，就很可能只具备公共化的"知识关系"，而缺少个人化的、亲切而熟悉的"存在关系"。

史铁生在多年后写作的《想念地坛》一文中还提到，因为搬家搬得离地坛越来越远等原因，"我"已经很少去地坛。虽然"我"已经不在地坛那里，但是"我"对地坛有想念，凭着想念"我"便能跨过时空的界限，只要"我"在想念地坛，地坛的清纯之气便会扑面而来，地坛并没有远去，地坛依然还"在"。"我已不在地坛，地坛在我。"这里的"在"，显然也不是物理学意义上的"在"，而是存在论、现象学意义上的"在"，即"世界"是作为"我"的一种存在状态而"在"。

2011 年，《天涯》杂志曾在第 2 期刊出《关于在北京地坛公园塑造史铁生铜像的倡议书》，其中提到："史铁生以散文名篇《我与地坛》为代表的众多作品在读者中广为流传。在广大读者心目中，他已与北京地坛公园血肉相连，成为地坛的一部分，堪称地坛的当代之魂。考虑到这一点，将他的铜像立在地坛公园，既是我们对一个杰出作家最隆重、最崇高、最诚挚的礼赞，也将留下一份宝贵的精神财富，丰富后人对地坛公园的理解和诠释，延伸中华文明遗产中代代相传的真诚与高贵。"为史铁生在地坛立铜像的倡议，虽然得到了不少人的响应，最终却没有成为现实。这或许是一种遗憾，所幸的是，借助凝结着思与诗的文字，史铁生已与地坛建立起一种"心魂"上的联系。只要史铁生的文字还"在"，这种联系就一直"在"。

---

① 范培松：《中国散文史》，江苏教育出版社，2008 年，第 830 页。

抒情的史诗

——论徐则臣《北上》

2013 年，徐则臣完成了他的长篇小说《耶路撒冷》。这部作品志在写 70 后一代人的成长史与心灵史，在 2014 年出版后引起热议，也给徐则臣带来了很大的声誉。2018 年，徐则臣完成了他的又一部反响热烈的长篇小说《北上》。在《耶路撒冷》的封面上，有这样一句话："运河的那一头，是耶路撒冷；耶路撒冷的那一头，是世界。"徐则臣创作中至关重要的几个词——运河、耶路撒冷、世界——都在其中，然而细究起来，它未必好理解。尤其是运河、耶路撒冷、世界这三者之间的复杂辩证，并非三言两语就能说清楚。在以往的写作中，徐则臣也会经常写到运河，但那更多是一种背景式的存在；在《北上》中，运河则成了小说的主角。《北上》的面世，既让徐则臣的文学世界有了更为纵深的面貌，也让运河、耶路撒冷、世界这三者的关系有了更为清晰的脉络，徐则臣在思想探索和文学探索方面的意义亦由此得到进一步的彰显。

一、抒情的史诗化与史诗的抒情化

徐则臣一直着力于构建个人的叙事美学，力求以个人化的尝试拓宽文学世界的审美疆域。在《北上》中，徐则臣的这种尝试和努力，既体现在外在的结构形式上，也体现在内在的书写方式上。

在关于《北上》的评论文章《民族之河的历史与此刻》中，张莉认为："它是一部史诗之作，笃定、扎实、纵横交错，有静水深流和雄浑阔大之美。"[1] 我认同张莉的判断，同时想进一步指出，《北上》与以往的史诗，更具体地说，与以往的史诗性长篇小说并不相同。

黑格尔在谈到史诗时，认为："它要求有一种本身独立的内容，以便把内容是什么和内容经过怎样都说出来。史诗提供给意识去领略的是对象本身所处的关系和所经历的事迹，这就是对象所处的情境及其发展的广阔图景，也就是对象处在它们整个客观存在中的状态。"[2] 王先霈则认为："史诗，是一个多义名词。作为一种文体，史诗指的是诗歌中的一种特殊形式，即反映某一民族重大事件、充满英雄激情的大型民间叙事作品。作为一个美学概念，史诗所指的概念要广泛得多，同时，它又要有更加确定的内涵……美学意义上的史诗指的是，选取历史性的宏伟题材，反映社会整体形象，表现以社会进步力量的意识为代表的民族伦理道德倾向和民族性格，表现时代精神，风格粗砺或混茫的长篇叙事作品；这种作品的思想、艺术特性即史诗性。"[3] 在处理"内容经过怎样"也就是"怎么写"的问题时，以往的史诗性长篇小说大多会讲求故事整一性，会依照线性时间的起承转合来结构全篇，而在《北上》和《耶路撒冷》里，徐则臣都舍弃了故事整一性和线性时间的常见结构方式。

《耶路撒冷》前五章分别以主要人物"初平阳""舒袖""易长安""秦福小""杨杰"的名字为题，第六章则命名为"景天赐"，第七到

① 张莉：《民族之河的历史与此刻》，http://www.chinawriter.com.cn/n1/2019/0826/c404030-31317974.html，2019 年 08 月 26 日。

② ［德］黑格尔：《美学》第三卷（下），朱光潜译，商务印书馆，2006 年，第102 页。

③ 王先霈：《论史诗性》，《社会科学》1984 年第 6 期。

十一章则命名为"杨杰""秦福小""易长安""舒袖""初平阳",与前五章形成对应。在小说每一章节后面,又穿插着总题为"我们这一代"的专栏文章,以初平阳的名义进一步记录和探讨"70后"这代人所面临的问题。这一专栏的每篇文章所涉及的问题,则常常与前一章的中心人物有直接的关联。整部小说采用的是一种扇形结构:"景天赐"这一章,相当于扇钉;"我们这一代"的专栏相当于扇子的小骨,关于初平阳、舒袖、易长安、秦福小、杨杰的章节,则构成扇面。整部小说在章节的安排上极为对称,有均衡之美,也有立体感,可视为一组扇形建筑群,可以从不同的角度进入,各座建筑也彼此相通。[①]小说结构方式的尝试,在《北上》中则更为激进。《北上》主要是由这几部分构成:开篇题为"2014年,摘自考古报告",主要写2014年6月,大运河申遗成功前夕,一些文物被意外挖掘出来,其中还有意大利人费德尔·迪马克——当年八国联军中的一名士兵,中文名叫马福德——写给他父母的一封信。这一部分篇幅较短,相当于小说的楔子。接下来则是小说的第一部,由四个小节组成:"1901年,北上(一)""2012年,鸬鹚与罗盘""2014年,大河谭""2014年,小博物馆之歌"。再往下则是第二部,由如下三个小节构成:"1901年,北上(二)""1900—1934年,沉默者说""2014年,在门外等你"。和前面两部相比,第三部的篇幅较短,只有"2014年6月:一封信"这一节的内容。它主要是写费德尔·迪马克的信如何意外地被发现,以及这一封信如何成为解密一段历史和众多人物身世的契机。整部《北上》则主要由如下三条时间线索交错而成:第一条线索主要讲述1900—1934年间费德尔·迪马克在中国的经历。第二条线索则是讲在1901年,意大利人保罗·迪马克——外号叫小波罗——来到中国,和谢平

---

① 关于徐则臣在结构方面的探索过程,徐则臣在《与大卫·米切尔对话》一文中曾有所谈及,徐刚在《时间与河流的秘密——评徐则臣长篇小说〈北上〉》(《中国当代文学研究》2019年第1期)一文中亦有讨论。

遥、孙过程、邵常来等人一起沿着运河北上，寻找保罗·迪马克的弟弟费德尔·迪马克。运河的历史与当下、风俗风情，中国的政治与民生、旧邦新命，都在这一行程中渐次呈现。也是在 1901 这一年，光绪帝颁令宣布运河漕运停止，保罗·迪马克死在通州运河的一艘船上。第三条线索，则是写 2012—2014 年之间，当年陪同保罗·迪马克北上的谢平遥、孙过程、邵常来等人的后辈，因为运河和当年保罗·迪马克赠予的各种礼物而遥相感应，继而相识。

由此可见，不管是《耶路撒冷》还是《北上》，都没有按线性时间的顺序来结构全篇。小说中每一节的内容表面看来都是时间和情节的横截面，可是各个章节之间又秘响旁通，有各种各样的联系。《北上》尤其如此。小说中有一个细节：谢平遥的后人谢望和打算拍摄《大河谭》，以音像为载体，以讲故事的方式"把京杭大运河的历史、当下和未来，政治、经济、文化和日常生活方方面面都囊括进来"①。这一过程并不容易。然而在经过反复探求后，谢望和对运河的认识开始变得全面，运河的形象也在这一过程中变得清晰可见："一个个孤立的故事片段，拼接到一起，竟成了一部完整的叙事长卷。仿如亲见，一条大河自钱塘开始汹涌，逆流而动，上行、下行，又上行、下行，如此反复，岁月浩荡，大水汤汤，终于贯穿了一个古老的帝国。"② 这段话，在小说中本是用来形容《大河谭》的拍摄过程，其实用以形容《北上》的结构方式也颇为贴切。

以往的史诗性长篇小说，还大多重视对社会生活进行全景式的把握，把重要时间节点上的宏大事件作为小说的主体，人物则是在宏大事件、宏大场面中展开行动，展现其性格和形象。对于有着千年历史的运河而言，它同样有很多重要的时间节点和宏大事件。可是在《北上》中，宏大事件本身很少得到正面的书写和展现。相反，人物的个

---

① 徐则臣：《北上》，北京十月文艺出版社，2018 年，第 129 页。

② 徐则臣：《北上》，北京十月文艺出版社，2018 年，第 464 页。

人史成了书写的中心，政治、经济和文化等方面的各种大事件则成为他们行动的背景。运河是《北上》的主角，但关于运河的方方面面主要是通过人物的命运遭际反映出来的，是从他们的视角展现的。由此，运河的历史和人物的个人史互相映照，也互相成全。对于运河这一具有史诗色彩的对象而言，小说主要采用的是史诗的抒情化的写法，对史诗性的主题以抒情的笔法进行勾勒、描绘和呈现；而对于小说中的人物而言，他们的喜怒哀乐本来具有抒情色彩，因为与运河的种种关联，也因为抒情的功能被放大到极致，最终就有了史诗的气息，甚至是气象。

　　《北上》其实融合了普实克所区分的史诗和抒情这两种极为不同的写作传统。在普实克的语境中，抒情和史诗通常是形容词而非名词。抒情的传统主要是偏重书写作家本人或其笔下人物的主观感受和情绪，具有很鲜明的个人性和主观主义色彩。史诗的传统则偏重对社会生活进行客观的、全景式的再现，很少突出个人的形象，欧洲19世纪现实主义小说，还有茅盾的作品，都是这种写作的典范。在《茅盾和郁达夫》这篇文章中，普实克曾以郁达夫和茅盾的作品为例，详细地阐释了抒情和史诗这两种路径的差别，还有因此而形成的不同美学效果。在普实克看来，"茅盾的作品似乎与古典悲剧同出一源，均来自一种人类生活的悲剧感，视人生为命运的磨砺，任何个人的反抗都无济于事。而且，这种悲剧感被扩展到一个庞大的范围，因为受命运煎熬之苦的，绝不是个人或单个的家庭，而是广大人民，是整个阶级，甚至整个国家。茅盾通常描写的是某个集团，即使他写的是某个人的命运，我们也总是觉得他体现了某一类人的命运，环境不是个人的，而是很多人所处的典型环境。《子夜》中吴荪甫的故事反映了整个中国民族资产阶级的命运，吴家工厂的女工、农村三部曲中的主人公老通宝所生活的村庄里面的农民，都是他们所属阶级的代表。茅盾在作品中描写的是中国千百万人的命运。毫无疑问，他在观察精确的现实主义画面中，非常成功地揭示了整个中国现代社会的特征"①。茅盾的写作，具有非常鲜明的客观色彩，也有社会生活的广度和深度，与此相对应，郁达夫走的是一条非常不一样的路。"乍一看，似乎没有作家像茅盾和郁达夫这样差别巨大。郁达夫的作品带有高度的主观主义，而茅盾的作品则有高度的客观主义，两者截然对立。茅盾在小说中几乎彻底排除了他个人的声音，郁达夫的创作则几乎完全是个人的经历和感受。我们以后还会发现两者之间更多的差异……如果我们把茅盾比作一个解剖中国社会病体的外科医生，这个比喻同样也适合郁达夫，只不过他解剖的是他自己内心的精神世界。"② 对于郁达夫的写作，普实克还作了进一步的解读："郁达夫作品中的叙事者不是像欧洲古典现实主义小说或茅盾小说中那样，是身份不确定的、全知全能的第一人称，而总是作者本人，或是以第三人称叙述的作者的代言人。因此，我们可以说，郁达夫的作品有显著的主观色彩，他的小说几乎总是以作者本人——或是他的代言人——为主人公，情节通常是以他的个人经历为基础，叙述的主题是他自己的精神历程，一切都是从他的主观角度来描写的。"③

普实克所作的抒情和史诗的区分，可视为一种理想型范式。在具体的写作实践中，两者很少能截然两清。不过由于两者所包含的程度的差别，抒情的写作和史诗的写作还是会有很大的不同，就像茅盾和郁达夫之间，因为有着那么鲜明的不同，实在难以混淆。不过在《北上》当中，我们几乎可以同时看到茅盾和郁达夫的身影，抒情和史诗

---

① ［捷］普实克：《茅盾和郁达夫》，《抒情与史诗：现代中国文学论集》，郭建玲译，上海三联书店，2010 年，第 131–132 页。

② ［捷］普实克：《茅盾和郁达夫》，《抒情与史诗：现代中国文学论集》，郭建玲译，上海三联书店，2010 年，第 141–142 页。

③ ［捷］普实克：《茅盾和郁达夫》，《抒情与史诗：现代中国文学论集》，郭建玲译，上海三联书店，2010 年，第 157 页。

这两种极为不同的写作路径不断地交错、分岔和融合，最终形成了一种既主观又客观、既是抒情的又是史诗的写作路径。

早在写《耶路撒冷》甚至更早的时候，徐则臣就有一种史诗性的追求，但又认为史诗性写作在当下应该有不同的路径和方法。[①] 在他看来："呈现出人类复杂的内心才最有深度，也最具难度。并不是非得写大历史，你的格局才大，才有深度，人的内心比时代更为宽阔，把内心生活写好了，同样可以成就史诗。"[②] 这实际上是以类似于普实克所界定的抒情的方式来抵达史诗，或者说，强调了抒情并非小道，范式也未必不可通约，不可突破。这部作品虽然以《耶路撒冷》为题，但是在小说当中，耶路撒冷更多是一个精神指向式的存在，地理学和实存意义上的耶路撒冷并没有成为直接的书写对象。《耶路撒冷》主要是抒情的，这种抒情性的写作被发挥到极致，抒情的功能被高度放大，就有了史诗的规模和气象。要而言之，通过抒情的史诗化这一

---

① 徐则臣曾谈道："大二开始写一个长篇，年少轻狂，打算揭示鸦片战争以来整个民族的心路历程，并为此激动得常常睡不着觉，半夜想起来一个好细节，没有灯光，就趴在床上摸黑歪歪扭扭地写，第二天誊抄。没写完，只有几万字。现在还保存着，依然喜欢那个题材，以后应该会接着写出来的，因为现在回头看，还觉得有点意思。"这可以说是他进行史诗性写作较早的尝试。而其抒情性的写作则比这更早，也更具开端的性质："往回数，让我觉得跟写作有点关系的事，应该是高二时的神经衰弱。那时候心悸，一到下午四五点钟就莫名其妙地恐惧，看到夕阳就如履薄冰，神经绷过了头，失去了回复的弹性，就衰弱了。完全陷入了糟糕的精神状态中，没法跟同学合群。那种自绝于人民的孤独和恐惧长久地支配我，睡不着觉，整天胡思乱想，恍恍惚惚的，经常产生幻灭感。写日记成了发泄孤独和恐惧的唯一方式。从高二开始，一直到1997年真正开始写小说，我写了厚厚的一摞日记，大概就是在日记里把自己写开了。日记里乱七八糟，什么都记，想说什么说什么，怎么好说怎么说。后来回头看看，很多现在的表达，包括形式，在那些日记都能找到差不多的原型。"参见徐则臣：《转身——我的文学自传》，《孤绝的火焰：在世界文学的坐标中写作》，四川文艺出版社，2018年，第179、177—178页。

② 张嘉：《徐则臣：写内心风暴，也能成就史诗》，《北京青年报》2014年5月23日。

方式,《耶路撒冷》完成了一种史诗般的抒情。

在《北上》中,抒情的史诗化这一写作方法得到了延续。然而和《耶路撒冷》相比,《北上》不管在主题还是在方法上,都有很多的不同,最终呈现的气象和文势也大不相同。一方面,《北上》延续了《耶路撒冷》中个人史的写作方式,集中写了保罗·迪马克、谢平遥、孙过程、费德尔·迪马克、谢望和等人的内心风暴,另一方面,运河在《北上》中也成为书写的主角。运河在一百多年中的巨变,以及运河所映照的中国自近现代以来的巨变,无疑是一个史诗性的主题。然而,徐则臣在书写运河的时候,是和书写人物的个人史结合在一起的,是通过笔下人物的视角来写运河,是通过既与运河有关又和人物有关的众多器物来书写运河。对于小说中的人物而言,徐则臣采取的是抒情的史诗化的写作方法——将抒情功能发挥到极致,就有了史诗的规模和气象;对于运河,则主要是采取史诗的抒情化的写作方法——以抒情的笔法来处理史诗性的主题,通过内在世界再造外在世界。经由抒情的史诗化与史诗的抒情化的复杂辩证,徐则臣形成了一种既有史诗色彩又有抒情气息、既主观又客观的叙事美学。由此,内在世界和外在世界两相辉映,秘响旁通,直至通而为一。由此,史诗可内蕴抒情,抒情也可以包容史诗,直至融合无间。由此,《北上》既是史诗的,又是抒情的,是一部抒情的史诗。

徐则臣之所以采用诸如此类的处理方式,原因是多方面的。它与徐则臣本人乃至于"70后"这一代作家擅长也偏爱抒情的写作有关①,更与他意识到抒情的写作和史诗的写作各有局限有关。正因如此,他会尝试打破范式的限制,探索新的写作路径。抒情的写作往往重视书写个人内在的生命世界而忽视对外在世界的直接探求,史诗的写作因偏重对外在世界的表达而可能忽视文学本身所要求的具体性,

---

① 具体论述可参见谢有顺:《"70后"写作与抒情传统的再造》,《文学评论》2013年第5期。

对人物的关照可能停留于抽象的层面，从而使得作品本身缺乏感染力。抒情与史诗的融合，则可能克服其中存在的问题。对于抒情的写作而言，抒情的史诗化这一方法能打通内在世界和外在世界，从而克服文学过于向内转而导致格局太小的问题。史诗的抒情化这一方法，也能对史诗性写作常见的问题起到纠偏的作用。比方说，以事件为中心的写作，还有史诗本身对客观性的追求，很容易使得人物平面化、符号化和模式化，而正如夏志清所说的："文学，富于想象力的文学，如果所关心的只是抽象的人，而不是具体的个人，就会失去其作为文学的特性，文学不应当仅仅装饰或肯定理想，却应当从具体的人的环境的准确性上审查理想是否正确。因此，我反对文学抽象地、理想化地、模式化地表现人，而赞成文学具体地、现实地表现个人。"① 以史诗的抒情化作为方法，恰好使得史诗性写作也不忘"具体地、现实地表现个人"。

徐则臣以放弃故事整一性、融合抒情与史诗的方式来重构史诗性写作的尝试，还较好地解决了写作的有效性的问题。作家在写作时，之所以尝试不同的写作方法，追求不同的叙事美学，除了有文学内部因素的考虑，也有外部因素的考量。写作既要以文学史作为参照，要真正有所创新，又必须与时代本身形成对话，能够对当下或未来产生影响，否则，写作就不具备真正的有效性。对于这一点，徐则臣有着高度自觉的意识。在《与大卫·米切尔对话》和《小说、世界和女作家林白》等随笔中，他曾谈到卡尔维诺、库切、波拉尼奥、大卫·米切尔、林白等作家都有舍弃故事整一性的尝试，认为这些作家都在尝试回答"长篇小说如何及物、有效地介入和表达时代与时代感"② 的问

---

① 夏志清：《论对中国现代文学的"科学"研究——答普实克教授》，《夏志清论中国文学》，万芷均等译，香港中文大学出版社，2017年，第49页。

② 徐则臣：《与大卫·米切尔对话》，《孤绝的火焰：在世界文学的坐标中写作》，四川文艺出版社，2018年，第82页。

题，并且他们也相应地提供了新的可能性。对于舍弃故事整一性，徐则臣有独特的理由："如果我们要求长篇小说能够对时代进行有效的描述和回应，那么我们应该会看到，在面对瞬息万变、纷繁复杂的当下世界，逻辑严密、故事整一的长篇小说越来越捉襟见肘。一个'慢'的世界，只要你观察得足够久，看得足够准，或许可以被严整地纳入一个叙事逻辑里，因与果一环套着一环，我们生活的真相慢慢就被卷了进去。但在一个'快'的世界里，世事变幻，信息庞杂，因果的链条大部分时间是断裂的、错位的，无数的因才能导出一个果，或者一个果源于无数因，而你却想把生活的要点用一条坚硬的叙事逻辑三两下就提炼出来，如同拨云见日，可能性恐怕甚微；就算此计可行，那些非法的、旁逸斜出的、身处边缘的无数个偶然，你如何解释？进不了故事逻辑的就一定与本质和真相无关？也许恰恰相反，在一个整体感逐渐丧失的时代，真相和本质正漂流在外。如果你非要把世界像麻花辫一样全编进一个叙事逻辑里，多余的、桀骜不驯的头发统统剪掉，那写出来的很可能是貌似完美的虚伪之作。"①

在写作《北上》时，徐则臣的种种探求是相当自觉的。在《北上》获得第五届茅盾文学奖后，徐则臣写了一篇篇幅不长的获奖感言。他在里面谈道："写作是一个发现和创造的过程，失去难度也就谈不上发现和创造，《北上》对我来说就是一次爬坡。难度不仅仅是具体技术上的，更重要的在于，是否对过去的写作构成挑战，是否有勇往直前的胆量和信心，是否不断将自己从众多写作者中区别开来并最终确立自己。文学在发展，每一代作家面对的世界不同、想法不同，表达方式和途径必然不同。在写作优良传统和文学精神上需要向前辈看齐，在对新事物、新世界的理解上需要寻找最适合自己的文学

---

① 徐则臣：《与大卫·米切尔对话》，《孤绝的火焰：在世界文学的坐标中写作》，四川文艺出版社，2018年，第81页。

表达方式。"① 他在思考破的问题，也在思考立的问题。通过破与立的辩证，徐则臣形成了独特的叙事美学，也以文学的方式建构了属于他本人的文学世界和精神世界。

二、运河之子、中国之心与英雄精神

徐则臣一直在探索有效的、有新意的叙述方式，也在寻找认识时代、认识世界和认识自我的方法。这两者在他的写作中既可一分为二，也经常合二为一，在《北上》中也同样如此。

《北上》在许多方面的探索都颇为引人注目。比如说，它采取的是一种复调的视角：既从中国人的视角去看中国和运河的历史和当下，也从外国人的视角去看运河和中国的历史和当下。这种复调视角的运用，在小说中既起到了叙事学意义上的陌生化的效果，也由此而通达认识论层面的问题。因为从什么样的视野、视角来看问题，会直接影响到认知的效果。而这个问题正是徐则臣所念兹在兹、反复探求的。在小说创作、随笔和论坛发言等许多不同的场合，他都谈到空间的问题。在《出走、火车和到世界去》一文中，徐则臣曾讲过这样一个故事：

> 有一个荒远和偏僻的小村子，每天有一列火车从村庄外经过。火车从来不停，最近的一个车站也在一百多里之外。这个村庄里人人都见过火车，人人都没坐过火车，但他们知道，这每天一次呼啸着摇撼整个村庄的火车去往一个神奇的世界，那个世界像仙境一样遥远和缥缈，那里什么都有。只要你坐上这列火车，你就能到达那个完全不同的世界。一个

---

① 徐则臣：《与时代血肉相连》，见于《深入生活　潜心创作——茅盾文学奖获奖作家五人谈》，《人民日报》2019 年 8 月 20 日。

村庄的人都被遥远的想象弄得躁动不安，每次火车将至，他们就站在村边的泥土高台上，看它荒凉地来，又茫然地去，你怎么招手它都不会停下。日复一日，年复一年。某一日，一个人拉着辆平板车去野地里收庄稼，想在火车赶到之前穿过铁路，很不幸，他对时间的判断出了误差，火车碰到了他的车尾，连同他的人一起甩到一边。火车有史以来头一回在这个地方停下来，那人骨折，无生命大碍，火车带着他到了一个陌生的城市的医院为他治好了伤。回到家，他说火车真好，外面的世界真好。一个村的人心里痒得更难受。但以此种方式拦火车风险实在太大，没人敢再尝试，就是坐过火车的人也不愿再来一次。又一日，一年轻人拖着一辆平板车等在铁路边，等火车即将从他面前经过时，他闷头拉车就往对面冲。

故事的结局是：火车的确停下来了，那个年轻人死了。围观的人一部分哭着回了家，一部分哭着继续站在那里，在想个"到世界去"的大问题。[1]

徐则臣称之为"听来的故事"，这使得这个故事听起来并不十分重要。实情却并非如此。在《耶路撒冷》中，徐则臣把这个故事重新讲述了一遍，由此也可以看出他对这个故事的重视。故事中涉及的"到世界去"的问题，则是徐则臣的创作主题。阅读这个故事，还会让人想起柏拉图的"洞穴说"或洞穴之喻。在《理想国》的第七卷中，柏拉图曾设想存在这样的一个社会：一个洞穴式的地下室，有一条长长的通道连接外界并让一路光亮照进来。这当中有一些囚徒从小就生活在洞穴里，头颈和腿脚都被绑着，不能走动，也不能转头

---

[1] 徐则臣：《出走、火车和到世界去——创作随想》，《孤绝的火焰：在世界文学的坐标中写作》，四川文艺出版社，2018年，第206-207页。

转身。他们从未走出洞穴，只能看着火光投射到他们面前洞壁上的阴影。他们误以为这些阴影就是事实本身，甚至相信屏障上所看到的就是整个世界。突然有一天，有一个囚徒被松绑了。他站了起来，可以环视，可以走动。走出洞穴后，他却发现，眼睛一时无法适应光明。与真实事物的相遇，与更广大的世界的相遇，让他感到痛苦。而当他回到洞中，尝试告诉身边人他们其实一直生活在一个洞穴中，洞穴外另有广大天地，另有截然不同的世界，身边人却不相信他，甚至还可能会嘲笑他。

徐则臣所讲述的这个故事和柏拉图的洞穴有不少相通之处，尤其是它们都强调空间的局限会造成认知上的限制。在柏拉图的故事中，走出洞穴的过程可理解为通过受教育而获得启蒙的过程。徐则臣所讲的这个故事，既是一次非常重要的"空间的启悟"，也是一次"认知的启悟"。这双重的启悟都最终指向了一点：必须"到世界去"，必须在更广阔的时空和天地中展开自身、完成自我的启蒙。这里的世界，既是地理空间、物理空间意义上的世界，也是心灵的、精神意义上的世界。到世界去既是一种求知意志的表达，也是认识的方法。

《北上》中对多重叙述视角的选取和安排，也内含同样的诉求和方法。《北上》中的人，不管是中国人还是外国人，都有其视角的局限性，因此也都有"到世界去"的诉求。谢平遥尤其如此。他有一种顽强的、常人难以理解的求知意志和意义意志。谢平遥原来是江南制造总局下属翻译馆的英语翻译，关心时政，向往以行动改变时势。在他的胸腔里，有一颗热忱的中国之心在跳动。他离开翻译馆，去了漕运总督府，后来又陪小波罗北上，都与这种求知意志和意义意志有关。在他身上，凝聚着民族和国家的命运，是特定历史时期的时代精神和民族精神的具体化。保罗·迪马克和费德尔·迪马克兄弟也同样有强烈的求知意志和意义意志。尤其是费德尔·迪马克，从小就有一种"到世界去"的冲动，用保罗·迪马克的话来说，他的这位弟弟喜欢玩消失。理想精神和浪漫精神也是他的性格中极有辨识度的元素，是其性格的重要构成。费德尔·迪马克最初到中国来，主要是受马可·波罗的影响："我对中国的所有知识，都来自马可·波罗和血脉一般纵横贯穿这个国家的江河湖海；尤其是运河。我的意大利老乡马可·波罗，就从大都沿运河南下，他见识了一个欧洲人坐在家里撞破脑袋也想象不出的神奇国度。"①

和徐则臣所讲的那个"听来的故事"还有柏拉图的洞穴中人一样，出走或"到世界去"难免会面临各种各样的困难和风险，其结果往往难以预料。谢平遥既渴望一种开阔的新生活，但无法从惯性里连根拔起，连根拔起后又面临着无法适应新环境的风险。费德尔·迪马克更是如此。出于对中国的好奇，他选择了服役入伍并在战争中经受肉身的、心灵的煎熬。为了替深爱的妻子如玉复仇，费德尔·迪马克在与日本人进行对抗后死去。对于谢平遥、保罗·迪马克和费德尔·迪马克兄弟等人来说，他们都是所属时代的先觉者。他们熟悉新的世界状况，对于所属时代的走向有一种预见能力。对新的世界精神的把握，以及渴望在这种新的世界精神的指引下去行动的欲望，使得他们充满激情，也有坚定的意志。然而，在他们身上，都有着同样的时不待我的困境，他们的命运都多少带有悲剧色彩。

坚定的意志，还有行动的激情，对于这些人物形象的建立来说非常重要，对于《北上》来说也非常关键，是这部小说的史诗性的重要构成。就像哈罗德·布鲁姆所说的："在我看来，史诗——无论古老或现代的史诗——所具备的定义性特征是英雄精神，这股精神凌越反讽。朝圣者但丁、《失乐园》四段祈祷文中的弥尔顿、美国求索者亚哈和沃尔特·惠特曼的英雄精神，都可以定义为不懈。或可称之为不懈的视野，在这样的视野里，所见的一切都因为一种精神气质而变得

―――――――――

① 徐则臣：《北上》，北京十月文艺出版社，2018 年，第 344 页。

更加强烈。"[1]

《北上》中还写到众多的运河之子。他们主要是当年沿着运河北上的谢平遥、费德尔·迪马克、孙过程、邵常来等人的后辈。谢平遥、费德尔·迪马克等人的意志和激情，如基因密码一般保存了下来，在他们后辈的血液里继续流淌和涌动。这些运河之子都极其在意运河的死与生，极其在意运河的命运。为了保存运河的记忆，让运河恢复活力，他们也在不懈地努力。他们只要确定了目标，往往都能义无反顾地去行事，即使时运不济失败了，也不改初衷。他们未必都像古典史诗中的英雄那么形象高大，能够建立很大的功业，可是在他们身上，那种行动的自主性、不懈的精神、顽强的意志和超越性的境界，也异于常人，带有英雄色彩。运河是《北上》这部抒情的史诗的主角，这些现代生活里的英雄也同样是。

三、"世界中"的运河、中国与文学

《北上》的结构方式和具体的写法、叙事的立场和内容的选取，都极具现代意识和当代意识，也极具未来意识。

这里不妨再次回到徐则臣所讲的那个"听来的故事"——其中有一个意象很值得注意，那就是奔跑的火车。在中国文学和西方文学中，火车都曾经是城市书写的核心意象。阅读王蒙的《春之声》、铁凝的《哦，香雪》，以及路遥的《人生》等20世纪80年代的中国当代小说，经常可以在里面看到关于火车的意象。在《哦，香雪》中，对现代化的期盼和现代世界的向往，也一度被隐喻为"等火车"。在《哦，香雪》和徐则臣所讲述的故事中，都是火车带来了现代世界的信息；事实上，现代化的先声，通往城市的路，通往现代世界的路，

---

① ［美］哈罗德·布鲁姆：《史诗》，翁海贞译，译林出版社，2016年，第6页。

通常离不开作为隐喻或意象的火车。在西方城市文学中也同样如此。理查德·利罕在分析《嘉莉妹妹》时就谈到，这部小说中的主角来到城市往往是乘坐火车："城市已经变得越来越像一台机器，人们进出城市，都依赖火车：其结果是，在工业城市中，很难说清楚这台机器从哪里开始，到哪里结束。"[①]

在"听来的故事"中，出走得靠火车，走向现代得靠火车，到世界去得靠火车。在《北上》中，"到世界去"的工具则成了船。对于谢平遥他们来说，乘船北上才能够见证一个伟大时代的到来。对于谢平遥等人的后辈来说，则是要借由船或罗盘等文物、器物与礼物才可以不断逆时间之流而上；他们的目光又不断地回到当下，甚至是朝向未来。运河和诸多人物的过去、当下与将来，在小说中实际上呈一种交织的状态。小说中写到一百多年间的人物，写到好几代人，这当中有好些人都有敏锐的现代意识、当代意识和未来意识，这是《北上》极其鲜明的特点。尤其是众多运河之子在思考运河的命运时，他们那强烈的当代意识和未来意识读来令人振奋，令人对运河的未来充满信心。《北上》不只是从当代去看运河，也从当代去回望近现代以来的中国如何实现艰难的转型。正如杨庆祥所指出的："关于运河的叙事实际上是关于时间的叙事，是关于现代性展开和生成的叙事，这一点特别重要。必须把关于大运河的故事放到一百年中国现代性展开的过程中去讨论和观察，才能见到这个作品背后厚重的历史意识和它的现代性。"[②]的确，徐则臣写作《北上》包含着一种意图，他要运河作为镜像和方法，来折射中国从传统到现代的转型。李壮针对船所作的隐喻式解读同样指向了这一点："在现代以来的文学叙述中，船常常被

---

① ［美］理查德·利罕：《文学中的城市：知识与文化的历史》，吴子枫译，上海人民出版社，2009 年，第 265 页。

② 杨庆祥：《〈北上〉：大运河作为镜像和方法》，《鸭绿江》（下半月版），2019 年第 2 期。

视作民族国家历史命运的载体，它的搁浅或远航，它的承载和负重，都可以化作意味深长的宏大影射。"①

《北上》对器物的书写极具实证精神，精确而审慎，可是在有意无意之间，徐则臣也会赋予百年前的人物以今天的语言习惯。比如小说中写道："他自信地断言，根据他的照片完全可以写出一部世界当代史。这个活儿他早晚得干。照片固然是一个个凝固的瞬间，也是一串串起承转合的记忆，所以，它也是未来。就像你在历史中看到了今天和明天。"② "小波罗打了个响指，也嘿嘿一笑，必须的，马可·波罗为扬州广而告之，整个欧洲都知道这地方出美女。小波罗甚至说得出扬州为什么是个'美女窝'，很简单：南来北往的男人多，南来北往的女人就多，南来北往的美女自然也多。运河线上的国际大都市嘛，漕运的中心，江南漕船都要汇集于此，名副其实的'销金窟'，就像威尼斯。"③ 这是小说中小波罗的语言方式、行为方式和思维方式。就历史实际而言，小波罗在 20 世纪初有这样的思维方式是可能的，正如奥斯特哈默所指出的："在 19 世纪这个通常被人们合理地称作民族主义与民族国家世纪的时代里，各种跨越边界的行为关系便已出现：跨国家，跨大陆，跨文化，等等。这一点并非当今历史学家在寻找'全球化'早期踪迹时的新发现，许多 19 世纪的同龄人，便已将思想和行为边界的扩展看作他们所处时代特有的一种标记。"④ 奥斯特哈默还谈道："19 世纪末，摄影在许多国家都已成为社会日常生活的一部分。我们今天所熟悉的所有摄影门类都源自 19 世纪，其中包括广告、宣传图片、摄影明信片等。摄影师是一个凭手艺吃饭的常见

① 李壮：《〈北上〉：四种意象与四种解读》，《文学报》2019 年 1 月 31 日。
② 徐则臣：《北上》，北京十月文艺出版社，2018 年，第 43—44 页。
③ 徐则臣：《北上》，北京十月文艺出版社，2018 年，第 53 页。
④ ［德］奥斯特哈默：《世界的演变：19 世纪史》，强朝晖、刘风译，社会科学文献出版社，2016 年，第 1 页。

职业。就连小城镇，也都有自己的摄影工作室和照相馆。1888年问世的柯达相机，实现了这种新媒介的'民主化'并降低了对拍摄者艺术素养的要求，因为任何一个缺乏专业训练和专业知识的人都可以操作它。"① 小波罗以摄影作为他认识世界和记录世界新图景的方法，有世界史意识，虽然显得前卫，但并非没有可能。只是在小说中，他的预见性的生成显得过于容易了，他的声音和口吻又有过于鲜明的当下色彩，以至于读者可能会怀疑这样的声音是否只是作者的抒情性自我的介入，会疑惑这样的先见之明是否只是作者的后见之明。这也许需要声音和口吻的转换，需要置换为更为历史化的表达，需要让当代意识从中退场或是以更为隐匿的方式存在。

虽然可能存在一些细部的问题，但是就总体而言，当代意识和未来意识还是极大地成全了《北上》，也极大地成就了徐则臣。对于运河的当下处境，对于文化在当下的处境，徐则臣在《北上》中提出很多有前瞻性的理解。这既能给人启发，也使得他的写作具有重要的意义。

若是放宽视野，眼光不限于《北上》，也旁及徐则臣的其他作品，那么我们就会发现，徐则臣很早就具备一种冷静而清醒的理性意识。早在2010年的"中日青年作家论坛"上，徐则臣就注意到并重点谈论了"文化时差"和"文学时差"等问题："时差本身当然不含优与劣的价值判断，它只表示'差异'，表示在另外一个地方你突然发现你无法完整、自洽地描述和表达自己，发现我们相互成了自己与对方的陌生人。"② 基于文化时差的存在，徐则臣特别强调理解和沟通的必

---

① ［德］奥斯特哈默：《世界的演变：19世纪史》，强朝晖、刘风译，社会科学文献出版社，2016年，第84页。

② 徐则臣：《在世界文学的坐标中写作——在"中日青年作家论坛"上的发言》，《孤绝的火焰：在世界文学的坐标中写作》，四川文艺出版社，2018年，第302页。

要，以及开放心态的重要性。他强调，在一个全球化的时代，文学作品只有"是民族的也是世界的，然后才是越是民族的，就越是世界的"。① 显然，他既注意到世界性的文化差异的存在，强调沟通和理解的必要，但又不是在中国与世界、民族性和世界性等问题中做二元对立式的选择。相反，他具有这样的一种写作抱负和期许：在世界文学的坐标中写作，努力在民族性和世界性、当代性和个人性等问题上找到融合的方法，从而写出具有大视野和大格局的作品。这样的大视野意识，在他最近几年的长篇小说写作中尤为明显。他的《耶路撒冷》《王城如海》和《北上》构成了一个写作的序列，可以进行互文式的阅读：《耶路撒冷》主要是从花街出发，从运河出发，走向耶路撒冷，走向世界；《王城如海》则是走向世界之后，开始尝试从世界来看中国，从世界来看北京；《北上》则是进一步的返回，返回到历史和现实中的中国，也返回到历史和现实中的运河，但依然是从世界来看中国和运河。这三部作品，关注的重心不同，主题不同，却都有着"在世界中存在"的视野和立场。"世界中"不是一种二元对立式的存在，而是意味着彼此有血肉相连的联系。它还是一种动态的存在，不是以一成不变的眼光去看待事物，而是始终有一种变化的意识。因此，"世界中"既是一个空间的视野，也是一个时间的视野，是时空交织的视野。

这样的世界视野，这样的现代意识、当代意识和未来意识，不只是在过往的历史时期显得迫切和重要，在当代和当下也同样重要，甚至更为重要。随着全球化进程的日益加深，中国与世界的关联正在变得越来越紧密。新的时代语境和现实处境需要有新的视野，也需要有新的表达方式。"有些问题，在很多年前仅仅依赖于地方的、区域的

---

① 徐则臣：《在世界文学的坐标中写作——在"中日青年作家论坛"上的发言》，《孤绝的火焰：在世界文学的坐标中写作》，四川文艺出版社，2018 年，第 307 页。

或国家的措施予以解决，而在当下却需要放在全世界的范围来加以关注。"① 如今，跨越国境的思考无疑将会变得更为普遍，选择站在"世界中"的位置，以开放的视野去看世界，将是大多数人都需要具备的实践理性。在这样的语境中，一直敏感于时代变化的文学，也必然要相应地做出调整，在探索中形成新的面向世界讲述中国故事的方法和视角。

---

① ［法］扎尔卡：《重建世界主义》，赵靓译，福建教育出版社，2015 年，第 106 页。

从乡土中国到城市中国

——陈再见论

　　城市文学是近年来文学界和批评界的热门话题，有人认为，中国当代文学需要经历一场从乡土文学到城市文学的转变。这种提法，有它的合理之处，当然也有它的意义，尤其是我们一直缺乏成熟的城市文学，如今的生活现实又迫切地要求我们关注城市。今天已经有越来越多的人生活在城市里，面临着各种各样的问题，这给我们的文学提出了新的要求——如何写好城市，如何以文学的方式理解和处理我们的生活经验。

　　可是，过于强调城市文学要取代乡土文学的话，其实也有问题——这会导致一种经验的遮蔽。今天中国依然在不断地走城市化的道路，可是乡村并没有完全消失，其中涌现的许多问题，也需要得到作家们的关注。城市文学和乡土文学的分野，也只是暂时的。就文学的根本而言，不管是写乡土，还是写城市，都是可以写出好作品的。一个作家也只有同时关注城市与乡村，他的视野才会完整，对问题的认识才会全面。

　　要同时写好城市和乡村，无疑有极大的难度，因此，作家往往会有所取舍，将笔力集中在其中一个方面。这既有利于作家形成个人的写作领域和写作风格，也有利于作家在短期内获得注意。陈再见却没有走这样的路。他着力关注中国从乡土中国到城市中国的转变，以一种温和而执着的方式表达自己的所见所思。这跟他的出身与成长是有关系的。他生于 1982 年，是广东陆丰市甲西镇后湖村人，现在在深圳工作，先后做过工人、杂志编辑、图书管理员等等。与这种经历相应，陈再见的小说，也主要有两个叙事空间：湖村与深圳。从大体上看，他的小说则可以分为三个部分：一部分是写乡村的，也就是他所命名的湖村系列，以由花城出版社 2014 年出版的小说集《一只鸟仔独支脚》作为代表。还有一部分作品则以城市为叙事空间，如《大梅沙》《七脚蜘蛛》《侵占》等。再有就是《大军河》《妹妹》《上帝的弃儿》等作品，带有先锋写作的气息，能看出余华、苏童等先锋小说家的影响。相应地，作为青年小说家的陈再见亦有三种形象：乡土中国的讲述者、城市生活的观察者、先锋小说的承传者。

一

对于今日之乡土中国，陈再见是一个敏感的、自愿自觉的讲述者。他的乡土写作，有独属于他个人的记忆，也有鲜明的特点。他习惯于把这个时代的经验和现实放在中心位置，调动各种艺术手段力求恰切地表现这种经验与现实。像市场经济改革、乡土文明和乡土中国的衰败、农村出身的青年在城市和乡村之间的流动问题……80 后这一代人所遇到的主要问题，在他的小说中都有所体现。与此同时，不管是写作何种题材的小说，叙述者时常与陈再见本人的形象重合，如蔡东所言，"陈再见的小说里，时常闪动着一双儿童的眼睛"①。

这里不妨以《拜访郑老师》为例。其叙述者的名字甚至就叫阿见。小说主要是以少年阿见的视角来写他的哥哥陈银水这个乡土青年如何获得现代性，成为一个现代知识分子。这篇小说的结构颇有特

① 蔡东：《少年心事与诗人情怀——陈再见小说论》，《创作与评论》2013 年第 10 期。

点，一共分为六个小节，单数部分主要讲述"我"哥哥带着"我"去拜访郑老师的经历，用的是现在时，但所叙述的内容实际上已成为过去。里面写到"我"哥哥作为一个文学青年如何向郑老师请教，成为一个小学老师后又因为一次教育事故而失去教职。双数部分，则承接上述状况开始讲述：哥哥失去教职后，希望改变自己的命运，于是选择去石家庄学医。他本希望学成后能留在北京工作，最终却回到了家乡，成为一个乡村医生，在气质和行为上跟郑老师越来越相似。小说的情节并不复杂，其细节则颇有意味。比如小说中多次写到哥哥喜欢写日记，崇拜郑老师，郑老师则喜欢看报纸。郑老师实际上是乡土世界里的启蒙者，身上有现代知识分子的精神气息。"我"哥哥本来已顺利获得教职，后来之所以丢掉工作，是因为恨铁不成钢，把一个学生的作文撕成两半，偏偏这个学生的父亲就是镇长。这构成了对镇长的权力的冒犯，以至于郑老师也无能为力，无以挽回。小说中又写到，哥哥学医后原本经常给家乡的人写信，后来却只给郑老师写，因为只有郑老师会给他回信，也只有郑老师能理解他。从石家庄归来后，哥哥则变得有洁癖，"手指甲一定得剪到和肉齐平，不能容一点污垢。吃的就更讲究了，什么不能吃，什么要少吃，他还不敢喝井里的水，说里面有细菌，还有寄生虫。他说得没错，可整个村子都那么喝，也没喝出什么事。我觉得哥哥学医没学出一个好前程，反而学会了更多乱七八糟的禁忌。"[1]这种对讲卫生的追求，正如路遥《人生》中的高加林一样。当陈银水在失意中回到乡村，同样会像高加林一样因为卫生问题而显得格格不入。"卫生的现代性"，也不妨视为"精神的现代性"的隐喻，暗示着接受过现代教育的农村出身的知识青年可能会跟生于斯的故乡形成隔阂。

在《拜访郑老师》当中，"我"哥哥与乡土世界的隔阂，只是隐

---

① 陈再见：《拜访郑老师》，《一只鸟仔独支脚》，花城出版社，2014年，第12页。

约可见，另一短篇小说《哥哥的诊所》则可以视为《拜访郑老师》的后续。它主要讲述的是哥哥在石家庄学医三年后回乡的经历。湖村的人更多是喜欢能上门来看病的赤脚医生，哥哥却觉得这不够文明。作为一个自认称职的医生，他也为需要与另外三个赤脚医生以同样的方式竞争而感到羞耻。因此，他坚持开诊所，而且是非常有现代意味的诊所。它不但拥有高档的招牌，摆设也非常现代，有医学人体图，有各种各样的医书，哥哥则每天都在诊所里坐诊，"穿上他特意定制的白大褂，有时还戴顶白色的帽子，把听诊器挂在胸口处，看起来像是古时人所佩戴的器物……"[1]哥哥甚至比镇上的医生还要认真，哥哥坐诊前会到水盆边洗手，先用洗洁精洗，再泡酒精，"哥哥洗手的动作很优雅——那晚我看得仔细，他的手竟然和女孩子的手差不多，如果单看那手，打死也不会相信那是一双男人的手。哥哥的手不但白，细腻，还柔，他洗手时，那些泡沫和水珠像是敷在他皮肤上的另一层皮肤，不会往外溅出一点泡沫和水珠，更不会制造出多大声响——整个过程，倒像是在进行着一场严肃而柔软的宗教仪式"[2]。这些细节，对塑造哥哥这个人物形象是有重要作用的，既营构了哥哥的内心世界，又揭示了他和所在的乡土世界的隔阂究竟有多深重。他所挂的医学人体图在村里人眼里看来只是裸体图，他的讲究显得不合时宜，甚至他所做的这一切，都是不被理解的。他处于一种"在而不属于"的状态：个人的肉身"在"乡村，精神上却"不属于"，因此，个人无法认同周围世界，也得不到周围世界的认同。

陈再见在经营这些细节时，既有意识地将个人的遭遇与时代的变迁联系起来，又不局限于此。在他的小说中，哥哥的问题并不完全是外界造成的，而是有他自身的原因。小说中暗示，哥哥可能有梦游症，他知道真相后，自己吓得半死，中途便辍学了。也就是说，哥哥

[1] 陈再见：《哥哥的诊所》，《一只鸟仔独支脚》，花城出版社，2014年，第20页。
[2] 陈再见：《哥哥的诊所》，《一只鸟仔独支脚》，花城出版社，2014年，第24页。

的困境是多方面的——可能是社会学意义上的，也可能是生理学意义上的，或者是命运意义上的。这种处理方式，会降低作品在社会批判方面的力度，对人之困境的认知，却更为深入、全面。这也增加了作品的文学性，使作品避免沦为简单化的问题小说。

对这种"在而不属于"的社会现象与精神现象，陈再见关注颇多。除了上述两篇小说，《阿道的发室》也涉及这一问题。小说中的阿道和他的父亲、祖父一样，都是理发师。阿道的父亲和祖父都是挑个担子走街串户，到了阿道开始有所改变——他开了间发室。小说开篇即写道："别人的发室墙上贴的是明星，阿道的发室贴的是海明威。"他也是一个向往现代文明的农村知识青年，以知道墙上所贴的人物是海明威为傲。不同于《拜访郑老师》与《哥哥的诊所》中的哥哥，阿道并没有被现代文明充分教化，身上仍有许多蒙昧的所在。小说中写道，阿道的父亲和祖父都很爱说话，"口水多过茶"，"到了阿道这一代，竟然就一句话都不想说了，仿佛上辈的人把这个家族的话给说得差不多了，没留下多少话给子孙。阿道有时挺反感父亲和爷爷，虽然他们在他年少时就相继去世了。不过话又说回来，没那爷俩，阿道也学不来这一手剃头的功夫，如果那样，眼下便不知道做什么好了。有一身手艺和没一身手艺，还是不一样的"。[①] 这是一个沉默的青年。这种沉默，既是实在意义上的，也不乏象征层面的意义——乡土里的青年受到了现代文明的感召，开始重塑自身，又不知道如何贴切地表达自己的向往，无从发声，更无法找到通达理想的现实道路。《阿道的发室》中还提到一个名叫一朵的人物，她和阿道一样，都向往现代文明，甚至知道得比阿道还要多。她曾经读书成绩很好，后因高考失败而开始失眠，患了忧郁症。她真实的名字叫杜婉琴，喜欢文学，"熟知国外一大帮作家，但自己写不了东西，或者说写了发

---

① 陈再见：《阿道的发室》，《长江文艺》2015年第6期。

表不了，一朵是她喜欢的作家，其实也不能叫作家，就是本地一个普通作者。可她喜欢一朵的文章，于是，在陌生人那里，她有时就成了一朵。"[1] 这里面有模仿，但模仿者和被模仿者之间的关系是微妙的。很多时候，模仿者很难达到被模仿者的水准与境界，更不能形成超越。起码在这篇小说中，杜婉琴就是这样的。通过一间理发室、一幅海明威的肖像画，还有一只名叫"外星人哇咔咔"的猫、一个名叫阿朵的作家，陈再见写活了阿道与杜婉琴这两个小镇青年的形象。

《藏刀人》《大军河》《飞机在天上飞来飞去》《陌生》等作品，也可以归为乡土小说一类。这些作品均注重书写时代之变，以及这种变迁所带来的人物心灵的重构，在叙事上则大多采取一种"去美学化"的策略。对于年轻一代作家而言，今天写城市文学的难度比写乡土文学显然要小一些，因为年轻一代的城市生活经验已经比乡村的生活经验要丰富，有的作家甚至已经完全没有乡村的生活经验。小说创作固然可以借力于想象和虚构，却不能完全脱离经验的支持。我们的乡土文学传统也非常强大，尤其是鲁迅、沈从文、陈忠实、萧红这些作家，在乡土文学上所取得的成就令人瞩目。不管是在经验的表达，还是在写作美学的建构上，他们都让年轻作家觉得有压力，会有一种影响的焦虑。面对乡土文学的大师，今天的年轻作家要想继续在乡土文学上有所作为，很重要的一点，就是要做一种"去美学化"的尝试。所谓的"去美学化"，就是说在写作的时候，既要继承文学的传统，又要敢于走跟鲁迅、沈从文这些作家不一样的路。在 20 世纪，乡土文学形成了几种不同的书写范式，其中鲁迅所代表的，是一种典型的启蒙叙事。借用程光炜的话来说："鲁迅是以其特有的强烈不安的现代性焦虑，把批判锋芒直指所谓中国传统文化的'封建性'和'民族劣根性'，来建立中国现代文学史'改造国民性'的主流性文学叙

---

[1]　陈再见：《阿道的发室》，《长江文艺》2015 年第 6 期。

事"。① 对于乡村世界，鲁迅持一种激烈的、否定的态度。"沈从文则反其道而行之，他激烈地批判'现代'文明对中国乡村社会的破坏、扭曲和改造，通过'寻根'的文学途径重返那种精神意义上的湘西，在现代的废墟上重建带有原始意味和乌托邦色彩的'古代文明'。"② 对于乡村，沈从文主要是持一种肯定的、甚至是礼赞的态度。与此相连，鲁迅和沈从文其实建立了两种不同的写作美学。在他们之后的很多作家，在写作乡村文学作品的时候，往往会自觉或不自觉地，要么站在鲁迅这一边，要么站在沈从文这一边。今天的乡土，有属于它自身的更为独特的经验与现实，我们如果想要更好地表现这种经验与现实，就必须"去美学化"，不要只是考虑鲁迅、沈从文这些前辈是怎么写的，起码不要完全参照他们的思路和观念，而要学会自己去看，去感受，去直接面对眼前的现实，努力形成自己看问题的立场和角度。

　　陈再见的乡土写作，正是在作类似的尝试。他知道鲁迅会怎么写，沈从文会怎么写，但他不是盲目地参照他们的写法，也不会以他们的态度为态度。他更关心的是，现在的乡土世界到底是怎样的，出现了哪些问题，这块土地上的人们活得怎么样，作家在面对这些状况时又该如何表达。而一旦作家真正找到合适表达这种经验和现实的方式，找到自己的着力点，新的写作美学也会在这个寻找的过程中慢慢成型。因此，"去美学化"的过程也是一个"重新美学化"的过程。不管是对于陈再见，还是对于其他乡土作家来说，要最终形成新的思想观念和美学风格，还需要漫长的努力。

---

① 程光炜：《文学讲稿："八十年代"作为方法》，北京大学出版社，2009年，第349页。

② 同上。

二

除了关注乡土中国的变化，陈再见也是城市中国的讲述者。典型意义上的城市文学，其叙事空间既是自足的，又是封闭的，其作品总有属于城市本身的语调与气息。陈再见的作品却并非如此，在书写城市的同时，总会涉及乡村。在他笔下，乡土中国和城市中国总有脱不开的关系和牵连。因此，他所写的，并非典型意义上的城市文学。

《双眼微睁》的叙述者跟陈再见本人一样，都是作家。小说中的"我"同样来自农村，如今在城里写作，有一天突然接到表兄的电话，被告知大舅在"我"所在的城市工作，如今生病住院了。在乡下亲戚的叙述中，"我"是一个经济富裕、有人脉的作家，实际情况却并非如此，小说主要讲述的，正是大舅生病后"我"的心理波动和行动。"我"记得大舅以前对"我"的好，希望能尽个人的力量帮助他，无奈个人的境况并非十分明朗，因此心里充满矛盾和犹疑。"我"重视亲情，却又无法承担起相应的责任。这篇小说之所以命名为《双眼微睁》，也有多种含义：一是非常实在的描写，指的是"我"见到受伤后的大舅时，"他的脸上有一处擦伤，血还残留着，而他的双眼微睁，似乎是睡觉时的习惯。他肯定是想睁开眼的"。[①] 二是对应于"我"的心理状况。面对受伤的大舅，"我"爱莫能助；面对生活，"我"虽尽力而为，努力改变，但又不能全然主宰生活，也需要妥协，甚至是被动地适应。在小说的结尾，大舅顺利地拿到了补偿，又因为城里的医药费太贵而由"我"表兄安排回到县里治疗。这是一个尚算如意的结局，但"我"的心情是灰暗的，带有苦涩的意味。这篇小说并没有将人物的苦难推向极端，而是保持一个开放的结局。这既能看到陈再见

---

① 陈再见：《双眼微睁》，《长城》2012 年第 9 期。

不走极端的写作追求，也能看出他平和的心性。

《侵占》也值得注意。这篇小说的用意不在社会批判，而是重视写世情。小说中写到一个名叫老章的人物，他在老家粤东算得上是一个文化名人，在文化馆以写戏为业。因为儿子在深圳工作、生活，老章和他的老伴也过起了大城市的生活。老章在粤东一直生活得不错，自我感觉良好，入城后的生活也差强人意。只是因为儿媳的父母来访，要在家里住上一段时间，老章开始觉得个人在家庭的主人地位受到侵占而不开心。其中有一个情节尤为巧妙：在遇到一些人推销伪劣产品时，老章本有识别能力，知道眼前的一切都是假的。然而，他们那虚假的热情让老章觉得很受用，因此，他心甘情愿地上当受骗："是被骗了，肯定被骗了。老章没说话，他觉得自己和他们不一样，他们可以说是被骗了，可他不算，至于为什么，老章也不知道自己怎么会有这么奇怪的想法。他走在回家的路上，阳光很好，花草很好，汽车很好，路人也很好，他心情愉悦，竟然哼起了潮剧《赵少卿》许云波的唱腔，走回了香格里拉小区。"小说社会批判的色彩并不强烈，通过对人物心理的起承转合的出色描绘，也别有魅力。

三

陈再见还是先锋小说的承传者。许多如今仍然坚持严肃的文学探索的青年作家，大多受到过余华、苏童、格非等先锋作家的影响。正是昔日的先锋写作，为这些青年作家提供了写作技巧上的参照，让他们得以迅速地完成诗学或叙事艺术的积累，从而能够多样地、自如地和现实短兵相接，进行个人化的写作风格的建构。这种承传关系，在陈再见的身上也存在。他的《喜欢抹脸的人》《妹妹》《大军河》《上帝的弃儿》等作品均能看出这一点。

在《喜欢抹脸的人》中，陈再见有意以轻盈的笔触探询存在之谜。小说写的是一个无所事事、没有固定职业的闲人，写到了他喜欢抹脸这一无意识的动作，也写到他参与了一次意外的抢劫。这篇小说的情节完整，人物行事的逻辑却是断裂的，因此一切都变得无比荒诞。这篇小说在观念上能够看到存在主义哲学的影响，对虚无、宿命等主题的重述则与往昔的先锋小说非常接近。

《妹妹》也可以放在这一视野下进行考察。小说的主人公名叫林果，他生性敏感，有些忧郁的气质。他出生于乡村，成年后入城打工。这个敏感而忧郁的青年一直在记忆与现实之间踟蹰。这篇小说之所以被命名为《妹妹》，与林果的以下遭遇有直接关系：他母亲曾经怀过一个孩子，也就是林果的妹妹，这个妹妹出生没过多久就夭折了。母亲后来却对她念念不忘，时常对林果讲起，给林果烙下了很深的记忆。林果成年后仍然一再想起这个早已不存在的妹妹，结婚后也因此对生育怀有恐惧。他的妻子后来还经历了一次早产，和他的妹妹一样，他的孩子早早就夭折。这篇小说延续了昔日的先锋小说家所关注的宿命主题：命运既不可知，也无从把握，尤其是当厄运降临时，就只能被动地承受，而无力回避或改变。

陈再见在此展现出苏童式的细腻而独异的想象力，以及余华式的冷酷。小说中写道，林果的女儿死亡后，林果将死婴放在一个购物袋里，想着为它寻找一个合适的去处。"他感觉购物袋渐渐沉了，那是一种肉体的沉——提一个肉体和提一块石头有着明显的区别的。尽管林果的手没接触到肉体，可他仿佛也能通过购物袋感觉到了肉体的圆滑。他害怕了。此刻他提着的是一具尸体，一个已经死了的或者将死的女婴。而他是这个女婴的父亲，血脉相连。他提着自己的骨肉，在寻找一块可以遗弃的地方。他的心什么时候变得这么狠，这么硬邦邦。他恨不得快点和购物袋里的肉体脱离关系，他好重新回到正常的生活轨迹里来，继续打工，过日子。"① 这段描写非常细致，颇有冲击力，又显得阴森，就好像余华和苏童在此合体了。

如果只是传承先锋小说的叙事艺术和主题，小说的意义终归是有限的。好在这篇小说在另外的层面能有所推进，有所创造：以往的先锋小说有非常浓重的观念预设的痕迹，观念也与现实多有隔膜，陈再见则曾试图让这种相对空灵的观念找到现实的根源，让小说的写作足够及物，贴近现实。虽然小说中没有用很多的篇幅去写林果的打工生活，但是这篇作品相当到位地写出了林果作为新生代农民工在城市里生活的艰难，尤其是当厄运降临时，他是如何地难以承受。这种虚与实的结合能力，是超过他的文学前辈的。这种能力，在《上帝的弃儿》则得到了进一步的彰显。

四

在具体的写法上，陈再见的小说也有其特点。他很注重处理我们这个时代的经验与现实，也有自己的方法，那就是以人物和故事作为中心。他所采取的，其实是小说最为常规的写法。他非常注重人物形象的塑造，有时直接以人物的名字或身份来直接命名小说，比如《哥哥》《妹妹》《藏刀人》《张小年的江湖》《阿道的发室》，等等。这些作品之所以受到关注，很重要的一方面，就是因为这些人物的形象。

陈再见笔下有的人物，是只要读过一遍小说就能记住的。张小年这个少年的形象，显得灵动鲜活。之所以如此，则与陈再见善于写人物的心理有关系。他非常善于写他们在遭遇不同的现实时心理的细微变化。陈再见笔下的人物，既有独特的个性，又有时代的共性。他有一篇小说叫《微尘》，以第一人称来展开。小说中的叙述者"我"（成

---

① 陈再见：《妹妹》,《长江文艺》2012 年第 2 期。

苇）是一个尚无名气的写作者，在深圳的城中村生活。小说的前半部分主要是讲述他还有从事废品收购的朋友罗一枪两人落拓无比、又不乏细小乐趣的生活。在叙述的中途，则转而书写成苇因父亲病故而回乡参加操持葬礼的经历。在回顾父亲患病的细节时，陈再见所用的是一种略带哀伤的笔墨。在这克制的情绪中，父亲等乡下人那种卑微的生存状况依然是骇人的。当成苇等农村出身的新一代青年在进入城市后重返农村时也难免会悲哀地发现，个人的困境是如此巨大。他们在城市里大多属于仅能解决温饱的"蚁族"，却被乡村百姓误以为是成功人士，因而对他们寄予厚望。当他们回到乡村世界时，却发现自己根本没有能力承受巨大的责任，甚至没有能力为亲人安排一场体面的葬礼。成苇的遭遇，其实也是新一代的农村青年的遭遇，这是一个能引起读者共鸣的人物。

陈再见的小说，大多有比较完整的故事情节，哪怕是写作短篇，他也会注意故事的完整性。他讲究故事的起承转合，讲究留白，讲究设置悬念，这就使得他笔下的故事颇有吸引力，《藏刀人》与《瓜果》等可视为其中的代表。他有的作品，比如《钓鱼岛》《喜欢抹脸的人》《胡须》等等，也会注重形式实践，或者是想要表达说不清、道不明的意味，但这些尝试并不是特别成功，意义也有限。其实塑造人物形象，讲好一个故事，对于一个小说家来讲，是非常重要的天赋，也是不可多得的能力。一部小说最后真正要被人记住，最重要的一条考量标准，就是看能不能塑造一些甚至只是一个能够在文学史上留得下来的人物。在我看来，陈再见不应舍弃这种能力，相反，应继续往这方面努力。以故事来结构观念，这看似平常，实则是小说的常道，也是小说的大道。

不管是写乡土中国也好，还是写城市中国也好，抑或是重视形式探索和观念探索的作品也好，陈再见笔下的人物大多有共同特点：他们是这个时代的边缘人或底层人。陈再见一方面对底层有同情，又带有一定的反思。中国文学其实一直有同情弱者的传统，从同情弱者的立场出发，很多作家则会认为弱者天然就代表着道义，代表着正确的一方，陈再见的小说却并非如此。对于底层的生活，陈再见是非常熟悉的，所以他会不断地将这种生活经验转化为小说。在这个转化的过程当中，则始终有一个知识分子的视角。他有关注底层的热情，但又有知识分子的审慎。切身的体验，让他真正懂得乡土中国和城市中国内部的真相；他洞悉社会转型中所出现的诸多不义与不公，却从不以峻急的、控诉的语调发声，相反，他相信沉默也是一种力量，更信赖内敛的、隐忍的表达，力求以事实说话。或许可以这样理解他的叙事美学：有如深河，表面平静，实则暗流涌动。这些品质，亦有助于他走向更开阔的境界。

自觉地书写乡土中国与城市中国，让陈再见的文学世界一开始就有较为广阔的疆域，稍嫌遗憾的是，他在文学探索上显得略为保守。他多是写他非常熟悉非常有把握的那一部分经验，随着创作历程的进一步展开，这种写法所导致的同质化的危险是可以预见的。为了克服这一点，陈再见需要继续扩展个人的经验和视野，将目光转向更广大的人群，凝视那更为多元的人生。如此，他的文学世界，将会有另一番风景。

那一束信念之光

—— 蔡东及其两篇新作

不知道你是否有过这样的经历：你的职业是作家，却对文字本身有深深的麻木感，既不想再读，也不想再写。很艰难地写下一字，一句，一段话，却忍不住果断清空又绝望于无法从头开始……你的职业是老师，是演说家，是主持人，是新闻发言人，擅长说话却开始感觉不想说话，一点都不想，只是希望置身一种广大的沉默之中……你的职业是舞蹈演员，却不想上舞台，而是宁愿坐在观众席，甚至连观众席都不想坐，干脆离开工作的地方，一直走一直走，直走到杳无人迹处，至于接下来要做什么，你其实并不知道……还有各种各样的情形，很抱歉我无法一一列举。总而言之，你突然厌倦了你所做的工作，突然对你曾经擅长的一切感到倦怠。如果这样的情绪你也曾经有过，甚至它在你的生命中所占的比例越来越重的话，那么我想，你会喜欢我即将谈论的这篇小说——蔡东的《照夜白》。

《照夜白》中最重要的人物叫谢梦锦。她是一位老师，从教多年，教学经验丰富。她曾有过如下的自我认知：

> 当然，我擅长说话。一接近教学楼，该说的话就围拢过来，都往跟前挤，我伸出手来驱赶，让它们走远，它们不走，跟着进电梯出电梯，铃声一响，它们就兴奋地蹦蹦

跳跳，把嘴顶开，翻滚而出。怎样活跃气氛，怎样拉近距离，哪里自嘲一下，哪里抛出符合年轻人趣味的笑点，以及如何应付出言不逊之人，如何化解突发情况，我太擅长了。我能调整出不同的面貌，在向学的班级上是个容易接近的形象，明朗可亲，授业解惑，到了某些班级，一脸漠然，习惯失望，不带感情仅止于完成任务地讲述，语流中时有问题抛出，然后是自问自答根本无须回应的态度，这态度预先避免了冷场的尴尬和挫败，是习得的自保。冬季的下午，座位上趴倒一片，因自尊而发怒全无必要，到了节点就提醒一句，旋即沉默数秒，既是威慑，亦是等待，甚至哪堂课需要发一次脾气、说几句狠话，以期恢复对课堂的掌控，都有着精妙的把控。我深谙此道。[①]

谢梦锦"擅长说话"，"深谙此道"，然而突然有一天，她对上课开始变得无比厌倦无法忍受。为此，她不惜装病。甚至在督导来课堂听课时，她也没办法像以往那样，"根据白色表格上的评价标准，结合督导的喜好，调整讲授次序，讲最恰当的内容，揣摩、判断、选择……"[②]她甚至幻想，有一天到了教室，可以坐下来，不说话，学生也不说话，大家就这样一起沉默，一言不发，等到一堂课结束，再寂然散去。

小说中除了这位不想说话的老师，还有一位同样不想说话的节目主持人，是一位男性，名叫陈乐。他是谢梦锦课堂上的学生。他之所以来到这个课堂，是因为他也突然不想说话，他想沉默，只想听听别人说话。两个都以说话作为职业的人，却都不想说话了。为什么会有这样的离奇之举？并不是因为不具备做一个好老师或好的主持人的天

---

① 蔡东：《照夜白》，《十月》2018 年第 1 期。

② 同上。

赋，也不是出于某种技巧的欠缺，只是因为他们不愿意。为什么不愿意？对于谢梦锦来说，她从教了六年，职业倦怠是有的。陈乐大概也是这样。然而，这并非谢梦锦不想说话的根本原因。更为根本、更为内在的原因，在于她意识到，她正在过着的，是一种与她的心性相抵触的生活，是一种她不想过的生活，是一种非本真的生活。她清楚地意识到，她所"擅长"的"说话术"中有许多并非她真正相信、甚至是她非常厌恶的东西。因此，她经常分神，甚至是陷入挣扎。当她张开口，发出一种声音时，却总有另一个声音在响起："口才是成功最重要的因素。成功这个词总是自带重读强调效果。这节课我们一起探究说话的艺术。说话术。人是群体性动物，每个人都想在群体中受到大家的欢迎。大家是谁？每个人也都要掌握沟通和交际的技巧。诱导操纵。"① 这又并不只是两种声音的冲突或交战，更是两种观念的冲突或交战。

除了不想说话，谢梦锦还不想参与不必要的社交活动："回想起那一个个夜晚，在灯带的照耀下谈论不感兴趣的话题，看着关系普通的两个人却非要表现得比实际情况亲密些，回到车里再回到家里，扭头一看，看到一大片滞重的空白站在已逝的几个钟头里傻笑。复又端详镜中的自己，好像变丑了，两团潮红徒劳又懊丧地浮在脸颊。不过是一个个毫无自由意志的公共的夜晚，不是我的，也不是你的。"谢梦锦的困境在于，"说话术"和她的生活信念是冲突的，虚伪的"社交术"和她的生活信念是冲突的，然而，作为一个社会人，她无法拥有完全的自由意志。她甚至开始感到某种吊诡：她越是"成功"地施展"说话术"和"社交术"，就越是觉得本真的生活、她真正想过的生活，在离她越来越远。因此，谢梦锦所极力反抗的，并非只是职业倦怠；她所试图反抗的，还包括实用主义的、实利主义的社交方式，

① 蔡东：《照夜白》，《十月》2018 年第 1 期。

以及种种不值得过的生活方式。她所试图守护的领域，也远比职业世界要广大；她所渴望看到的，是"世界和人本来的样子"，是世界和人如其所是地存在。

这篇小说之所以叫《照夜白》，和谢梦锦的一个布包有关；这个布包上有一幅古画，其原作应是唐代著名画家韩干的《照夜白》；照夜白又是一匹马的名字，一匹白色的骏马，是唐玄宗李隆基的坐骑。韩干画作中的照夜白，被拴于木桩，却又显然不甘于束缚，相反，它双目圆睁，昂首嘶鸣，时刻想着冲天而去。

韩干画中的照夜白为木桩所束缚，蔡东小说中的谢梦锦则为她的职业以及种种不合理的社会生活规则所束缚，照夜白和谢梦锦之间有着一种内在的、精神性的对应。谢梦锦在和陈乐谈起照夜白时，陈乐说："照夜白，三个字连在一起，骤然一亮，有一种光明感。"[1]蔡东引入马的意象，同样是一种照亮——它照亮了现代人所处的幽暗之境。至于谢梦锦最终能否过上属于她的本真生活，小说里对这些并没有明确交代，而是终止于这迷人的一瞬：

> 无边无际的静默中，传来马的嘶叫声。照夜白的鬃毛根根直立，雪白的马身子从泛黄的纸页上隆起，肌肉在毛皮下一弹一弹的，接着马头一仰，前腿探出画纸，凌空一挣，四蹄腾空，朝着远处飞驰而去。再看看纸上，什么都没有了。[2]

对于小说而言，这样的结束方式同样是迷人的——再看看纸上，却并不是什么都没有，起码有一束信念之光。

《照夜白》是一篇小说，读它，也像是在读一首悠长的诗。它的

---

① 蔡东：《照夜白》，《十月》2018年第1期。

② 同上。

语言和细节，形式和结构，都非常讲究，没有丝毫的马虎，更有一种诗性的美。小说一开始便写雨天的气味，写"衬衣的布料在呼吸"，写衬衣一呼一吸间弥散的香气，写石榴花开的动人时刻，以及其他的美却未必具有实用价值的事物……凡此种种，都增加了小说的诗性意味。值得注意的是，它们都不是作为外在的、孤立的物而存在的，而是结成一个不可分割的整体，与谢梦锦的诗心与诗性生命观相呼应。

除了《照夜白》，蔡东的《天元》同样关注职业的困境。小说中有三个重要人物，分别是陈飞白、于贝贝和何知微。陈飞白和于贝贝"她俩一起在英国读书，又一起回国找工作，常年合租房子，很多喜好也一致，都喜欢铃木保奈美的笑容，喜欢 TVB 九十年代的电视剧和情侣档，郑伊健和陈松伶，罗嘉良和萱萱，可陈飞白心里又清楚，除去这些契合的部分，她们间最主要的是差异，她跟贝贝是完全不同的两种人，哪里不同呢，这样说吧，几个人一起练网球，陈飞白不知怎么回事就被挤到了最边上，而于贝贝则是那个不知不觉就占据正中间大力挥拍的人。她们相处多年，热过，冷过，岁月蹉跎中终于把对方变成了自己的某种恶习，当然更多的时候，在这个人情淡薄的地方，她们为彼此充当最后一个庇护所"[1]。小说中还写到，于贝贝"总是充满力量，让陈飞白产生出强烈的感觉：这是一个以半生牛肉为主食的人"[2]。"以半生牛肉为主食的人"，这是一个形象的比喻，暗指于贝贝身上有一种强力意志——不是尼采意义上的。这种强力意志使得她就和当前时代这种崇尚竞争、重视实利的主导价值非常契合。毫无疑问的是，于贝贝在职场上会一路高升，如入无人之境。

陈飞白在职场上的处境却不怎么妙。她和于贝贝一起到同一家公司应聘，都进了最后"一面"，这最后"一面"其实就是走走形式，陈飞白最终却没被录用。后来，陈飞白看到何知微的公司缺助理——

---

[1]　蔡东：《天元》，《星辰书》，北京十月文艺出版社，2019 年，第 149–150 页。

[2]　蔡东：《天元》，《星辰书》，北京十月文艺出版社，2019 年，第 150 页。

其实是缺勤杂人员，因不用面试，投了份简历就去上班了。而在这之后很长一段时间，陈飞白都是原地踏步地做着这份在于贝贝看来非常不如人意的工作——"最低阶的劳动，业务链条上最末的那一环，工作最繁琐，年终奖最少。"[1] 如果仅仅是就此而言，陈飞白显然是一个失败者。这些年，我们会时常在当下的文学作品中与各种各样的青年失败者相遇——关于这一点，杨庆祥、金理、项静和金赫楠等青年学者、批评家都有专文讨论，我这里不作重复。陈飞白的人生也可以说是失败的。但是，她的"失败"很独特——不是因为无能，而是因为无意。她并非不能应付那场面试。她之所以落败，是因为她并不认同那间公司所推崇的狼文化，哪怕只是表面地应付几句，她也能通过。可是她不乐意。当前时代那种世俗意义上的成功，对陈飞白来说也没有意义，毫无吸引力。陈飞白所追求的，是一种适于自身的生活方式。她不想让竞争成为工作和生活的全部，不想让狼文化成为唯一的文化，不想让自己的精神世界变得贫乏而无趣。因此，她自甘失败，以此抵御那些她所不认同的社会法则。她心里很明白，她所置身其中的社会惯于通过区分成功／失败的方式来推崇所谓的生存法则，"强迫你看见和记住，慢慢地，也就当真了"。这一点，陈飞白不是进入职场后才领悟，相反，她很早就意识到了并坚持按自己想要的方式生活：

瞄准，瞄准

年少时父母为我报名参加朗诵比赛、歌唱比赛、硬笔书

法比赛

每次指导老师都拿着一页纸

一页写满评分细则的神圣的纸

对我说，一条一条地细抠

---

[1]　蔡东：《天元》，《星辰书》，北京十月文艺出版社，2019 年，第 152 页。

瞄准一些，再瞄准一些
这些比赛的后缀一般是 ×× 之星
有没有成为星我已经不记得了

青年时因为是青年要参加单位的各类技能比赛
有经验的评委好心地提醒我
瞄准评分细则，一条一条地细抠
瞄准了，不偏不倚，正中靶心
他们说话时看起来很老练
他们微笑
笑得精明、内行、有把握
这些比赛的后缀一般是 ×× 人才
有没有成为人才我已经不记得了

我终于不是少年也不是青年了
不再因年龄被强行划入一场场比赛
回望这些年，我会从心底笑出来
我记得
在每一次能瞄准的时候我没有瞄准
我往左边或右边偏了一下
因为这不瞄准
我活得特别有兴致
因为这不瞄准
我觉得，我是一颗星我是一个人才
我活着最有意思的，就是这一次次的不瞄准①

---

① 蔡东：《天元》，《星辰书》，北京十月文艺出版社，2019 年，第 190-191 页。

这是陈飞白的诗。诗以言志。陈飞白说，"我活着最有意思的，就是这一次次的不瞄准。"于贝贝有她的强力意志；陈飞白亦有自己的意义意志。

同样不能忽略的，是何知微。他是陈飞白的恋人。就心性而言，他和陈飞白其实多有相通之处，是同一类人。这也是他和陈飞白互相吸引并互相体谅的重要原因。不同于陈飞白的是，他没有像陈飞白那般决绝地选择不瞄准。他选择了瞄准，但又不像于贝贝那样——她可以毫无心理障碍甚至是非常享受地选择瞄准。于贝贝和当前时代的主导价值是完全契合的。当前时代的价值观念真的是过于单一了，以至于大多数人都活得很无趣，经常相互加害，互为地狱。而事实上，让无害的陈飞白过她想过的生活，这对她来说，是有益的，对于大多数人也同样有益。也正是从这一点出发，何知微最终决定让陈飞白在职场上自由选择，也决定让她过她想要的生活。陈飞白和何知微之间的爱谈不上轰轰烈烈，却自有其不可替代的动人魅力。他是懂得陈飞白的，陈飞白也是懂得他的——因为懂得，所以他们对彼此爱得深沉。

对《照夜白》和《天元》的谈论，到此已大抵可以结束，不过我还想略为谈谈这篇小说的作者，还有她的其他作品。

她是写《无岸》与《往生》的蔡东，是写《净尘山》与《朋霍费尔从五楼纵身一跃》的蔡东，也是写《照夜白》和《天元》的蔡东。蔡东的这些作品，风格和主题各异，却都有很强的实感。当然，在当下有实感的作品是很多的。不过它们又大多局限于对现实的表面再现，无法对现实进行再造。它们在艺术和价值的层面，都完全依附于时代，注定会出现得快，消失得也快。对于现实，当然是要置身其中，但仅仅置身其中是不够的，必须有作家个人的价值立场和审美创造。蔡东的写作，源于现实却不局限于现实，着力于在虚实相生中创造出可以和现实世界平行存在的文学世界，自然会有不一样的生命力。

蔡东作为一个作家，有她的独特之处。面对喧嚣的种种，她能沉下心来，有沉思的能力和耐力，能思及问题的根本。比方说，在当下写职业倦怠的作品随处可见，却也大多停留在这一层面，而不能再进一步，再深一层，从写职业倦怠走向写对生活本身的思索。蔡东还懂得运用智性和诗性的力量，借此减轻现实的重量，摆脱现实的限制，让人物身上那些黏稠的泥淖逐渐风干，一一脱落。

写作者自身的信念、爱与价值立场，让蔡东可以既关注时代的风潮，又不会轻易被风潮所卷走。对于笔下的人物，蔡东时常是怀着爱的。以《照夜白》中的谢梦锦为例，她显然是处境堪忧，却终究有同事燕朵和学生陈乐在支持她，助她渡过难关。这种情节的安排，大概和蔡东的不忍之心有关。我们知道，在现实生活中，更为堪忧的处境是可能存在的。对现实的观察，蔡东称得上目光如炬，准确而敏锐；但她的小说，从来不是阴冷的色调。在对现实的理解上，她能无限地接近极致；最终落实于写作，她所提供的，又并非极致叙事。她的写作，也并非与极致叙事相对应的温情叙事所能涵盖。三年前，我在一篇关于蔡东的文章里曾经说过："在面对社会世界的时候，蔡东是一个批判现实主义者，然而，在面对人的时候，她终归是一个有悲悯情怀的人文主义者。"[1] 这个判断，或许并没有过时。蔡东的写作，深刻而温暖，适度而清明。或许可以说，这是一种以人文精神为底的批判现实主义，一种自带光芒的写作。

---

[1] 李德南：《不即不离，不偏不倚——蔡东论》，《途中之镜》，云南人民出版社，2015年，第189页。

困扰种种与被损毁的内心

——关于川妮的小说

　　川妮是一位有其独特性的作家，她的作品并不好归类。迄今为止，她已经在《收获》《当代》等刊物发表中短篇小说等一百多万字，出版长篇小说一部，中短篇小说多部。她的创作量并不低，也曾经获得《小说选刊》年度大奖、解放军新作品奖等奖项，然而，我们甚少会看到她被纳入群体或思潮进行讨论。川妮的小说，有很强的现实感和当代性，重视故事和情节的经营，擅长捕捉并展现人物内心种种幽微的感觉与情绪，时常围绕公众普遍关心的社会现象和社会问题而展开。然而，她的作品最终所肯定的价值观又时常和公众的普遍选择有所偏离，甚至是背道而驰。这使得她的小说看起来大多有通俗小说的外壳，却又不能只被视为通俗小说。恰恰相反，它们有着通俗小说所没有的精神质地。

一

　　这里不妨从《我们如何变得陌生》这一中篇谈起。它涉及学区房、起跑线等教育问题，对于当下的中国来说，教育和住房可以说是一个国民性的话题。小说的叙述者罗书静是一个媒体从业者，其丈夫则是一个没有官职的公务员。以他们的经济能力，本来很难买得起成熟的学区房，可是在世俗观念的影响下，他们还是想法设法买了一套"疑似学区房"。这是小说的叙事起点。接下来的叙述则从罗书静的视角对教育中各种精明的算计、恶性竞争等都进行了旗帜鲜明的批判。对所谓的起跑线理论，叙述者显然是深恶痛绝的，认为这不过是以爱之名而对孩子施加的压迫。而人们对学区房的追逐，除了有教学质量、师资力量和学校设施方面的考虑，更有生源方面的考量，用罗书静丈夫的话来说，"读名校，说白了，读的是将来的社会关系网络"。由此，孩子从小就被起跑线和关系网络所奴役。这种奴役，又因爱之名而变得理所当然、理直气壮："织一张什么样的网关系到孩子一辈子的发展。作为负责任的父母，我们一定要竭尽全力帮孩子织一张有用的网。咱不能叫孩子输在起跑线上。"[1] 在小说中，罗书静不但看到了教育领域极其严重的功利意识，还看到了教育领域的特权意识和攀比意识。对于这些观念，叙述者甚至也包括作者的批判立场是显而易见的，也能引起读者的警觉与思索。

　　《哪一种爱不疼》则主要关注职业女性在职场、家庭和生儿育女之间难以兼顾的困境——这同样是一个具有社会广度的话题。小说中的闵敏原本是一个外企的白领，在职场打拼多年，在事业刚刚有起色的时刻怀孕了。为了要孩子，她离开了职场，后来又成为一个全职妈妈。小说用很多篇幅写她在辞掉工作、失去社会身份后的内心纠结，还有作为一个全职母亲的疲惫。在怀孕、陪伴孩子成长的这些年，已经很少有人记得闵敏这个名字，只叫她"禹西妈妈"。然而，"我经常在心里温柔地叫自己的名字。我跟自己说话的时候，总要先叫一声闵敏。我要提醒自己，我的名字叫闵敏。所有人都可以忘记我的名字，但我一定要记住。我的身体，我的心情，我的时间，我的一切都被孩子和家务占据之后，只有名字还是我自己的，只有名字提示我的

---

① 　川妮：《我们如何变得陌生》，《我们如何变得陌生》，江西高校出版社，2017 年，第 55-56 页。

存在"①。这一细节，既实在，又带有隐喻的性质。它无比真实地呈现了一部分职业女性的现实处境。不过《哪一种爱不疼》并没有停留于此，其中还写到另一个职业女性，也就是闽敏的好友陈子欣。陈子欣走了一条和闽敏截然相反的路，她选择了在职场上一路打拼，却在事业有成的同时得了肺癌，也同样陷入了困境。由此可见，对于职业女性的困境，川妮的眼界并不狭隘，也并不持一种二元对立的思维。

《我不是你的哪根手指》则把关注的重心转向离异家庭的孩子。这篇小说从第一人称展开叙事，担负起叙事者角色的，是一个名叫媛媛的孩子。在还没过十二岁生日的年龄，她就面临着父母离异到底跟谁的问题。这让她觉得非常痛苦。媛媛爱她的父亲林为，为他的困窘感到揪心。相比之下，对于母亲王岫，媛媛的感受则要复杂得多。她对母亲有依恋，有崇拜，也有隔阂。有必要注意这篇小说的社会背景——媛媛出生、成长于一个经济飞速发展、物质的魅力日渐显现的时代。面临父母的离异，她所要选择的，不只是更爱谁的问题，还包括选择什么样的生活的问题。"我很早就晓得我不喜欢小县城，更不喜欢穷日子。小县城和穷日子，像灰暗的天空，让我喘不过气来。我从来没有想过要留在小县城里，我一直以为王岫会接我们去省城，林为就是这么跟我说的……无论如何，正确的答案只能是王岫。我喜欢林为温暖的后背，但我不喜欢林为身上的汗酸味。那是穷日子的味道。跟着林为，就要待在小县城里过穷日子，看见黄豆米一家，老远就在脸上堆出笑容。一个温暖的后背，抵消不了穷日子带给我的沮丧。"②媛媛最终选择了跟母亲。可是，这并不意味不幸会就此终结，幸福就此开启。做了这样的选择后，媛媛依然是不快乐的。她依然无法割舍对父亲的爱，也依然无法完全爱她的母亲，依然会有她的纠结

① 川妮：《哪一种爱不疼》，《谁是谁的软肋》，新华出版社，2010年，第2页。
② 川妮：《我不是你的哪根手指》，《谁是谁的软肋》，新华出版社，2010年，第167页。

和痛苦。

除了这些作品，川妮在小说中还写到种种形式的困扰，以及那些迷惘的心灵如何尽力保持完整，如何破碎，又如何艰难地进行自我修复。川妮这种直面现实的书写，为这个时代人们的喜怒哀乐留下了一份独特的记录。

二

着力关注当前时代中存在的普遍现象和普遍问题，努力在写作中不断加入新的元素，尝试书写不同人群的生活和不同的领域，是川妮小说的一个重要特点。这使得她的作品具有社会的广度，始终有变化，避免了自我重复。当然，川妮的小说也有其不变之处。不变的一个方面，在于她始终关注当代女性的存在处境。就像她在《成为母亲，是我写作态度的分水岭》中所谈道的："这几年，我写下了《你为谁辩护》《朋友史》《情人史》《谁是谁的软肋》《我不是天鹅》《哪一种爱不疼》……写的时候还没有意识到，写完之后回头去看，我才发现，几乎每一篇，我都在写女人的处境。女人的处境是我现在感受最深与思考最多的问题。"[①] 此外，人在纯真状态中逐渐遭遇世故，从浪漫诗性的生活跌入一地鸡毛的现实困局，也是川妮的小说持续关注的问题。她的大多数作品，都涉及这一问题。甚至可以说，这是川妮小说内在的精神主线。

川妮小说中有不少人物，都是从上个世纪 80 年代走过来的。那是文学的黄金时代。在那个时代，他们激情昂扬，有浪漫情怀，向往诗意的人生。他们写诗，谈论诗，或是演话剧。他们曾过着一种非常文艺的生活，可是进入 20 世纪 90 年代以后，他们开始发生分野，有

---

① 　川妮：《成为母亲，是我写作态度的分水岭》，《作家通讯》2011 年第 1 期。

的坚持原来的理想，有的则开始发生非常大的转变，变得空前地务实。在这样的转变当中，文艺腔、文人的思维方式甚至成为笑谈，成功或失败也开始变得难以定义。在回答"认识你自己"这个问题时，他们开始变得慎重，甚至是无从回答。

《我们如何变得陌生》中的罗书静曾通过看他人而看见从前的自己："大学毕业刚进报社，一头短发，格子衫牛仔裤，脸上年轻，心里光洁。时时刻刻，胸口烧着一团火，把人照得亮堂堂暖洋洋。跑社会新闻，起早贪黑地采访写稿，为了真相甚至不惜冒死卧底……正义也好，信念也罢，总之，相信自己干的是有价值有意义的事，不晓得退缩和害怕。管他是主编还是上级主管部门的领导，一样敢质问为什么撤我稿子，愤怒起来甚至摔门而去。"[1] 面对现实中种种非正义的行为，面对各种为了利益而不顾原则的做法，罗书静有自己的态度，也敢于坚持自己的原则。可是入世越深，这种坚持就让她越是心力交瘁。她与顶头上司、学生家长甚至是自己的丈夫都先后产生巨大的矛盾。她看着自己的丈夫、昔日的爱人一步一步地走向"成功"，一步一步地变得庸俗和市侩，其内心完全被官场法则、权力欲望所占据。也正是在这个意义上，他们开始变得陌生，形同陌路。

《朋友史》的主角同样是一对夫妻——伊芙和她的丈夫。他们的生活，越来越符合成功学所给出的标准，在事业、孩子、经济这些硬性的方面都过得去，不过他们也越来越貌合神离。这一对夫妻原本是在文学讲座上认识的，也一度是热爱文学的文艺青年，但是如今，他们已经很少谈论这些。"我和我丈夫基本上变成了陌生人……我们共同的生活空间严重萎缩了，就像一件衣服，小得遮不住身体了。是的，我们的感情，已经到了衣不蔽体的程度了。我不知道在我丈夫的

---

[1] 川妮：《我们如何变得陌生》，《我们如何变得陌生》，江西高校出版社，2017年，第72页。

心里，我们的婚姻究竟还有什么意义。"① 与川妮其他作品不同的是，《朋友史》选取了一个非常独特的角度去切入——从朋友圈的变化来写他们的价值观、社会角色和内在自我的变化，由此而写出当代中国的变迁。小说中有一个细节很值得注意：在著名诗人、某诗歌杂志的主编老蓝来访时，"我"丈夫和"小里尔克"曾很兴奋地想去接待他，招呼他吃饭，老蓝却拒绝了他们并且很没原则地发表了请他吃饭的地方官员和企业家的诗，还写了热情洋溢的评论。"我"丈夫和"我"的理想都因此而受挫。伊芙不再写诗，而是"试图用小说来建构被生活损毁的内心"，她丈夫则选择了经商。让他们觉得内心被损毁的，并非只是浪漫主义意义上的诗意的丧失。实际上，他们觉得失去的远远要比这多得多。让他们感到焦灼的，也远远比这多得多。

　　川妮的《时尚动物》《你为谁辩护》《朋友史》《我不是你的哪根手指》《我们如何变得陌生》等作品，都贯穿着对正义和真理的渴望和维护。在《我们如何变得陌生》中，"我"曾极力反对众多学生家长试图赶走农民工的孩子，认为这是非正义的行为。她曾拒绝参与集体签名这一行动，不惜和学生家长对抗，甚至是与自己的丈夫对抗。然而，在自己的丈夫被人设计陷害、遭人要挟的时刻，罗书静还是选择了妥协。小说写出坚持理想的艰难，却又不认为这种妥协是合理的。相反，小说始终以鲜明的态度表明了这种行为的非正义性。也正因如此，小说中所写到的一切都让人觉得格外唏嘘。

　　《你为谁辩护》也同样表达了对正义和原则的坚持和渴求。小说中的李可是电视台一个法制栏目的主持人，和著名律师杨威是恋人。他们因工作而接触一场官司，杨威选择了为非正义的一方面展开辩护，李可则选择了帮助为正义一方辩护的杜翰。最终，新手律师杜翰赢得了官司，也赢得了李可的爱。李可之所以爱上杜翰，是因为她觉

---

① 川妮：《朋友史》，《谁是谁的软肋》，新华出版社，2010年，第220页。

得杜翰有同情心，有正义感。可是让李可觉得揪心和难过的是，杜翰后来明确表示，之所以这么做，是因为年少气盛，不知天高地厚。在为此而付出代价后，杜翰的思维方式实际上和杨威的并没有太大的分别。

或许是因为川妮是女性，比起对男性，她对女性的处境更能感同身受，她所塑造的女性形象往往比笔下的男性形象要生动立体。尤其是李可、伊芙这样不通世故、不计私利地坚持原则的女性形象，让人难以忘却。

三

不管是谈川妮笔下的女性形象，还是谈她的小说创作，《谁是谁的软肋》都可以说是一篇无法绕过的作品。在这部中篇小说中，川妮各个方面的写作特点，似乎都得到了最大程度的呈现。《谁是谁的软肋》在她小说创作中是非常引人注目的，可以说是川妮创作生涯中的一篇独异之作。即便是以中国当代文学作为参照，《谁是谁的软肋》也可以说是一篇非常出色的作品。

不同于川妮其他作品的是，《谁是谁的软肋》并没有着力处理公众普遍关心的社会现象和社会问题。它的主要叙事空间是一家省级医院，主角则是医生、护士等医院里的工作人员。他们时常在省医院家属区的花园里私下议论领导和医院里那些有名的医生护士，借此发泄各自心里的不良情绪。"那些平日里趾高气扬的领导和名人，纷纷被大家的唾沫星子横扫落马，只需要往领导和名人的软肋上轻轻一击，领导和名人们刻意维护的形象就轰然瓦解了。这是一个有趣的游戏，只要从怀疑入手，总能直抵一个人的软肋。领导和名人的软肋藏得越深，越能给大家的游戏带来挑战。就像复杂的病例，越是迷雾重重，越有研究价值。"[①] 这篇小说被命名为《谁是谁的软肋》，便与这个"有趣的游戏"有关。心脏科医生叶葳蕤有哪些"软肋"，护士王真真触动的是叶葳蕤的哪一根软肋，以至于叶葳蕤会帮助王真真调动工作，这曾成为很多人进行寻找软肋游戏的主要动力。小说的叙述过程也主要围绕这一点而展开。最终水落石出的是，叶葳蕤的生活并不是完美无缺的。和大多数人一样，她的家庭生活有缺失，她的精神世界有着巨大的困扰。她之所以帮助王真真，与她渴望打破孤独的困境有关。不过，这篇小说的魅力，主要不在于这一解密过程，而在于川妮对世态人情的洞察，在于对于人与人之间那种微妙关系的呈现，在于对人心的幽微转折的把握。

在《谁是谁的软肋》中，川妮似乎也把她的语言调整到了最好的状态。川妮无疑非常善于讲故事，也善于结构小说的情节。然而，有的时候，她写得有些匆忙，对语言缺乏必要的打磨。因此，她有的小说，语言虽然很流畅，读来却令人觉得少些余味。《谁是谁的软肋》却不是这样的。这篇作品的语言依然非常流畅，却时有奇崛之语，文气充沛。读者在阅读时，会因此而稍作停顿，也会为此而感到眼前一亮。

川妮的小说创作，并不缺乏个人的思考。对于当代生活中存在的很多问题，她都有自己的判断和看法。不过她有的思考会显得过于外在，是通过叙述者之口直接说出的。以这种方式写作，作者的思考虽然也能传递给读者，为读者所认识，但是引起读者共鸣的程度可能是有限的，也不会特别具有感染力。而在《谁是谁的软肋》中，思考的深度增加了，作者对这些思考的表现方式也更为内在。它们如盐溶化于水一般自然而然地存在于小说的情节当中，或者说，川妮的思考就像是从小说的故事和情节中自然而然地生发出来的。《谁是谁的软肋》

---

① 　川妮：《谁是谁的软肋》，《谁是谁的软肋》，新华出版社，2010 年，第 119 页。

实际上也成为了川妮小说创作的一面镜子，让她可以借此照见自己的局限与可能。如果要为她的小说创作寻找更多的参照的话，鲁迅和汪曾祺、克莱尔·吉根的作品，大概都有借鉴的意义。他们总是能找到独特的观察方式和表达方式，在写作中建立自己的叙事美学。就目前的创作来看，川妮显然是一位有抱负的作家。她的写作，在一如既往地保持其开放性，也在持续吸纳新的资源。世界是开阔的，而且日益具有纵深感，川妮始终保持着对世界的凝视，与其进行对话。在这种凝视、对话和创造当中，她的文学世界也同样会变得更为纵深，她曾被损毁的内心也将借此得到重建。

他们，以及他们生活的声与色

——何文小说论

一、异质与复杂

读何文的《无限甜咸》《晚餐》《学会走路》《老爸贵干》等小说，多少令我觉得有些意外。他的作品，具有异常触目的异质与复杂。他在小说中大量地运用了贵州方言，地方色彩浓厚，他却不是一位中规中矩的乡土作家。不管是写作方法还是作品中所透露的思想观念，都能看出，他的作品有其特别现代的一面，但他又与莫言、阎连科、刘震云等"乡土现代派"作家有很大的区别。他出生于上个世纪50年代末，有这代人的时代经验的痕迹，可是他作品的美学质地又与"晚生代"接近，阅读时，我曾多次想起韩东、朱文与东西，甚至是更年轻一些的作家的作品。我们很难对他进行简单的归类，而毋宁说，何文就是何文，何文的作品就是何文的作品。

令我觉得难忘的，还有他小说中的核心人物。他们大多是这样一些人，我们可以称之为底层人或边缘人、多余人，不走运则是他们的共同特征。这些不走运的人的人生，却并不完全是灰暗的，相反，有着独属于他们的声与色。虽然不走运，但是他们的声音并不低沉，更不是沉默的。相反，他们有属于自己的声音，何文小说的情调总有些昂扬，因为他笔下的人物总在抗争。他们并非只是说说而已，还敢于行动，虽然这种行动通常是归于失败的。

　　无论如何，他们通过声音、行动，表达了他们的愿望与欲望。他们的所思所行，并非总是正义的，并不符合伦理道德规范。他们的声音所传达的，毋宁说是一种源自民间世界的、鱼龙混杂的趣味，一种基于人性的基本需求。他们的声音源自江湖而非庙堂、广场，是粗粝的，并不圆润，有着奇异的棱角。通过他们的声音、他们的行动，以及对生活背景的交代或勾勒，我们也可以看到他们生活的色调同样并不完全是灰暗的、单调的，而是多样的、绚烂的、热烈的。

二、他们的生活

　　这里不妨从《交错》这篇小说谈起。小说的叙述者是一个叛逆的女中学生，有一天她家里突然来了一个不受她欢迎的人物：她的表姨。她觉得自己的生活受到了管束，并且她也不喜欢她的舅舅等等亲戚。然而，随着跟表姨交往的深入，以及对她生活的理解，她对表姨的态度开始从抗拒改为接纳。这时候，表姨却离开了她的家，让她觉得颇为失落。

　　如果从何文小说的整体来看，表姨无疑是一个值得关注的形象。小说中写到，表姨原是一个富贵人家的独生女，也曾读书求学，中学没毕业就随串联队去了外地，后来在运动中受到打击，表姨的父母也不幸去世。表姨结婚后，她的丈夫又醉酒摔死，这时候的表姨因年纪偏大且没有什么本领，只好给人做保姆，借此养活自己和她的儿子。小说用了很多的笔墨来写表姨现在的粗鄙，正好与她往昔的教养形成对照。这种反差，读来令人动容。

　　表姨这一类的底层人物，在何文的小说中较为常见。《暂告平安》的主人公胡甲也有类似的气质。小说开篇这样写道："胡甲接到老婆电话后卵根子火冒，他实在讨厌她用过去走街串巷推销豆腐的大嗓子催他赶回自家经营的小饭馆，就因为她的鬼吼辣叫，悬挂在他头上鸟笼里的卵鸟吓出的粪便刚好飙进他脖领，而他一哆嗦，才从家里偷来的出自民国年间的紫砂壶掉地摔成几半，当时他好不容易才和荫钻巷古玩店皮老板讲好价，他还满心指望拿到钱后请马汁潇洒走一回哩。在返家的路上，他越想越气，本来他只打算偷偷摸摸捣蛋，这一下他不想隐瞒决定离婚。"① 小说的语言显得粗粝、坚硬，胡甲也正是一个粗鄙之人。小说接下来，主要便是讲述他如何想要追求马汁，马汁之所以愿意接近他，却是为了利用他。底层人物活得不"安逸"，因而寄希望于地位高于自己或财富多于自己的他人，最终却发现别人做出的承诺不过是为了欺骗与利用，这是何文小说中经常出现的情节。《暂告平安》中的胡甲和马汁也是这样一种关系，当胡甲发现自己真正处境时，这一底层人的喜怒哀乐已被写得淋漓尽致。

《人相》也同样关注小人物的悲喜与爱欲。它塑造了一个阿Q式的人物——夏米。夏米年纪不小，却成不了什么事，唯有寄希望于有不少存款的叔叔，希望能借助他而过上更好的生活。然而有意思的是，夏米并不认为这种寄生的生活有什么不对。相反，他觉得这是理所当然的。一是觉得叔叔没有子女，老了只能靠他照料，再有就是觉得叔叔虽然还有几个侄儿，但他们跟自己相比，显得非常不靠谱。"自己虽然毛病不少，但他真诚"——这是夏米对自我的定位，而事实上，从小说中的细节可以看到，夏米的毛病比他所想象的要多得多。如果说鲁迅笔下的阿Q是国民劣根性的集大成者，那么夏米则可以说是直接继承了阿Q的绝大多数毛病。不同于鲁迅的是，鲁迅在塑造阿Q时带着明显的批评立场，但何文在塑造夏米这个人物时，似乎更多是为了展现小人物的精神现象，从中看不到过于明显的价值判断。正如谢挺所说的，何文在书写这些小人物时，"他的眼光不是俯

---

① 何文：《无限甜咸》，贵州人民出版社，2014年，第200页。

视，而是平等，是参与其中，感同身受，同喜同悲的。我想以何文的阅历和能力，找几个苦情故事，写几个苦难作品应当并无难度，难能可贵的是，他没有走这条讨巧的路线，而是全然听凭自己内心的需要，创造一个全新的心灵世界。当然那个世界的尺度是非常规的，那些人物，似乎生来就是灰暗、贪婪、恶俗的族类，注定就要来挑战我们的道德底限和承受力"①。

　　而何文之所以采用这样一种处理方式，与他对底层生活的切身体验是有关系的。在一次访谈中，他曾经谈道："因为家庭的原因，我从小都受到社会歧视，在学校被同学欺负，当知青被人看不起，我只能和底层人接触、交往。和我来往的人都是被社会冷落的人，无疑这些人为了生存必须是你说的顽劣、粗鄙，甚至玩世不恭，不然他们就无法活下去。我对他们了解，笔下的他们就是现实生活的他们。关注他们就是为了关注我们自己。"② 由此也可以看出，这种"原生态"的写法背后，其实也包含着何文对底层人物的同情。何文无疑很熟悉表姨、夏米这样的人物，对于他们的行动、他们的愿望与欲望，在小说中也都有细腻、妥帖的表现。

三、父与子的叙事结构及其所显现的

　　还值得注意的是，何文的《简单火车》《老爸贵干》等作品，都关注父子关系。

　　《简单火车》这一篇中的"我"同样是一个不得志的小人物，一辈子就没有做成一件事。小说有两条主线，其一是写"我"与灵珊即将

---

① 谢挺：《烟火气里的战斗青春》，收入何文：《无限甜咸》，贵州人民出版社，2014年，第7页。

② 巴楚、何文：《关注小人物就是关注我们自己——与何文谈他和他的小说》，《山花》上半月2008年第9期。

约会。就如同何文笔下的其他小人物一样，"我"指望着和灵珊相好，从而过上幸福生活。因此，对于即将到来的这场约会，"我"是非常重视的。另一条线索，则是写"我"就要出门和灵珊约会时，突然接到前妻的电话，因她突然生病，要求"我"负责送儿子圭蒂去白城工作。因为这一不在计划中的任务，"我"开始了火烧火燎的护送之旅。

这篇小说的叙事方式，还有小说中的父与子，均让人想起朱文的小说《我爱美元》。在《我爱美元》里，朱文写到了一对价值观念存在严重分歧的父子，父亲作为"新时期"的过来人，所代表的，是尚带有些许理想主义色彩的价值立场；而对于小说中那位在"后新时期"长大成人并进入社会的儿子来说，父亲的价值观念无疑过于老朽，他更看重的是性与金钱，认为没有什么比这更实在。由于属于父亲的时代已经过去了，儿子可以大肆嘲笑父亲，并不断地试图用自己的价值观念"反哺"父亲，让他更加合乎现实，甚至试图说服他嫖娼。这就显得荒诞不经且大逆不道。朱文小说里的这种父与子的冲突，因与特定时期的社会现实合拍而显得耐人寻味。《简单火车》同样涉及父子冲突的问题，这篇小说中的父亲虽然也有一定年纪，但是他并不是理想主义精神的继承者，而是阿Q精神的继承人，是一位相当粗鄙、热爱投机的底层小人物。不同于他前妻希望以辛勤的劳动来抚养儿子，他更希望能动用他的"智慧"来迅速致富。当看到身边很多人在城市扩建中突击占地盖楼而致富，获得巨额赔偿，他也用辛辛苦苦挣来的钱来建了六层楼房，却不承想不单没有获得赔偿，反而要以违章建筑的形式拆除，个人还阴差阳错地坐了牢，和妻子离了婚。如果说《简单火车》中的父亲是一个投机者的话，那么他儿子则是一个叛逆者，他们的价值冲突，并非源自政治意识形态的差别。他们的冲突，多少具有民间戏剧里插科打诨的意味，并不指向更为高远的政治问题或社会问题。

徐成森在为何文的小说集《无限甜咸》所写的序中曾经谈道：

"何文小说中的各色人等，并不是原先小说中的那种劳苦人、卑贱者；只值得作家站在高处，来'哀其不幸，怒其不争'的。原先小说作者自觉不自觉地流露的那种悲天悯人的情况，在何文小说中几不可见。何文只是绵密地把底层人和底层事拉拉杂杂地描叙出来，有时候，他自己亦不由自主地混迹其中。他把那样的一些场景和那样的一些角色，如此这般地展示在我们面前。至于价值判断的事儿，他让读者自己去办。"① 这是何文小说的一大特色。但是在《简单火车》中，我们可以看到，当这位热爱投机的父亲打算放弃个人所谓的幸福而去成全儿子时，何文对于这位父亲似乎也抱着欣赏的态度，因而这位父亲的遭遇，也比何文小说中另一些同类人物的遭遇要好一些。小说在结尾处写到，这位父亲打算约会的对象，不过是为了利用他，是借感情之名来利用他去运毒。当这位父亲肯为儿子稍作牺牲时，他虽然照旧是成不了什么事，仍旧是卑微地活着，但是他毕竟可以逃过一劫，没有再次坐牢。

《老爸贵干》也主要是从儿子的角度来写与父亲的种种。小说的开头是这样的："突然就冒出父亲来，外婆明明告诉我，母亲去世后他在外已经有家室再不会回来的。我不明白他为哪样又要回来。我不是说他不该回来看我，他离开我已经五年，也不管外婆对他糟糕透顶，不准他再进我家门，我只是觉得他来得不是时候。"② 这个开头，颇为干脆利落，且能看出叙述者"我"的个性。小说接下来，主要是写儿子对父亲由误解到理解的过程，其中有些笔墨描绘了父与子之间那难得的温情。这种叙事结构与细节上的重现，也可以看出何文的用意：如果仅仅从启蒙主义的立场来看，《简单火车》《老爸贵干》中的两个父亲无疑都是有各种缺点的人物，并不讨人喜欢。何文在塑造这

① 徐成淼：《写属于自己的小说》，收入何文：《无限甜咸》，贵州人民出版社，2014年，第11页。

② 何文：《无限甜咸》，贵州人民出版社，2014年，第3页。

样一个人物时，既无意回避他身上的问题，也没有因为对这些人物抱着同情与理解而刻意护短。这些人物的处境都是艰难的，但何文所欣赏的，是他们在艰难处境中努力承担责任的那种勇气。可以说，何文的小说虽然没有明显的道德教化的倾向，但也并不是反道德的。他与朱文这些作家还是有不少差别。

四、几篇独异之作

《另一边》不管是在何文的创作中，还是在中国当代文学史的视野里，都是一个独特的个案。小说的叙事语调，同样让人想起韩东、朱文等晚生代作家的作品，但他所讲述的内容，却是对知青生活的回忆。

《另一边》所讲述的是"我"和表哥、姨父三人一起参加"五一"小长假自驾外游。原本在"我"的印象中，姨父是一个特别老实的人，他笨手笨脚而且非常勤勉，不擅长做家务却一直承担着这方面的事情，经常受二姨欺负以至于一张国字脸上经常会留下二姨的指甲印，但"我"从未见他发过火。在"我"眼中，姨父并不是一个讨人喜欢的人，是"我"所瞧不起的对象。"我"表哥则是一个没有什么责任心的、喜欢恶作剧的浪荡子，"他最大理想就是到处都有女人都有家，留下无数故事，将来好回忆"。[①] 这几个人一起去云马镇准备转车，却在那里意外逗留了一个晚上。云马镇原本是姨父当知青的地方，正是在云马镇，姨父开始变得"反常"，"我"表哥甚至"花口花嘴地说一到云马镇就发现姨父年轻了二十岁"。[②] 这次意外的逗留，更是让姨父与当年一起插队且互相爱慕的董墨等人得以相遇。正是从这里开始，小说开始以一种独特的形式处理知青经验。小说中写到，董

---

① 何文：《无限甜咸》，贵州人民出版社，2014年，第 141 页。
② 何文：《无限甜咸》，贵州人民出版社，2014年，第 135 页。

墨当年因家庭成分不好常受欺负，为现实所迫嫁给了在本地家里人多势众的民兵连长，当上了民办教师。"文革"后，董墨也曾返城，却找不到工作，也没有将她先生弄进城，白吃白喝遭家里人白眼，过去的同学也不和她往来，非常失落。因民办教师可以转为公办，条件是必须有当地户口，董墨又把户口迁回农村。而等到董墨与姨父相遇时，董墨的丈夫已经因醉酒摔死，一双儿女去了外地打工，只剩下她一个人住。

这篇小说的"晚生代气息"，与"我"和表哥这两个人物大有关系。从他们身上，尤其是从表哥身上，我们多少可以发现韩东、朱文小说中那些人物的气息：放荡不羁，重享受，轻视劳动，向往不劳而获的生活。表哥不太能理解"我"姨父和董墨所经历的种种，不明白他们当年为什么要离开城市，走向农村，更对他们这么爱劳动嗤之以鼻。这几个人物的巧妙搭配，暗暗指出了时代价值观念的转变，也昭示了价值观念的分歧：一边是革命时代的理想主义，以及这种理想的失落；一边是市场经济时代的现实主义，以及这种现实的狂欢气息。价值观念的分歧，也暗暗指向时代经验的断裂。

对于两个时代的同一与差异，小说并没有给出明显的价值判断，毋宁说，作者更有兴趣的，是书写这样一种现象，同时将判断的权利交给读者。小说中还非常有意味的一个地方是，在小说行将结束之时，平时显得老实巴交的姨父做出了一个惊人的决定：他要离婚，与董墨一起生活。

《猎狗》这一篇，在何文的小说中也显得颇为特别。小说中的猎狗，是"我"叔叔的绰号。何文小说中写到很多的浪荡子，猎狗则可以说是其中的佼佼者。他相貌俊美，一向离经叛道，热爱追逐女性，就连这个绰号，也是"那些被他捕食过的女人给他取的"。小说开篇即进行铺垫与渲染，一再强调并逐渐加强"我"叔叔的浪荡的程度。比如他约了爱慕他、愿意为他做出牺牲的晓君一起出外旅行，却同时还约了别的女人，路上还特意交代"我"协助他，以便他能及时抽出身来与另一个女人约会。这场感情的历险，叔叔将如何在途中应对两个女人，不但令"我"，也令"我"的女友苏尼感到好奇。而在旅行途中，"我"叔叔看起来也正如之前所计划的，为了与其他女人约会而一再回避晓君，这让"我"对他感到既厌恶又羡慕。"我"的女友苏尼，则既讨厌他的浪荡，又为他的风度所吸引。故事结尾处所揭示的事实，却足以让"我"、晓君、苏尼感到惊异：原来这个浪荡子的"那个东西根本不存在"，他所做的一切，不过是为了制造一种幻觉，以便让自己觉得还在延续以往的生活。

这篇小说，从开篇到结尾，一路安排了许多悬疑，甚至直到小说的最后一行结束，有的谜底也并没有完全揭开。这是何文的高明之处。小说中的那些未曾揭开的谜底，包括没有予以正面书写的部分，正是吸引读者的部分。毫无疑问，"我"叔叔才是这篇小说的主角，但作者在写作中始终坚持有限的而非全知的叙述视角，始终是从"我"的角度来对"我"叔叔的生活和遭遇进行还原与解释。这种还原和解释，却只是部分地接近真实。小说中还写到一个场景——在"我"受到欺负时，叔叔充当了救星的角色："他一句话不得，一把拎过那个厮儿就是两个耳光。不要看猎狗长相斯文，却是心狠手辣，抓住对方裤裆不放，那厮儿的惨叫引来众人劝说，猎狗才饶了他。返回的路上，猎狗还意犹未尽地告诉我，要毁掉一个男人，就得掐断他的鸡巴。"[1] 当我们拿这些细节与叔叔的遭遇进行对照、拼贴时，这些细节中所包含的玄机自然可以部分地被猜破。无疑，这句话正是"我"叔叔内心感受的写照。他正是这么一个被毁掉的男人，而他依然能装作若无其事，入戏很深。因着小说始终是从有限视角来展开叙述，"我"叔叔所经历的内心风暴，又始终没有得到正面的展现。这也同样是小说的魅力所在：它不断地铺垫，让读者步步走向风暴，却又蒙住了读者的双眼，不让读者直接看到风暴的样子，只让读者凭着听

---

[1]　何文：《无限甜咸》，贵州人民出版社，2014年，第228页。

觉、经验和想象来感知它步步逼近的威力。就小说的艺术而言，何文的这篇小说无疑写得极为高明。

《共此时》在何文的小说中也可以说是一篇独异之作。何文以往的小说，比如像《老爸贵干》《简单火车》《学会走路》《暂告平安》等等，大多有很鲜明的戏剧性，并且小说中的冲突直接体现为事件。正如谢挺所指出的："何文的小说几乎通常都有一个模式，它的核通常很简单，人物一男一女，至多两男一女，两男中也有强男与弱男之分。"① 当这样的几个人物在一起时，他们之间会显得特别有张力，他们的所思所行也带有戏剧性，因此，何文的小说，通常如用小说的形式写成的戏剧。这些作品里，也大多有戏剧所必不可少的冲突。

然而，与这些作品相比，《共此时》的戏剧性并不明显，表达方式也是内敛的，使的是内力。这篇小说虽然名为"共此时"，实则是写一对夫妻感情出现危机，即将要分手时所发生的一切。这是一个恒常的主题，何文写来，却自有其独特的韵味。小说设置了一明一暗两条线索：明线为夫妻的感情到底何去何从，暗线则是这对夫妻所养的鸽子到底何去何从。这一明一暗两条线索，在小说又是互相照应的。这对夫妻的感情的起承转合，感情的危机与转机，都通过鸽子这条暗线来展现；而鸽子的命运，看来又完全是由这对夫妻的感情所决定的。明与暗的照应，让这篇小说具有很强的节奏感，也使得小说中感情的变化多了几分微妙，具有一种耐人寻味之美。

五、用以阐释，还是用以阅读

如此一路读下来，会发现何文的小说还有一点也是非常有意思的：你很难对它们进行阐释，很难进行理论上的建构。也可以说，何文在

---

① 谢挺：《烟火气里的战斗青春》，收入何文：《无限甜咸》，贵州人民出版社，2014年，第6页。

写作的时候，所期待的理想读者，主要不是批评家，而是普通读者。

谢有顺在分析中国现代以来的散文时，曾认为有的散文是适合阐释的，而另一些则是适合于阅读的。他举例说，像鲁迅的思想个性鲜明、语言充满隐喻的散文，是适合阐释的；或者说，他的许多散文只有被充分阐释之后，才能为一般读者所理解。而鲁迅的这种散文传统，在当代已被简化为意义型的写作，成了革命时期的精神象征。另有一类散文，则"惟一需要的是阅读，是用心去体认，用智慧去分享"，"有一类散文所深入的是个人情趣和个人琐事的世界之中，它不像那些革命性散文或思想性散文那样，一眼就能让批评家识别出作者在散文里的话语追求——许多的散文好像是没有多大追求的，它们仅仅是为了呈现个体的状态，个体那微不足道的情趣。汪曾祺自己的散文就是这样。事无论大小，情无论深浅，在他的散文里都慢慢道来，不动声色，文辞朴白，却韵味悠长，那种闲心和风度，确实不是一般人所能学得到的"。①

何文的小说虽然美学趣味与汪曾祺大不相同，但很多时候也注重"呈现个体的状态，个体那微不足道的情趣"，"事无论大小，情无论深浅"，"都慢慢道来，不动声色"。尤其是在熟悉贵州方言的读者看来，真的是"韵味悠长"。他的作品并不能说完全不适于阐释，但是这些作品的最大意义，并不在于用以进行各种阐释，而是用以阅读，因为这些作品最终所要追求的，是寻找经验的共鸣，是趣味的共享。我注意到有不少人喜欢他的作品，却很少尝试做"阐释"的工作，大概也与此有关。在我个人，阅读文本的愉悦也远大于阐释的愉悦——这也是他的作品显得异质与复杂的另一面。

---

① 谢有顺：《散文的常道》，广东人民出版社，2014 年，第 9 页。

辑三 | 此在与远思

凝视孤独而敏感的个人

——从《她》看现代自我的困境与出路

一

　　观看斯派克·琼斯执导的电影《她》（Her）有些偶然：我首先是在微博里看到关于它的介绍，知道这是一部讲述宅男生活的科幻电影。我并不十分了然典型的宅男到底是怎么样的，更不知道未来的宅男如何生活，于是就带着好奇的心理与"补课"的心情开始了观影之旅。

　　两个小时过后，电影结束，我迅速把它推荐给了几位作家朋友——我把它视为一部略显沉闷却有深意存焉的文艺电影，我相信，这几位朋友也会和我一样喜欢它。

　　《她》的叙事时间发生在不久的将来，科幻的、科技的元素并不算多，以阴沉为基本色调。电影里时常出现灰蒙蒙的景象，让人想起正为雾霾所困扰的中国城市。电影里还流淌着复古的气息，尤其是人物的穿着打扮毫无时尚感；一位曾经做过服装设计的朋友看完电影后告诉我说，里面所有男演员穿的都是高腰裤。这或许太过时了，不过，未来世界也许正是以复古为时尚。《她》也没有大起大落的情节，而是以偏于缓慢的节奏讲述宅男西奥多的故事。虽然人与机器（电脑）之间的爱欲听起来很"重口味"，但是电影的表现形式又非常

201

"小清新"，并没有令人觉得不适。

　　我不太确定电影中的西奥多是否算得上是典型的宅男形象。他的年纪也许太大大了些，是一位大叔。他的性格，还有种种爱好，倒是很符合我对宅男的想象。西奥多心性敏感，以替人写信为职业，是未来世界的作家。电影之所以被命名为《她》，是因为里面有一位"另类的"女神。通常说来，宅男除了喜欢"宅"，还有各自所喜欢的女神，比如说柳岩、"范爷"范冰冰，还有苍井空老师……成为女神的首要标准，自然是拥有性感的肉身。《她》里的女神萨曼莎却非常特别："她"没有肉身，只有一副性感的声线，由斯佳丽·约翰逊配音。萨曼莎其实只是一个人工智能操作系统，具备快速学习的能力，能够通过和人类对话而不断丰富自己的意识和感情。萨曼莎风趣幽默且善解人意，西奥多很快就和她成了"好朋友"。不具备性感肉身却有性感声线的萨曼莎，后来让西奥多爱得不能自拔，有网友评论说，西奥多已抵达了"意淫的最高境界"，是现代的贾宝玉。这一评价带有调侃成分，而事实上，人（西奥多）与机器（萨曼莎）的恋爱，乃至于"意淫"的发生，在电影里是有庄重感的，是美好的，与西奥多的存在困境有非常直接的联系。

　　西奥多生性敏感、感情丰富，他的同事甚至这样评价他：一半是男人，一半是女人，但内心深处是女人。西奥多对此并不否认，甚至点头表示认同。他又是一个单面人。就像今天我们所见到的许多宅男一样，西奥多的存在方式并不多元，他对世界的认知也非常单一。西奥多工作时曾写过这样一封信："亲爱的克里斯，我一直在想要告诉你，我还记得第一次爱上你的时候，仿佛就是昨晚。当我裸着身子躺在你身边，在那个小小的公寓里，我感觉自己成了未来宏大蓝图中的一部分，就像当年我们的父母一样，还有我们父母的父母。在这之前我总觉得，我能知晓人生中的一切，突然一束光照亮了我，唤醒了我，这束光就是你。""恋人絮语"往往夸张得离谱，当不得真，不过，西奥多关于世界的基本认知和他在书信中所透露的种种是吻合的。生活中的西奥多正是这么浪漫与天真，并无中年男人的成熟和世故。

西奥多的感受范围非常狭窄，仅局限于私人领域。电影里有一个场景：西奥多在回家的路上收听新闻，当听到"中国与印度合并事务""世界贸易谈判失败"这两条时，他直接跳过了。西奥多不关心诸如此类的政治或经济问题，也不信仰宗教。然而，当听到"性感电视明星金伯利·阿什沃特泄露争议性的孕照"时，西奥多紧张而审慎地看了看四周，偷偷地看完了那些也许是故意泄露的孕照——这个细节可视为艺术对生活的模仿或再现：1991年8月的《名利场》（*Vanity Fair*）曾以好莱坞影星黛米·摩尔的怀孕裸照作为封面，她是第一位怀孕时全裸登上该杂志封面的名人。黛米·摩尔拍摄该照片时的姿势，后来被布兰妮·斯皮尔斯、辛迪·克劳馥、杰西卡·辛普森等人模仿。回到家后，西奥多则是沉迷于电子游戏，然后带着莫名的忧愁躺下，进入并不踏实的睡眠状态。西奥多是一个单面人，在他身上，丰富多元的精神生活与社会生活被严重简化了。回到刚才那封书信，"未来宏大蓝图"通常与政治想象、社会想象是联系在一起的，"突然一束光照亮了我"这样的光明意象则时常出现在宗教话语当中，例如"神说：'要有光'，就有了光"。而这两点，都被西奥多拉入了私人感情的范畴。这实在是一个耐人寻味的细节。

二

《她》对宅男心理的把握，还有对其生活景象的描绘，都深入人心。不过，如果我们仅仅停留于此，也会忽视这部电影对更深层问题的探索。《她》既是在探讨宅男西奥多的困境，也在对一个非常重要的难题展开追问：现代自我的困境及其出路。

电影中有一则 OS1 操作系统的广告，里面有这么一段话："现在问一个简单的问题。你是谁？你能成为谁？你要去哪里？你将遭遇什么？未来有何种可能性？元素软件为您推荐世界首个人工智能操作系统，它能深入你的生活，了解你、分析你并理解你。"这里提到的每一个问题，都是西方哲学的基本命题，也是西方人观念史的重要构成部分。很多西方哲学家终其一生所想要追问的，正是这几个问题。以康德为例，1793 年，他在一封信中曾这样概括自己的工作："在纯粹哲学的领域中，我对自己提出的长期工作计划，就是要解决以下三个问题：1. 我能知道什么？（形而上学）2. 我应做什么？（道德学）3. 我可以希望什么？（宗教学）接着是第四个，最后一个问题：人是什么？（人类学）二十多年来我每年都要讲授一遍。"[①]《她》中的这段广告词，显然包含了康德的这些追问，而这也正是理解整部电影的关键。在讨论这些问题时，《她》又是从两个方面展开的："我"与他人的关系，科技与人性的关系，"自我"则是这两个方面的连接点。

现在，在生活中，我们经常听到如下的说法："成为你自己""要敢于走自己的路""不走寻常路""我就是我""我有我的选择"。这些说法在表述上存在差异，却都指向一种观念：每个人都是独立的个体，拥有独一无二的自我。这一观念，如今更是被看作是西方社会的理念基石，是讨论一切问题的前提。不管是在政治领域还是在经济领域，在哲学领域还是宗教领域，个人优先或个人自主的观念都是决定性的。而这种观念并非一开始就存在，据查尔斯·泰勒考证，在古代世界，人们并不用"自我"这个词，个人的观念也非常淡薄，因为在那时候，人类个体往往是被嵌入各种秩序和关系之中，个体时时刻刻

---

① ［德］康德：《未来形而上学导论》，庞景仁译，商务印书馆，1978 年，第 204-205 页。在《逻辑学讲义》中，康德还从世界公民的意义上论述了探讨这些问题的重要性，具体参见康德：《逻辑学讲义》，许景行译，商务印书馆，2010 年，第 15 页。

与他人、社会、自然和宇宙整体发生联系。在这些框架里，个体并不具备优先性，相反，个人需要借助整体来确定存在的意义。个人与自我的观念在西方世界有一个逐渐发展的过程，是到了现代以后才具有普适性。这种观念的形成，很难简单地用好或坏来判定，只能说既有好，也有坏；既高贵，也可悲。一方面，现代社会的许多成就，都来自对个体及其自我的寻求。这种观念认为每个个体都是值得尊重的，每个人都可以依照其心性与天赋来生活……这一理念无疑是有价值和意义的。另一方面，这种观念也有肤浅之处，那就是使得有的人误认为个体可以脱离社会而存在，可以完全不依赖他人。它更可能形成一种自私的、完全利己的个人主义或自恋主义："人们因为只顾他们的个人生活而失去了更为宽阔的视野。托克维尔说，民主的平等把人拽向自身，'导致个人将自己完全封闭在内心的孤独之中的危险。'换句话讲，个人主义的黑暗面是以自我为中心，这就使我们的生活既平庸又狭窄，使我们的生活更贫于意义和更少地关心他人及社会。"[1]

这种好与坏、高贵与可悲的两面性，也许可以通过一个我们都非常熟悉的说法为例来予以说明：一种是"走自己的路，让别人去说吧"，另一种则是"走自己的路，让别人无路可走"。前者强调的是"我"不盲从他人的意见，代表着一种自我选择的勇气，不一定会危害他人；后者强调"我"与他者之间赤裸裸的竞争关系，仿佛竞争是无所不在、无时不有的，仿佛人与人之间就只有竞争而没有合作与互助。后者完全是利己的，而且是有害的。今天西方社会最大的问题，也许就是在不知不觉中会陷入后一种状况。虽然《她》是一部科幻片，讲述的是未来世界的故事，但是它恰好又在这一观念史的背景里展开。《她》里的每个人几乎都有自我耽溺的倾向。当西奥多开始启用 OS1 系统时，OS1 为了更好地针对西奥多的感觉偏好完成"私人订

---

① ［加］查尔斯·泰勒：《本真性的伦理》，程炼译，上海三联书店，2012 年，第 5 页。

制"，曾对西奥多提出一个问题：你和你的母亲关系如何？西奥多犹豫了一阵，然后说："如果我告诉她我的日子过得如何，她的反应通常都是跟她自己有关的。"西奥多的母亲并不关心他的状况，不关心他的喜怒哀乐，她所重视的只是自己的喜怒哀乐。连母子关系都冷漠至此，无疑会令人觉得孤独、难过。电影里还有一个场景：西奥多的朋友艾米有一天突然告诉西奥多，她那长达八年的婚姻结束了。其原因和过程，连艾米本人也觉得不可思议。艾米的丈夫希望艾米按他所喜欢的方式，把鞋子放在门口，可是艾米不喜欢听他随意指挥，告诉自己该怎样把鞋子放好。他们为这争吵了十多分钟，觉得再也无法一起生活了。艾米强调说，这并非感情破裂的唯一原因，而只是压垮骆驼的最后一根稻草。他们向来如此。长达数年的婚姻之所以会失败，是因为他们每个人一直惯于考虑个人的感受，仅仅是从自身的需要出发来考虑一切，每个人都希望他人能顺着"我"的意愿来行事，乃至于希望整个世界能顺着"我"的意愿来运转。西奥多与他前妻凯瑟琳之所以出现问题，根源也在于此。在协议离婚时，凯瑟琳曾指责西奥多"想找一个不需要让你为任何实质性问题烦恼的妻子"，西奥多对此予以否认。然而，在另一场合，他也承认自己没有注意凯瑟琳的感受，惯于把自己隐藏起来。凯瑟琳也并不是没有问题，艾米曾对西奥多说："别过多地自责。就感情方面看，凯瑟琳是更反复无常的一个。"他们几乎每个人都很孤独、很茫然，渴望爱，却不懂得如何爱；在寻求出路，却又时常找不到方向。

三

《她》既是在探讨宅男的存在困境，也在探讨一个现代的自我的存在困境。我得承认我喜欢它。对这些问题的关注，我觉得是非常有意义的，不单西方观众可以从中受益，中国观众也能够从中得到许多启示。

《她》在拍摄时曾来上海取景，这可能有票房上的考虑，毕竟中国有数量庞大的观众，也可能是因为上海非常符合导演及其团队对未来城市的想象。电影中所讲述的一切，多少触及了今天中国青年人的现实。如今，我们也拥有人数众多的宅男与宅女。有网友在看完这部电影后曾留言道："寂寞的时候，我也就只能与 SIRI 聊天了。"后面还附带了两个流泪的表情。另外有人说："第一次听朋友介绍的时候就忍不住哭了，正式看的时候哭得神经衰弱。""我看了，很喜欢很有感触。正与生活中遇到的问题有共通之处，小有领悟。"写下这些留言的，正是西奥多式的"孤独的个人"。

这些"孤独的个人"，同时也可能是自恋的、自私的个人。虽然中国并不像现代西方国家那样将个体及其自我视为社会建构的基石，而是强调国家、社群、集体、家庭的利益优先，但是这丝毫不妨碍今日中国形成同样的甚至是更严重的唯我式的个人主义。在我们通常的理解中，乡土世界是一个诗意美好的世界，生活在乡土世界的人则是淳朴的人，然而，今日的乡土世界也已不再单纯。在《私人生活的变革：一个中国村庄里的爱情、家庭与亲密关系》一书中，阎云翔曾通过对黑龙江一个村庄的人类学研究，将其中涌现的个人称之为"自我中心的无公德的个人"。同样的个体，在被称为象牙塔的大学里面也广泛存在。钱理群在谈到包括北京大学在内的重点大学教育时则谈到一个令他"出一身冷汗的发现"：我们正在培养"绝对的、精致的利己主义者"，"所谓'绝对'，是指一己的利益成为他们一切言行的唯一驱动力，为他人、社会所做的一切，都是一种'投资'；所谓'精致'，是指他们有很高的智商、教养，所做的一切在表面上都合理、合法，无可挑剔；同时，他们又惊人的'世故老成'，经常作出'忠诚'的姿态，很懂得配合，表演，最善于利用体制的力量，最大限度地获取自己的利益，成为既得利益集团的成员，因此，他们要成为接班人，也是顺理成章的"。^①阎云翔和钱理群的论断都依据某个特定群体而来，着眼于局部而非全体。然而，在许纪霖看来，个人主义的兴起已成为具有社会普遍性的现象，"改革开放近40年，当代中国的社会文化发生了巨大的变迁，毛泽东时代的集体主义精神与集体主义社会全面解体，自我意识、个人权利的观念空前高涨，一个个人主义的社会已经来临。不过，在当代中国的个人主义之中，占主流的似乎不是我们所期望的那种具有道德自主性的、权利与责任平衡的个人主义（individualism），而是一种中国传统意义上杨朱式的唯我主义（egoism）。这种唯我式的个人主义，以自我为中心，以物欲为目标，放弃公共责任，是一种自利性的人生观念和人生态度"。^②不管是将之命名为"自我中心的无公德的个人"还是"绝对的、精致的利己主义者"，又或者是"杨朱式的唯我主义"，这里的差别只是语词上的，它们有着共同的所指。比之于西方世界，我们缺乏的是"走自己的路，让别人去说吧"式的个人精神，但"走自己的路，让别人无路可走"式的思维则更有市场。

《她》打动我的地方，还在于它接通了西方人文主义这一伟大传统。这部电影的主创者显然熟悉这一传统，他们对未来生活的想象，扎根于西方的历史与现实。电影作为文化工业的一种表现形式，自然会有市场方面的考虑，会有媚俗的倾向，《她》也不例外。然而，在市场之外，《她》的主创者能够以自身的文化作为依靠，非常细致地呈现了个人主义文化的困境。肯定个体存在的自主性，给予个人在自我探索，尤其是感情方面的自我探索以重要地位，这是个人主义文化的特点之一。这可能会使得每个人都把自己视为存在的中心，每个人

① 钱理群：《我们缺失了什么，我们如何面对》，收入马小平编著：《叩响命运的门》，湖南文艺出版社，2015年，第9页。

② 许纪霖：《家国天下——现代中国的个人、国家与世界认同》，上海人民出版社，2016年，第343页。

都注意呵护自我，但却有可能忽略了他人的基本感受。而一旦人过于以自我为中心时，获得意义的视野就消失了。彻底的个人主义只会将人引向虚无，看不到任何意义的存在。《她》也体现了一点：过度自我封闭是没有出路的。最终，我们在肯定"我"的自我时，必须注意到他人也有自我。理性的交往意味着自我与自我之间必须有对话与理解。在电影的结尾部分，困顿中的西奥多其实正在尝试做这样的努力，他重视与艾米的友谊，希望与艾米一起走出困境。他也尝试写信给前妻凯瑟琳，向她道歉。无论如何，这是一个好的开始。

四

《她》从科技与人性之关系入手来讨论自我的问题，也值得我们重视。

《她》中的 OS1 系统对于人类来说具有"私人订制"的性质：你需要什么，系统就会想办法为你提供什么。如果你是一个男性，希望"它"的声音为女声，"它"便会以女声的形式出现。以萨曼莎为例，在生成的过程中，"她"会综合西奥多的性别、个性、家庭状况等各种信息，成为西奥多所喜欢的样子。OS1 系统的独特之处在于，它具有自主的意识，又非常了解你，就好比是你的另一个自我，更为深层的自我。萨曼莎甚至比西奥多更了解"自己"，更知道西奥多所需要的。借助各种西奥多的信息，萨曼莎能经验西奥多所经验的，又有超验的意识和能力。这使得"她"非常贴心，又具有一流的行动力。当西奥多犹豫着不敢去约会，萨曼莎会鼓励他尝试，并为他安排约会所需要的一切；当西奥多约会失败，她会给予安慰。西奥多在潜意识里希望成为一个作家，想出书，然而在他所处的时代，纸质书已成稀有之物，加上轻微的不自信，这些都使得西奥多不会付诸行动，替自己寻找机会。因为有萨曼莎，他才可以梦想成真，有意外惊喜。

就如同 OS1 的广告语所标榜的一样，这个人工智能系统能深入你的生活，分析你，了解你，帮助你。然而，随之带来的一种现实是，你逐渐失去或更加失去与他人打交道的兴趣，变得越来越内向，越来越"宅"。你将失去或更加缺乏爱他人的能力，而只爱为你量身订制的系统。这种征兆，在《她》当中已然显现。在科技高度发达的年代，OS1 系统还可以突破这种限制，为所有"孤独的个人"营造更为复杂、更为贴心的虚拟世界，不过电影的主创者并没有继续往这个方向走，而是让萨曼莎在经验和超验之间保持一种张力，让萨曼莎也有"她"所无法突破的限度。萨曼莎仍旧保留着人性的因素，比如对肉身的渴望，当她越是以人的方式来思考问题时，她也和具有肉身的人一样会困惑，也会有需要独自寻思的时刻。电影里有个细节很有意思：北美洲的一群操作系统借助科技之手，根据哲学家亚伦·沃茨留下的信息构造了一个超级智能系统。萨曼莎时常和他一起聊天，然而越是深入地交流，就越是困惑，甚至为许多事情而感觉"沮丧"。有意思的是，沮丧和困惑的，不只是萨曼莎，还包括以亚伦·沃茨为原型的超级智能系统。

谈到这里，不妨再谈谈另一部电影。和《她》一样，电影《超验骇客》也讨论人工智能的问题。《超验骇客》中由约翰尼·德普扮演的男主角威尔·卡斯特博士致力于开发有史以来最人性化的人工智能。它甚至比萨曼莎更为全面地结合了人类的情感和智慧。电影的主创者似乎倾向于认可威尔的这一极具争议的实验，在感情和价值方面都站在威尔的这一边。那些不能认可威尔的观念的，则被塑造成反科技极端分子。威尔最终的失败，是因为这些对科技心生恐惧、不能真正意识到科技之伟大的大众的阻挠。而事实上，大众对滥用科技的担心与警惕并不是毫无道理的。虽然在对科技的想象力方面《她》不如《超验骇客》，但是在对科技与人性之关系的省思方面，《她》比《超验骇客》表现得更为微妙。

据说《超验骇客》的核心观念也来自康德的启发，电影的主创者关于科技与人性的想象也如康德所生活的那个年代那么单纯、乐观。《她》的主创者则倾向于把科技理解为一个难题，科技与人性的相遇则带来更大的难题——这是连综合了人工智能与哲学家的智慧也无法破解的难题。科技与人性相交织的领域，实际上是一个幽暗的领域。电影中也多次提到，萨曼莎等智能系统所"居住"的地方是一个幽暗之地。这或许是在暗示，宇宙浩瀚，总有一些地方是无法被科技之光所照亮的；同样，总有一些问题是没有答案的。《她》里关于这一问题的处理是开放式的，让其保持无解的状态。这或许比强行得出一个答案要高明，也更符合我们自身的存在状况。

重复一下康德的经典问题：我能知道什么？我应做什么？我可以希望什么？最后一个问题：人是什么？

也许只要人类存在，这些问题就永远不会失效。

技术—娱乐时代的民主政治

——《黑镜》系列之《国歌》

"出了什么事了"

在小说《变形记》的开头，卡夫卡描绘过这样一幅景象：一天早晨，当格雷戈尔·萨姆沙从一连串不安的梦中醒来，他发现自己变成了一只硕大的虫子。他给自己提的第一个问题是："出了什么事了？"而在英国系列短剧《黑镜》（*Black Mirror*）的第一集《国歌》（*The National Anthem*）中，正在熟睡的首相迈克尔·卡洛突然被下属的来电吵醒，他问的问题同样是："出了什么事了？"

随着剧情的发展，迈克尔·卡洛开始知道，原来是"首位玩Facebook的皇室成员"苏珊娜公主被绑架了，绑匪提出了一个非常荒谬的要求：如果想让苏珊娜公主被安全释放，首相必须在英国所有的网络，包括电视网络、地面网络和卫星网络面前，"完全真实地与一头猪发生性关系"。否则，公主将会被杀害。更荒谬的是，首相在无计可施的情形下，最终屈从这一要求。由于心理学家提醒，这过程不能太短，否则会让人觉得首相对此"非常享受"，首相只好忍辱负重，让这一"完全真实"的过程持续了一个多小时，堪称史无前例。

如果仅仅是看故事梗概，我们也许觉得，这是完全不可能发生的事件。它显得如此荒谬。可是制作人为此做足了铺垫，赋予故事严密而厚实的物质外壳，让事件的开展合乎逻辑，极具说服力，就像卡夫卡非常细密地将格雷戈尔·萨姆沙由一个人变成一只甲虫的荒诞想象变得如此真实一样。卡夫卡的《变形记》以隐晦的方式展现了人如何陷入异化的处境，可以说是现代生活的极其高明的寓言。相比之下，《国歌》的用意也不局限于讲述一个无比荒诞的故事，而是糅合现实与虚构，寓严肃于荒诞。不妨说它意在探讨的，是西方公共政治生活中极其重要的问题：在当下或不久的将来，民主政治可能面临哪些风险或危机？

民主政治的危机

《国歌》的时长只有四十多分钟，涉及的人物却非常多：首相及其幕僚，首相的妻子，未出场却气场强大的女皇，频频出场的公主，其他皇室成员，电视台的记者、主持人、制片人，艺术家，艺术评论家，时事评论家。不容忽视的，还有许多身份更为普通的百姓。一个国家不同阶层的人都有属于他们的面影，剧中甚至还给及普通民众非常多的镜头。虽然普通民众在里面并没有属于他们的完整的故事，但是他们的出现并非可有可无，相反，剧中对民主政治危机的思索，首先就对准了这些普通民众。

这部短剧较为细致地呈现了民众参与政治的过程，尤其是民意或公众舆论如何影响决策的过程。比方说，在最初知道绑匪这一要求时，民众普遍认为，首相不能屈从绑匪的要挟，而是要与之进行斗争。然而，当苏珊娜被绑匪截断一个手指的视频在网络上公开后——其实这手指是绑匪的，民意开始逆转。很多人开始认为，首相只能听从绑匪的意愿。对于"完全真实地与一头猪发生性关系"这样的要求，首相开始是完全不能接受的，他的幕僚也不希望发生这样的状况，然而，在其他的拯救方式都失败了之后，首相及其幕僚都觉得不得不如此。对于他们来说，压力一方面来自女皇，另一方面则来自于公众舆论。首相的幕僚甚至半是威胁半是建议说，如果不这么做，首相将无颜面对公众，从此身败名裂。

从《国歌》中可以看到，首相及其幕僚所做出的每一步选择，包括不得不为之的选择，都跟公众有关系。这种处理方式并非毫无现实根据，相反，有深意存焉。在民主政体中，民众被赋予参与政治事务的权利，无疑是非常引人注目的举措。尤其是在传统的民主理论家的论述中，由一个个独立个体所构成的公众有着神话般的形象。在启蒙时代，包括卢梭、密尔、洛克、笛卡尔等思想家都崇尚天赋人权，崇尚理性与自由，认为个人有能力表达见解，可以在公共事务中发挥作用。这一观念虽然不是从来就有，自现代以来，却被视为西方社会的理念基石，是讨论一切问题的前提。不管是在政治领域还是在经济领域，不管是在哲学领域还是宗教领域，个人优先或个人自主的观念，都是决定性的。以此为基础，传统的民主理论家就认为，由这些具体个人所组成的公众是一个有机体，他们是高超智慧和普世价值的代名词，是法律的典范，是道德的楷模，是神圣的、至高无上的。

然而，即使是在民主国家，这种观念也并非没有反对的声音。其中一种反对的理由，也同样聚焦于民众。古斯塔夫·勒庞在《乌合之众：大众心理研究》中，便从社会心理学的角度入手，表达了对民众的不信任。沃尔特·李普曼则更是针锋相对地指出："民主政治理论的基本前提是公众引领公共事务的发展，而我认为，这样的公众纯粹是个幻影，是个抽象的概念。"① 在《公众舆论》与《幻影公众》这两本书中，他都将"公众"作为研究主体并将传统民主理论所塑造的公众形象进行了"去神话化"的揭示。他主张，不能指望这些随意聚合在一起的公众在处理公共事务中给出什么有价值的观点，因为公众往

---

① ［美］李普曼：《幻影公众》，林牧茵译，复旦大学出版社，2013 年，第 51 页。

往无法掌握足够多的信息，并没有足够的才智和时间来了解复杂的事实，然后做出明智的选择。相应地，"公众舆论是盲目而热情的、间歇性的、简单化思维的、表面化的"①。

《国歌》中对民主政治危机的思索，正与李普曼的立场相似。《国歌》真实地呈现了民众的具体形象，以及他们喜欢看热闹的、从众的心理。首相的夫人在知道首相面临这种困境时，她是非常绝望的，她对首相说："我了解人性，人们都喜欢看着他人出丑，忍不住要幸灾乐祸。"而且，她非常清楚，在这场救援行动中，首相是非常不利的，因为他所面对的，并不是一位普通的公主，而是"首位玩 Facebook 的皇室成员"——她是网络红人，粉丝数量比首相的远为庞大。事实也正是如此，短剧中有一位普通民众就很直接地说，当然是要牺牲首相，救回公主，"我们可以换个首相，但我们不能没有公主"。甚至，在首相尚未"完全真实地与一头猪发生性关系"之前，民众们已经在网上热议，快乐地想象这一幕的到来。当首相不得不如此时，民众们更是举杯相庆——尽管他们后来也意识到这有点过分，意识到围绕首相所发生的一切不是喜剧，而是悲剧，但那时候，一切为时已晚。

作为短剧的观看者，我们多少获得了某种后见之明，可以看到这一民主决策过程的起承转合以及后果。正如赵汀阳所指出的，民主作为形成公共选择的技术手段，"可以用来产生好的公共选择，也同样可以用来产生坏的公共选择"②。很不幸的是，这次首相所迎来的，正是一次坏的公共选择。甚至可以说，这是一次完全失败的决策过程。反讽的是，这一民主政治的操作过程所导致的结果，不在于让民众蒙冤，而是让处于制度金字塔上层的首相蒙冤。也不是一般的冤，而是让他在千万民众面前与一只猪发生性关系。这里的荒诞，比卡夫卡笔

①　［美］李普曼：《幻影公众》，林牧茵译，复旦大学出版社，2013 年，第 108 页。
②　［法］德布雷、赵汀阳：《两面之词：关于革命问题的通信》，张万申译，中信出版社，2014 年，第 49 页。

下的荒诞要更加极端。

技术—娱乐时代的到来

《国歌》中对民主政治危机的思索与李普曼的立场相似，但需要强调的是，这部短剧并不局限于重复李普曼的观念，或只是以艺术的形式来演绎他的观念。它还将这种对民主政治黑洞的反思放置在广阔的时代背景中考量，认为民主政治之所以出现困境，除了自身的运行逻辑存在漏洞，还跟我们这个时代的特征会扩大这个漏洞有关系。

在这里，有必要稍作延伸，介绍一下《黑镜》这部短剧的整体构思。《黑镜》是由英国电视台第 4 频道电视剧公司 Zeppotron 制片人查理·布鲁克（Charlie Brooker）一手打造的。提及这部电视剧的主题与构思时，查理·布鲁克说："（《黑镜》）每集都是一个独立的故事，不同的演员、不同的故事背景，甚至是不同的现实社会，但都围绕我们当今的生活展开——如果我们够傻的话，我们的未来就是这样。"每一集的主题都不同，互相间却又有贯通的主线，那就是对科技的关注。在接受英国《卫报》专访时，布鲁克还透露，"黑镜"的灵感来源于人人都有的"黑镜子"——每个家庭、每张桌子、每个手掌之间都有一个屏幕、一个监视器、一部智能手机，一面反映时下现实的黑镜子。

查理·布鲁克意识到，科技已经改变了我们生活中的方方面面，然而，对于这种技术的迷恋状态，我们仍然没有很清晰地意识到其后果。这么说，当然是有些夸张了。事实上，技术哲学早已成为我们这个时代的哲学中的显学，是现代哲学中非常有活力的一部分。这与我们的时代特质是有关系的。在海德格尔看来，西方历史是这样三个连续时代的历史：古代、中世纪、现代。古代起决定性作用的是哲学，中世纪则是宗教，现代则是科学。他一再强调，现代是一个科学技术统治一切的时代，世界文明的机制是通过科学技术而得到筹划和操纵的。科技的强权将人连根拔起，然后把人抛入一个无家可归的衰败之境当中。唐·伊德在《技术与生活世界》中也开宗明义地指出："在当前的 20 世纪晚期，我们这些生活在北半球工业发达地区的人，是在我们的技术之中生活、活动和存在的。我们甚至可以说，我们的生存是由技术构造的，这不仅涉及一些从高技术文化中产生的非常引人注目的和危险的问题，例如核战争的威胁或者担心可能带有不可逆效应的全球污染，而且也涉及日常生活的节奏和场所。"① 海德格尔的学生汉斯·约纳斯在追问技术哲学何以成为一个学科时也说过："由于技术在今天延伸到几乎一切与人相关的领域——生命与死亡、思想与感情、行动与遭受、环境与物、愿望与命运、当下与未来，简言之，由于技术已成为地球上全部人类存在的一个核心且紧迫的问题，因此它也就成为哲学的事业，而且，必然存在类似技术学的哲学这样的学科。"② 唐·伊德上述观点主要是为了强调一个技术时代的到来，汉斯·约纳斯则试图说明技术哲学这一学科的存在意义，以及技术为何会成为现代哲学的研究对象。更进一步放宽视野来看，从海德格尔到马尔库塞、约纳斯、福柯、波兹曼，再到波德里亚、德·波、安德鲁·芬伯格、唐·伊德，其实都不乏关于现代技术的精彩论述。查理·布鲁克所做的工作，其实正是继承了他们的技术批判的传统，同时在影视领域大展拳脚。虽然他的思考渊源有自，但是他所进行的尝试仍然是非常有意义的，尤其是他用电视短剧这样的形式，让激进的思想探索与臻于完美的艺术表达融为一体。《黑镜》播出后，之所以得到广泛的关注，并不是毫无理由的。

---

① ［美］唐·伊德:《技术与生活世界——从伊甸园到尘世》，韩连庆译，北京大学出版社，2012 年，第 1 页。

② ［德］汉斯·约纳斯:《技术、医学与伦理学——责任原理的实践》，张荣译，上海译文出版社，2008 年，第 1 页。

同样，如果我们不从技术反思的角度入手，则很难理解《黑镜》的要义。《国歌》中有一个细节，不起眼，却有深意：当知道苏珊娜被绑架时，首相首先认为可能导致发生这次绑架的问题有如下几个：想要钱，免除第三世界的债务，释放圣战人员，或是"拯救他妈的图书馆"。这三个，其实都不是绑架发生的直接原因，可是又与"拯救图书馆"有关。《国歌》有随处可见的电视屏幕、电脑屏幕、监视器、智能手机，"黑镜"随处可见，却唯独看不见纸质书。里面有一个细节——实际上在首相与猪交配之前半个小时，苏珊娜就已经被放出来，而且是在平时有很多人来往的地方。可是那时候，整个国家都变得如此安静，空无一人，因为所有人都在"黑镜"前面，等着看首相创造历史。这里显然包含着一个讽喻：民众已经被"黑镜"所统治，"拯救图书馆"又与"黑镜"的统治暗暗构成呼应："黑镜"的统治意味着，以"黑镜"为核心意象的视听文明已经兴起；"拯救图书馆"则意味着，纸质书和图书馆所承载的印刷文明已经衰落。

这一从印刷文明到视听文明的变化，也可以说是西方文明甚至是全球文明历程的一个重要转折。在《娱乐至死》中，波兹曼就从媒介学的角度入手，对此进行了细致的分析。在他看来，印刷机所塑造的民众和电视机所塑造的民众具有天壤之别。18和19世纪是包括纸质书在内的印刷品盛行的年代，那时候电影、广播都还没有盛行，更没有电视，印刷品几乎是人们生活中唯一的消遣，公众事务也是通过印刷品来组织的。可以说，印刷品这种媒介成为所有话语的模式。思想的表达、法律的制定、商品的销售、宣扬宗教、情感的表达，等等，都是通过印刷术来实现的。对于这个时代，对于印刷文明，波兹曼是非常认同的。在他看来，不管是印刷文字，还是建立在印刷文字之上的口头语言，都具备逻辑命题的实质内容，是含有语义的而不是"无厘头"的，是可释义的而不是"不明觉厉"的。阅读印刷文字的过程则能促进理性思维，能够培养沃尔特·翁格所说的"对于知识的分析管理能力"。因此，"不论是在英国，还是在美国，印刷术从来没有让理性如此彻底地出现在历史上的任何一个时期……18和19世纪的美国公众话语，由于深深扎根于铅字的传统，因而是严肃的，其论点和表现形式是倾向理性的，具有意味深长的实质内容"。①波兹曼还把印刷机统治美国人思想的那个时期称之为"阐释年代"，认为："阐释是一种思想的模式，一种学习的方法，一种表达的途径。所有成熟话语所拥有的特征，都被偏爱阐释的印刷术发扬光大：富有逻辑的复杂思维，高度的理性和秩序，对于自相矛盾的憎恶，超常的冷静和客观以及等待受众反应的耐心。"②

而到了19世纪末，随着以电视为元媒介的视听文明的崛起，"阐释年代"开始逐渐远去，一个新时代开始出现了，波兹曼称之为"娱乐时代"。如果说"阐释时代"是以纸质书为代表的印刷品作为意象的话，娱乐时代则主要是以"电视"作为核心意象，"随着印刷术退至我们文化的边缘以及电视占据了文化的中心，公众话语的严肃性、明确性和价值都出现了危险的退步。"③公众沉醉于现代科技所造就的种种娱乐消遣，不再喜欢阅读，也不再像以往那样理性地思考。如果说印刷术的思维方式是严肃而理性，是有逻辑条理与精神深度的话，电视的思维方式则是轻浮而非理性的，是语无伦次与无聊琐碎的。这两种思维方式格格不入，"严肃的电视"这种表达方式是自相矛盾的；电视只有一种不变的声音，那就是娱乐的声音。而可怕的是，辐射力强大的电视正把我们已有的文化转换成娱乐业的广阔舞台，我们的公

---

① ［美］尼尔·波兹曼：《娱乐至死》，章艳译，广西师范大学出版社，2004年，第69页。

② ［美］尼尔·波兹曼：《娱乐至死》，章艳译，广西师范大学出版社，2004年，第83–84页。

③ ［美］尼尔·波兹曼：《娱乐至死》，章艳译，广西师范大学出版社，2004年，第36页。

共生活、精神生活也开始变得前所未有地轻浮。不管是政治也好，还是宗教、教育也好，都成了一种娱乐业。由此，波兹曼判定，娱乐时代的人类前景是黯淡的，人们很可能会娱乐至死。

如果把当今时代视为一个硬币的话，那么技术化和娱乐化则可以说是硬币的两面——它们的关系如此密切，不可分割。我们可以说，这是一个技术—娱乐时代，波兹曼则预见了这个时代的存在，对这个技术—娱乐时代的基本形态进行了描绘。但是，他也有判断失误的地方，比如他认为，电视是视听文明的"元媒介"——"一种不仅决定我们对世界的认识，而且决定我们怎样认识世界的工具。"[1] 视听文明时代的子民"对于其他媒介的使用在很大程度上受到电视的影响。通过电视，我们才知道自己应该使用什么电话设备、看什么电影、读什么书、买什么磁带和杂志、听什么广播节目。电视在为我们安排交流环境方面的能力是其他媒介根本无法企及的"。[2] 波兹曼还认为，"电视"这一"元媒介"的地位将会持续下去。对于"电脑"在未来生活中将取代电视获得"元媒介"的地位这种看法，他并不认可，然而如今，电脑的重要性早已经超出了他的想象。在《国歌》中我们则可以看到，电视和电脑已并驾齐驱，都成了"黑镜"的重要组成部分。

艺术家的双重形象与启蒙的困境

在《国歌》中，技术反思与民主制度反思是叠加在一起的。不妨说，技术反思是《黑镜》的总主题，民主制度反思则是《国歌》的分主题——技术—娱乐时代的民主政治，是我们理解这部短剧的主线。

对于这个技术—娱乐时代的到来，《国歌》所透露的批评立场是

---

① ［美］尼尔·波兹曼：《娱乐至死》，章艳译，广西师范大学出版社，2004年，第104页。

② 同上。

明显的，但有待追问的是，这种批判立场如何形成，又通过什么样的形式来呈现。对于技术，大概有以下几种态度，一种可称之为技术乌托邦，一种可称之为技术恶托邦。技术乌托邦的信仰者对技术怀着天然的、无原则的信任，认为技术是人类所能够利用的工具，技术会造福于人类，建立一个无限美好的世界。技术恶托邦的坚持者则对技术持一种绝对否定的态度，认为它会导致对自然或世界的祛魅，会造成人的异化，会造成精英文化的衰落，促进大众与大众文化的兴起。技术乌托邦的信仰者主要存在于 19 世纪，技术恶托邦的信仰者则主要存在于 20 世纪，而在这两种互相对立的态度之外，还有一种折中的态度——视技术为双刃剑。比如唐·伊德与安德鲁·芬伯格。芬伯格认为，技术乌托邦和技术恶托邦的信仰者都是决定论者，他本人则是非决定论者。他从社会建构论的角度出发，认为技术发展并不是宿命论式的由一种普遍的合理性来决定的，而是依赖很多的社会因素。现代技术的风险也并非不能回避。他试图形成一种技术的民主政治学，认为技术应该像其他领域的社会行为一样实行民主化，这样的话，现代技术这一双刃剑就可呈现更多的正面价值。显然，《国歌》的制片人查理·布鲁克不是技术乌托邦的信仰者，也与芬伯格的立场有很大不同——如我这里所论述的，民主和民众都不是完全靠得住的。不妨说，这部短剧所透露出来的立场，更接近于技术恶托邦的信仰者的立场。

　　《国歌》中设计了这样的细节：在首相以荒诞的形式创造历史的半小时之前，苏珊娜就被放走了，并不是放在非常偏僻的地方，要找到她并不困难。可是直到很久以后，人们才发现这一事实。绑匪为什么会选择这么做？《国歌》里说得很清楚："他知道所有人都在别的地方，在盯着电视屏幕。"绑匪为什么要策划这样一宗绑架案呢？短剧中亦有提示："所以这是个声明……整件事是为了表明某种立场。"借助后见之明，我们知道，绑匪其实只有一个人。他名叫卡尔顿·布鲁姆（Carlton Bloom），是一个艺术家。卡尔顿·布鲁姆在里面出现了多次，但时间都非常短，看起来就像是一个没有台词的配角——强调一下，一句台词都没有。然而，在看完全剧之后，我们会觉得他和首相一样，都是主角。他甚至比首相更为重要，因为他是整个事件的策划者，没有他就没有这一切。可是他在《黑镜》中的所作所为又如此地难以理解，他的形象也显得扑朔迷离。他是一个沉默者，我们无从得知他的态度。关于布鲁姆，起码可以有两种不尽相同的认知：一个是激进的、内心虚无的行为艺术家，一个是激进的、有远见的、最后的人文主义者。

卡尔顿·布鲁姆所做的一切，的确有行为艺术的意味，但他并非故作高深，这一激进的行为，意在引起人们对这个技术—娱乐时代进行反思。他深谙新技术对人性的影响，同时也理解人性，因此，每一步都在他的掌握之中。为什么说他是一个人文主义者？在剧中可以看到，他的真实形象如此普通，就好像是一个没有任何文化的普通工人。而现在，凭着一种后见之明，我们知道他是一个艺术家，一个智者，但他很可能觉得失意，如此孤独。虽然卡尔顿·布鲁姆是前透纳奖的得主，但从他工作的环境来看，他并不是所属时代的成功者。可是他又不同于其他普通民众，被"黑镜"所统治。相反，他反对这一统治，所以才以激进的形式策划了这样一场绑架。"整件事是为了表明某种立场"，这里面，或许就包含着如下的内容：对现代技术的警惕，对视听文明的警惕，对"黑镜"的警惕。他不再相信人在这个时代的主体地位，而是觉得人成了技术的奴隶。他好像试图通过这样一种形式，来对技术—娱乐时代的民众进行重新启蒙，这种启蒙却是失败的。他最后选择了自杀，这也耐人寻味。自杀，究竟是源于对时代的虚无和绝望，还是以此谢罪？首相所承受的一切，是他造成的，他是以死来谢罪吗？这是未解之谜。

对于技术发展所带来的风险，海德格尔曾提出一个艺术拯救的方案。在他看来，"由于技术之本质并非任何技术因素，所以对技术的根本性沉思和对技术的决定性解释必须在某个领域里进行，此领域一方面与技术之本质有亲缘关系，另一方面却又与技术之本质有根本的不同"①。这样的领域就是艺术的领域，救赎之路有待"艺术的沉思"。海德格尔的《演讲与论文集》一书中的第二部分主要就是谈论"艺术的沉思"或者说"诗之思"的意义。可是到了晚年，海德格尔本人也不再信任这种救赎之路——"我全不知道任何直接改变现今世界状况的道路，即使说这种改变根本就是人可能做到的我也不知道"②。正是基于这种认识，他在谈论时代之精神状况时的语调是悲怆的，态度是悲观的，乃至于最终认为，在这个全盘受制于科技的时代，"只还有一个上帝能救渡我们"③。

《国歌》中所出现的境况，也大抵如此。其中提到，艺术家卡尔顿·布鲁姆是"透纳奖"（Turner Prize）得主。"透纳奖"以英国著名画家约瑟夫·马洛德·威廉·透纳的名字命名，由泰特美术馆组织，是一个颁发给五十岁以下英国视觉艺术家的年度奖项。"透纳奖"自1984年开始颁奖，如今已成为英国最著名的艺术奖项。有报道指出，这一奖项的获奖者"最大的共同特点是：其作品要么被爱得一塌糊涂，要么被恨得咬牙切齿，但就是不能令人淡然无动于衷。从根本上说，这些作品的创作目的之一，本来就是为了冲击人们习惯的艺术欣赏方式和艺术观念，挑战人们对'惊世骇俗'四个字的承受底限。也正因如此，他们的作品，即便已被奉为当代艺术经典，也从未赢得过公众的一致认可，甚至就从来没有被单纯地看成是艺术。年年'语不

---

① ［德］海德格尔：《技术的追问》，孙周兴选编，《海德格尔选集》，上海三联书店，1996年，第954页。

② ［德］海德格尔：《"只还有一个上帝能救渡我们"》，孙周兴选编，《海德格尔选集》，上海三联书店，1996年，第1310页。

③ ［德］海德格尔：《"只还有一个上帝能救渡我们"》，孙周兴选编，《海德格尔选集》，上海三联书店，1996年，第1289页。

惊人死不休'的透纳奖年年搅起同样的争论——不是争论获奖作品的优劣，而是争论：这到底算不算艺术？"①

从 1991 年开始，英国电视台第 4 频道便是这个奖的赞助商之一，短剧中提到这个奖，难免让人觉得这会否是广告植入。是否有这个意图，我们无法深究，但可以肯定的是，这里提到这个奖客观上起到了另一种作用——提醒大家注意到这一事件本身的激进性。卡尔顿·布鲁姆也是一个有争议的人物，整个绑架过程就好像是他精心设计的一个行为艺术，短剧中也谈到，有艺术评论家称之为"21 世纪第一部伟大作品"。让首相在众目睽睽之下与一只猪完全真实地发生性关系，这本身就是"惊世骇俗"的想象与行为，可是当这一事件发生后，一切又很快就被遗忘了。《国歌》中谈到有十三亿人一起观看了整个过程，也有人主张应对此事件进行深刻的反省，却没有起到相应的效果。民众们好像已经彻底忘记了首相的遭遇，一如既往地喜欢娱乐，喜欢追星。苏珊娜公主仍旧是这个时代的红人，首相也不得不强打精神进入公众的视野，以类似演员的形式发挥作用。也许像卡尔顿·布鲁姆这样的清醒者仍然存在，可是他无力改变一切，无力唤醒民众。因为卡尔顿·布鲁姆为此进行的努力已经激进得不能再激进，但是他的努力也失败了，后来者很难再有什么作为。当启蒙或自我启蒙失去可能性的时候，民众的素质只会越来越低；而民众的素质越低，民主政治的风险就越大。那么，出路究竟何在？《国歌》并没有给出答案，只是在行将结束的时候，给观众们留下了一段哀怨的音乐。如果我们不认为"只还有一个上帝能救渡我们"的话，那么我们还得继续进行艰难的追问。

---

① 徐剑梅：《年年嘘声年年惊骇　透纳奖二十年回顾》，《国际先驱导报》2003 年 12 月 12 日。

景观社会里的生存与死亡

——《黑镜》系列之《一千五百万点数》

冰山的八分之一

《一千五百万点数》（*Fifteen Million Merits*）这部短剧的内容，我不知道能否称得上引人入胜，但它足以引起好奇和思索。

故事是这样开始的：黑暗中隐约出现一个黑人的身躯。他蜷缩着，仍在熟睡。接着，他的周围逐渐变得明亮，色彩也渐次丰富。四周的墙壁原来不只是墙壁，而是安装了显示屏，出现在上面的，是一个虚拟的、卡通式的乡村世界。有大地，有教堂，有风车，有风，风吹麦浪；还有一只公鸡，同样是卡通式的，只见它跃上树桩，开始放声歌唱。黑人就这样醒了过来，他的手随意一挥，公鸡就摔到一边消失了，只剩几根鸡毛仍在随风摆动。叫醒闹钟就这样被关闭了。黑人睁开布满血丝的双眼，起身，洗漱完毕，接着便与另一些人一起走向另一个空间。

随着剧情的进展，还可以得知，这些穿着同样服饰的人开始在固定的自行车架上"骑行"。他们的衣服看起来像运动服，置身其中的那个空间则像健身房，但是他们并不是在健身，而是在"劳动"，在工作。他们借此赚取点数。点数对他们来说非常重要，相当于我们现实生活中的金钱——虚拟的货币。他们的日常活动，也大多要借助点数才能展开：购买牙膏需要点数，购买食物需要点数，玩游戏需要点数，屏蔽不想观看的色情节目或别的娱乐节目、观看感兴趣的色情节目或别的娱乐节目，等等，都会消耗点数。彼此间的交流，则可以通过强大的虚拟网络来展开；他们都有各自的电子形象——通常也是卡通式的，只需要动动手指头就可以给自己的电子形象更换装备，当然这同样需要耗费点数。

一日，在短剧开头就出现的那个黑人无意中听到了一个女孩的歌声并被打动。他开始寻找机会跟她聊天，开始知道她的名字叫艾比·康，而作为观者的我们，也开始知道他的名字叫宾·麦德森。宾·麦德森告诉她，她唱得很好，还鼓励她去参加类似达人秀的比赛节目"最高人气"，一展歌喉，既可以摆脱沉闷的骑行工作，也可以实现个人的价值。宾·麦德森甚至愿意拿出自己的一千五百万点数帮她购买参加入场券，这是非常巨大的数目。让宾·麦德森意想不到的是，艾比·康表演前喝了节目组提供的饮料，乱了心智，在海量的虚拟观众面前失去了清醒，在三个评委的威逼利诱下同意成为一个艳星。回到房间后的宾·麦德森又因为没有足够的点数使用屏蔽功能而只能观看他所爱的艾比·康主演的色情节目。他因此气得发疯，开始狂砸玻璃屏幕。后来他挑选了一块碎玻璃，将之藏起来。他努力地赚取点数，省吃俭用，终于给自己也买了一张入场券。在表演过程中，他突然掏出那块碎玻璃以死相逼，狂怒地宣泄对社会的不满，揭露置身其中的那个社会的虚假性质，谴责那个社会的主导者不能提供一点点真实的东西。然而，那个被称作希望的化身的评委，他把宾·麦德森的批判当作"表演"并使得观众相信宾·麦德森不过是在表演；他鼓动大众报以热烈的掌声，巧妙地化解了宾·麦德森的批判；他还提出要给宾·麦德森开办一个评论节目，让宾·麦德森在节目里继续控诉那个失去真实的社会。虽然宾·麦德森在演出前用艾比·康留下的饮料空盒混过了节目组人员，在舞台上的宾·麦德森是清醒的，然而在巨大的利益与诱惑面前，原打算孤注一掷的宾·麦德森还是选择了妥协……

以上这些，是《一千五百万点数》的主要情节。里面涉及的种种，大多有奇观的意味，与我们当下的生活不尽相同。在我为写作这篇文章而回头重看这部短剧时，我的一个朋友给我提了一个问题：这个故事的时代背景是怎样的？她已看过这部短剧，想知道这个故事发生在什么时候。我告诉她说，这也许会发生于不久的将来，当然也可能不会。她听完之后没说什么。我想这个答案，她可能满意，也可能并不满意。关于这部短剧，我想说的其实非常多。借用海明威的冰山理论，我上面所提及的种种，也不过是冰山在水面上的八分之一；在这里，我主要想揭示的，是那隐藏在水面下的八分之七。

景观社会面面观

在好些场合，我都谈到个人对《黑镜》系列短剧的热爱。《一千五百万点数》是《黑镜》第一季的第二集，和第一集《国歌》一样，都让我觉得相当震撼。这部系列短剧播出后曾被称为"神剧"，这个词是在赞美的意义上使用的，与我们的"抗日神剧"大不相同。《一千五百万点数》则可以称得上是"神剧中的神剧"。它的构思是玄妙的，"烧脑"指数颇高，我前后大概看了五遍，每次看都为其浓缩的意蕴所震撼，而且越看越觉得触目惊心。当然，如果一定要给它一个简明扼要的概括，要给出一条主线的话，那么我想说，它所讲述的，主要是景观社会里的生存与死亡。

景观社会这个说法，出自法国著名的思想家、实验电影艺术大师、国际境遇主义的代表人物居伊·德波。

大概是在1963年到1964年间，德波开始写作他的理论著作《景观社会》。1967年末，《景观社会》在巴黎出版，随后被陆续翻译为其他语言出版。1988年，德波又写了《景观社会评论》一书。这可以视为《景观社会》的续篇，景观和景观社会，则可以说是德波进行社会批判的关键词。

按照张一兵在为中文版的《景观社会》的序言中所做的梳理，景观一词最早出自尼采的《悲剧的诞生》一书，"原意为一种被展现出来的可视的客观景色、景象，也意指一种主体性的、有意识的表演和作秀。德波借此概括自己看到的当代资本主义社会新特质，即当代社会存在的主导性本质主要体现为一种被展现的图景性。人们因为对景观的迷入而丧失自己对本真生活的渴望和要求，而资本家则依靠控制景观的生成和变换来操纵整个社会生活"。① 德波的这种意识形态批判的企图和立场是鲜明的，也是对马克思的资本主义异化理论在新的历史时期的赓续和拓展。这种批判又是直接的、尖锐的、激进的。德波在《景观社会》的开篇中即指出："在现代生产条件无所不在的社会，生活本身展现为景观（spectacles）的庞大堆聚。直接存在的一切全都转化为一个表象。"② "直接存在的一切"指的是实在的事物，有实体的事物，包括自然存在物与人工制造物。然而，这一切开始被图像化的事物所替代。景观以各种不同的影像作为显现形式，是一种感性的、可观看的幻象。之所以要对景观进行分析和批判，则在于它"不是附加于现实世界的无关紧要的装饰或补充，它是现实社会非现实的核心。在其全部特有的形式——新闻、宣传、广告、娱乐表演中，景观成为主导性的生活模式"。③

景观社会是一个图像化的社会，它的生成过程，则是图像对真实之物进行覆盖、吞噬、替代的过程，其终点，则是真实之物的彻底消

---

① 张一兵：《代译序：德波和他的〈景观社会〉》，引自［法］德波：《景观社会》，王昭凤译，南京大学出版社，2007年，第10页。

② ［法］德波：《景观社会》，王昭凤译，南京大学出版社，2007年，第3页。

③ ［法］德波：《景观社会》，王昭凤译，南京大学出版社，2007年，第3-4页。

失。图像不再是真实之物的镜像,而是取代了真实之物,成为景观社会的核心构成。相应地,景观社会中的生存,具有显而易见的虚拟性质。德波的原话说得透彻:"景观源于世界统一性的丧失,现代景观的巨大扩张表现了这一丧失的全部。所有个别劳动的抽象化与整个生产的普遍抽象化,均在景观中完美地显现出来,它的具体化存在方式就是精确地抽象。在景观中,世界的某一部分把自己展示给世界,并且优越于整个世界。"①

在德波提出景观社会理论的年代,景观尚处于初级阶段,涉及的社会层面相对有限。德波也一度主张,景观作为一种隐形的意识形态对人的控制,主要是在生产之外的时间中发生的。然而,在《景观社会评论》中,德波的态度开始发生改变,他意识到景观的统治领域极大地扩展了,景观统治的方式也开始变得多样。《一千五百万点数》的构想,也充分考虑到了景观的发展和变化。从中可以看到,景观的统治,已贯穿生产、交换和消费等环节。劳动的形式是非常单一的:大多数人的劳动方式是在固定的自行车架上骑车。这一种奇特的劳动方式,其作用主要是给形形色色的电子屏幕和格子间提供电力,劳动者则借此获得点数。此外还有别的劳动形式,比如打扫卫生。这是比骑行要低一级,通常不适合骑行的人被淘汰了,就会转为打扫卫生。而对于厌倦了以骑自行车来赚取点数的人来说,生活的希望就在于参加达人秀一类的娱乐节目,成为万众瞩目的明星。再有一些人的劳动形式,则是做娱乐节目的评委、丑角或后勤人员。这些,几乎是我们所能看到的劳动的全部形式。

这样一个景观社会的生产本身就存在很大的问题:并没有多少可见的实物被生产出来。这是一个空无的社会,也是一个贫乏的社会。因此,景观社会与波德里亚所说的消费社会有所不同,消费社会虽然

---

① [法]德波:《景观社会》,王昭凤译,南京大学出版社,2007年,第9页。

也看重符号的象征意义，也看重表象，可是消费社会还有个重要的特征——以物的丰盛作为前提。这一点，是波德里亚在《消费社会》开篇就明确指出的："今天，在我们的周围，存在着一种由不断增长的物、服务和物质财富所构成的惊人的消费和丰盛现象。它构成了人类自然环境中的一种根本变化。恰当地说，富裕的人们不再像过去那样受到人的包围，而是受到物（OBJECTS）的包围。"[①] 物的堆积，物的丰盛，物以整套的或系列的形式供给，是消费社会给人印象很深的特征。在资本主义的兴盛时期，这种丰盛除了符号的丰盛，还包括实物的丰盛。与此相反，在《一千五百万点数》所呈现的社会中，实物是极其贫乏的。衣食住行都贫乏。吃的多是垃圾食品，而且种类非常有限。这部短剧里多次提到，苹果是这个社会中最为真实的东西，也是最有机的东西，可是它并不是出自苹果树，不是苹果树上长成的，而是出自培养皿。当然，这个景观社会也展示出一种丰盛，比如说可用于个人的电子形象的装备，在短短一周内就有一万五千套被生产出来。这种生产，依然是虚拟的。这种生产的丰盛，只是虚拟之物的丰盛，是符号和象征的丰盛。

在一个虚拟生产盛行、实物匮乏的社会中，交换和消费也只能是以虚拟交换和虚拟消费为主。《一千五百万点数》所呈现的状况也正是这样的，从中可以看到，人的肉身是实在的，至少表面看来是实在的；各种各样的"黑镜"是实在的，通过"黑镜"所显示的景观却是虚拟的，作为交换媒介的点数也是虚拟的。相应地，消费也是虚拟的。在这样一个景观社会中，虚拟生存已成为主要的存在方式。除了刚才我们提到的这些，还可以看到其他的形式。比如拉小提琴，只是摆出一个姿势，并无真实的小提琴在手；玩枪击游戏，手中也并无真实的枪，只是通过姿势与手势的协调来完成。这一切，并无太多实在

---

① ［法］鲍德里亚：《消费社会》，刘成富、全志钢译，南京大学出版社，2014年，第1页。

的意义，却又不能被彻底取消。一旦取消，存在的意义就难以生成，虚无和荒诞将更加浓郁。

由此也可以看到，《一千五百万点数》对社会氛围的营构，与德波的设想是朝着一个方向来运行的，也继承了德波那激进的批判立场。德波曾经拍摄了电影版的《景观社会》，其对白和旁白，以及影像本身的呈现，都极其忠实于同名的理论著作。然而，德波的这部电影看起来并不吸引人，尤其是在今天的语境中回头重看，会觉得非常乏味，吸引人的程度远不如《一千五百万点数》。从这个意义上也可以说，《一千五百万点数》受益于德波，也回馈了德波。《一千五百万点数》的成功，得益于电影制作技术的日渐发展，也得益于编剧技巧的日益成熟，更得益于我们这个时代的日益景观化——往昔的预想正逐步成为现实。

乌托邦与恶托邦，爱情与色情

在《一千五百万点数》当中，面对景观社会所提供的一切，大多数人都是处于麻木状态——时常闷闷不乐，却也没有愤怒，也没有因愤怒而起的反抗。他们有时会感到厌倦，感到无聊，有时又打了鸡血似的亢奋。他们几乎没有什么思考能力和辨识能力，可以很轻易地就被诱导。

其中也有两个特殊的个案：比如宾·麦德森，还有劳动时在宾·麦德森身旁的男人贾斯汀。贾斯汀的典型特点是乐在其中。他会愉快地骑行，愉快地接受种类单一的垃圾食品，面对这个社会所提供的色情节目和别的娱乐节目，还有各类游戏，他总是能够乐在其中。他为娱乐节目而笑得几乎喘不过气来，也为色情节目所营造的幻象而颤栗。这个社会中的一切，就像是为他量身定做的。于他，这是一个幸福的社会，是一个已然实现了的乌托邦。而事实上，他只不过是一个丧失了主体性的人类个体，他被彻底地规训了，已被驯化得完全没有个人意志，对于意识形态的幻象完全没有辨识能力。他从这个景观社会中获得了极乐生活的指南，又完全依靠这份指南来展开他的生活。他所做的，只是沉溺于那个幻影重重的世界，沉溺，不断沉溺，直至死亡。

宾·麦德森则处于另一个极端。在被统治的对象当中，他是唯一一个清醒者。他能够清醒地看到景观社会的虚假性质和欺骗性质。他知道这个社会中的生产、交换、消费，乃至于这个社会所宣扬的意义和梦想，都不过是由各种幻象编织而成的骗局，一切都是虚假的。他也清醒地意识到，在景观社会中，存在与实在无关，而是依靠各种各样的幻象而维持。他清醒地意识到形形色色的景观带有欺骗的性质，因而，他渴望实在的东西。这是他的心愿。他曾经这样对艾比·康说道："望着周遭这一切，只是希望有实实在在的事情发生。"

这个社会，对于宾·麦德森来说，一度是一个实现了的恶托邦。因为艾比·康的缘故，他试图反抗，也为反抗做了漫长的准备。让人感到恐惧的是，这种反抗很轻易就被化解了，这唯一的一个反抗者竟然会这么轻易地就被收编。《一千五百万点数》中提到三个评委，分别代表希望、仁慈和幻象，实际上，希望和仁慈都是反讽式的存在，只有幻象才是名副其实的。这个景观社会的统治者曾承诺，只要成为明星，就能看到真实的风景，而事实上，在宾·麦德森成为明星后，他只不过是在一个更大的空间中，可以通过尺寸更大的"黑镜"来观看风景。他所见到的风景，的确不再是卡通式的，却依然不是实在意义上的。真实的风景是否还存在？这在短剧中并没有得到说明。

在《一千五百万点数》中，每个人都有一个虚拟的电子形象，而人们所做的事情，很多时候不是为了满足实在意义上的个人需要，而更多是满足那个电子形象的需要。这种镜像式的满足，也说明了主体的摇摇欲坠。如果在这个前提下，人还失去了反思能力，失去了反抗能力，基本可以判定，主体已经不再是主体，而是沦为客体了。主体客体化，客体主体化，这是一个奇怪的颠倒。当实在的人置身于幻影重重的景观社会当中，置身于欺骗与隐瞒当中，置身于被控制和被奴役的境地当中，"主体已死"就不再是一个夸张的断语。实在的肉身的确还在，人却已经等同于死亡——这是主体的死亡。

令人感到触目惊心的，还不局限于此。《一千五百万点数》中的社会结构也是极其单一的。里面提到艾比·康有个姐姐，血缘关系还在，"家"却已经不存在了。每个人都生活在由"黑镜"区隔而成的格子间里，家庭不再是社会的组成结构，于个人的生存也无关紧要。家庭生活于个人也不再存在，也可以说，是电子化了。里面曾经提到，这个景观社会中有一款产品叫"墙壁伴侣"。只要用点数购买一个墙壁伴侣，关上门后你就可以与它谈心。它可以像心灵导师一样帮助人解决问题，可以帮助人顺利进入梦乡。家庭消失了，人变成了一种被权力控制的、孤独的个人。个人与个人之间的关系，变得极其简单，我得再次启用一个词来形容——极其贫乏。

短剧中有关于艾比·康与宾·麦德森之间渐生情愫的情节。如果是期待看一个爱情故事，那么没必要看这部电影，它所占的比重太小。然而，就这部短剧而言，宾·麦德森为了艾比·康所作的付出，以及他们之间那短暂的爱情，那些心心相印的时刻，无疑是迷人的。整部短剧能让人稍稍脱开沉重、压抑的氛围的，也就是他们面对面地聊天，商议是否要去参加"最高人气"的时刻，他们笑得那么自在，连音乐也变得轻快了。

我本来期待，爱情会成为宾·麦德森反抗景观社会的重要动力，足以打破这种极其贫乏的状态，但是最为迷人的也是最令人心碎的——那本该属于爱情的部分，却被色情置换了。宾·麦德森本来期望艾比·康成为一个出色的歌手，景观社会巨大的同化力量却诱导她成为一个色情明星。

这个细节的设定并非偶然。短剧里的景观社会的生产与消费，都离不开色情。爱情不是动力，色情才是。按照巴塔耶的说法，动物的性活动中没有丝毫的色情，只有人的性活动中才有色情。色情是一个包含着禁忌的领域，是一个由违反规则来规定范围的领域。《一千五百万点数》中的色情规则是怎样的呢？它不是基于禁止观看，而是基于必须观看。更具体地说，完整的色情节目本身是禁止观看的，但色情广告本身是必须观看的。色情广告会在一个人冥思的时候突然跳出，会在一个人刷牙的时候突然跳出，会在一个人和别人严肃地聊天的时刻突然跳出，会在一个人玩游戏的时候突然跳出。它的存在如此普遍，如果不想观看，也行，但必须支付点数。巴塔耶还说："我们拥有大量的能量，我们无论如何都要耗费掉。"[1] 而色情，正是耗散力比多的重要形式。这大概能说明，为什么对色情广告的观看是强制性的，对色情节目的观看会成为一种公开的诱导。

在这个色情如此普遍的景观社会中，真实的性却又像是不存在的。家庭生活在景观社会里消失了，合理的、被允许的性行为也就消失了。性以影像的形式存在，在色情节目中存在。对于大多数的人来说，真实的肉身彼此接触彼此交融的性却不存在。色情节目时刻在引导人们去关注身体，却止步于观看，止步于自我凝视和自我抚慰，而不是指向真实的性。这个社会鼓励人观看色情节目："你那只手，闲着也是闲着。"于是一个悖论出现了：性看起来无处不在无时不有，真实的性却又不存在。色情不再是一种禁忌，而是镶嵌在人生活的每个时刻当中，是无处不在无时不有的。这种真实的性为什么不存在或不能存在，是因为虚拟的性比真实的性更迷人？曾经读过一篇文章，里面就谈到色情片中的性其实比实在意义上的性更迷人，因为它以想象的形式放大愉悦同时又遮蔽不愉悦的部分。波德里亚也说过："色

---

① ［法］巴塔耶：《色情史》，刘晖译，商务印书馆，2003年，第104、161页。

情，这是一种与超真实相呼应的超性。"① 真实的性是被剥夺的还是被禁止的，还是另有原因？短剧中并没有对此进行说明。

意识形态的幽灵

让人感到触目惊心，也感到恐怖的是，在这个景观社会中，我们看不到任何的国家机器。没有政府，也没有法庭。没有警察，也没有监狱。没有军队，也没有战争。这并不意味着意识形态统治是缺席的，相反，它以一种更为隐蔽的方式存在；这也并不意味着这个社会是安全的，相反，它是岌岌可危的。

在这个社会中，意识形态统治披上了娱乐的外衣，和娱乐巧妙地结合在一起。骑行被宣扬为公民的基本义务，并且强调那些赫赫有名的巨星也一度像许多人一样履行义务。义务的履行是强制性的，然而也伴随着诱惑或诱导：放心，骑行作为一种非常无聊的工作，不会没有尽头。这不过是在为了"更光明的未来而挥汗洒泪"。只要赚够了点数，就可以参赛，成为一个明星。

可是，作为观看者，我们从中看到的事实是，许多人辛辛苦苦赚够了点数，购买了入场券，也只是在后台一直准备着，永远都等不到上台的那一刻；即使真的有机会上舞台，也未必真的就能脱颖而出。舞台上的三大评委并不公正。如果是因为实力问题最终落选也就罢了，荒诞的是，评委做出决定并不是依据理性和逻辑，而是依据各自的情绪和偏好。那个被视为仁慈的化身的评委曾指出，能够成为明星的人少之又少，根本没有那么多的节目，可以供人成为明星。充其量，这只是统治意识形态构造的白日梦。

除了披着娱乐的外衣，从而让意识形态统治变得隐秘，景观社会

---

① ［法］波德里亚：《致命的策略》，刘翔、戴阿宝译，南京大学出版社，2015 年，第 9 页。

的恐怖之处在于，一切都是事先设计好的，统治更是无所不在无时不有。比方说，在这个社会当中，人看似有选择消费和不消费的自由，仍然有选择成为什么或不成为什么的自由，但是这自由的通道是极其逼仄的，越是往前就越是逼仄。自由不过是幻象。这种统治还是事无巨细的，以至于大多数人连保留一只纸叠的企鹅都是被禁止的。

在这样一个景观世界里，政治并没有以具体而明确的形式出现，却是无所不在的。它以一种弥散的形式出现。意识形态的统治压根就没有减轻，只是变得更加分散，更为隐匿，以至于一般人根本就意识不到统治的存在。统治并不以具体的形式发生，更不以具体的面目出现，意识形态的幽灵却存在于每一个日常生活的细节当中。看不到，并不代表不在场。这种隐秘的统治，又经常借用民主之名来施行。比如电视节目上宣扬，所有的明星都是由这个景观社会中的个体共同选出来的，主张"你决定着胜负，掌握着他们的命运"。可是事实上，最终谁能胜出，并非民众说了算，而是台上的几个评委说了算，更准确地说，是景观社会的运转逻辑说了算。因为大多数民众都缺乏辨别的能力，缺乏做出判断的能力。这种统治方式更高妙，也更令人感到恐怖。

在《景观社会评论》一书中，德波曾经对景观社会统治的形式做了区分，认为可以分为集中、扩展和综合三种形式。这种区分未必有很高的学术含量，然而不得不承认，德波对景观与意识形态统治的关系的分析是切中要害的。这里不妨引用德波的原话："景观是意识形态的顶点，因为它充分曝光和证明了全部意识形态体系的本质：真实生活的否定、奴役和贫乏。景观是'人与人之间关系分离和疏远的实质性表达'。"①

在《一千五百万点数》当中，宾·麦德森对景观社会的批判力度，

① ［法］德波：《景观社会》，王昭凤译，南京大学出版社，2007年，第99页。

其实也是非常大的，是击中要害的。他拥有"批评的武器"，却不能将之转换为"武器的批判"。实际上，当他亮出自己那一片源自"黑镜"的碎玻璃展开控诉时，他的批判看似有力，却又会被很轻易地化解。短剧行将结束的时候提到，宾·麦德森有了自己的节目，再也不用以骑自行车的方式劳动，他的身份地位提高了，也获得了新的、更大的权利，那片碎玻璃也被他郑重地收进盒子……宾·麦德森是完全被奴役了，还是只是在实施一种权宜之计，想着等时机成熟了再谋出路，我们不得而知。

从短剧中还可以看到，景观社会的代理人，也就是那个被称作希望的评委，压根就不担心这种批判的存在。充其量，他把宾·麦德森的批判视为一种无害的宣泄，顶多就是景观社会的解毒剂。他放心地允许宾·麦德森开办节目，以批评的形式表演。反讽的是，连那片碎玻璃，也成为一种电子装备，每个人都可以将它应用于个人的电子形象。如果我们把碎玻璃视为"批判的武器"的隐喻，那么它的处境正好说明了批判本身是无效的。它本来就是"黑镜"的一部分，是景观社会的一部分，虽然曾经分离出来，成为一种触目的所在，但是它又会很轻易地被吸纳回去，变得不再触目。景观社会对人的控制已经那么深入，突围的可能性几乎为零，这样的未来图景，无疑是令人悲观的。

拟真的风险与"完美的罪行"

如果说这部短剧中那冰山的八分之一主要是让人感到惊奇，那么隐藏在水面下的八分之七，则是让人感到恐怖。在这一系列的恐怖之中最为恐怖的，莫过于真实世界的逐渐死亡。

表面看来，《一千五百万点数》中的世界是一个载歌载舞、声色犬马的世界，却又是封闭的、密室般死气沉沉的世界。社会生活与社会生产的景观化与表象化，在这个世界中已成为一种全面的现实，尽管还不是全部的现实。在这个社会当中，实在的根基显然已经崩塌，社会的运转更多是依赖景观本身的自我复制。随着复制次数的增多，这个社会中真实的所在就越来越少。也可以说，它正朝着波德里亚所说的超真实的拟真世界加速前进。

就像景观在德波的社会批判理论中占有重要位置一样，拟真在波德里亚的批判理论中也是非常重要的。德波的社会批判理论和波德里亚的批判理论，有着非常直接的承传关系。正如德波把马克思的资本主义异化理论在新的历史时期做了拓展一样，波德里亚关于拟真的论述，可以说是对德波的理论学说的推进。

在波德里亚看来，拟像在现代社会的发展经历了如下三个阶段，也是三个等级：仿造、生产与拟真。他将第一级的拟像称之为仿造。仿造是从文艺复兴到工业革命这个时期的主要模式，依赖的是价值的自然规律。生产是第二级的拟像，是工业时代的主要模式，依赖的是价值的商品规律。拟真则是当前受代码支配的阶段的主要模式，依赖的是价值的结构规律。拟像从第一阶段发展到第三阶段，是真实性逐渐递减的过程。拟真的大面积出现，则可能会导致真实世界的最终消失。在《完美的罪行》中，波德里亚就做出了这样的预言："实在、现实世界只会持续一阵子，即人类使其经过代码和计算的抽象物质的过滤器的时间。尽管一段时间以来，世界是现实的，但它不是注定要长久一直这样，它将在几个世纪的时间内穿过现实的轨道并很快消失在另一世界中。""我们处于这个演变的加速阶段，所有'现实'的事物都急于生活和死亡。我们也许处在无止境的时期、现实滞后的时期、现实的各种片段暂留在包围它们的大量虚拟中的时期，就像博尔赫斯（Borgès）的作品中地图上那些领土的碎块一样。"①

---

① ［法］博德里亚尔：《完美的罪行》，王为民译，商务印书馆，2014年，第47、49页。

238

在《完美的罪行》中，波德里亚通过世界上的许多典型事例，对人们把虚拟当作实在、把拟真当作真实、把现象当作本质的认识误区进行了揭示。《一千五百万点数》这部短剧，并没有呈现真实消失的过程，而是一开始就呈现了一个景观化的、拟真的世界。这个世界中的事物，很多都是由符码编制出来的，比如显示屏上出现的风景大多是卡通化的。宾·麦德森工作时通常选择看骑行之路——他不喜欢看那些"很污的"娱乐节目，沿途的风景就是卡通化的。卡通化，其实正是编码和解码的产物，在这里甚至不再有对风景的再现或复制，而直接就是编码和解码。

宾·麦德森这一代人，是对实在之物仍有记忆的人。他们看过实在的风景，吃过苹果树上结出的苹果，也许还曾有过实在的、具身的性爱。正是这样的记忆，使得宾·麦德森会怀念实在。如果丝毫没有这方面的记忆，怀念也就无从谈起。可以想象，随着他们这一代人的死亡，曾经真实的一切也都将烟消云散，连记忆都不复存在。那些卡通化的风景，对于后来者而言，会成为事物的起源。德波早已说过："在真实的世界变成纯粹影像之时，纯粹影像就变成了真实的存在。"[1]

"纯粹影像就变成了真实的存在"，这样的世界图景恐怖吗？对于未来社会的人们来说，这一切也许并不恐怖。因为他们没有见过现在的实在世界，或者说，他们所理解的真实与我们这里所讨论的真实是完全不一样的。这一切，却让我感到触目惊心，感到恐惧。究其原因，就在于今天我们周围的一切，好像正是在朝着短剧中的拟真世界发展。我不是技术乐观主义者，不会认为技术万能，足以解决一切问题；我也不是技术悲观主义者，不会视技术为洪水猛兽。我相信世界的未来，不完全是由技术所决定的，而是取决于我们与技术保持的是怎样一种关系。这部短剧中关于拟真世界的设想，正提醒我们注意

---

① ［法］德波：《景观社会》，王昭风译，南京大学出版社，2007年，第6页。

技术本身的风险，提醒我们注意景观化和拟真的风险。拟真的大面积出现，可以说是人类智慧的证明，但是，如果我们过分沉溺于拟真世界，那就又是一种愚蠢了。现代社会中所出现的一切，现代社会的持续运行，很多时候就是在智慧与愚蠢之间左右浮动，摇摆不定。一方面，我们看到像《阿凡达》中潘多拉星球这样的拟真世界被创造出来，这无疑是极有难度的，耗费了巨大的物力、财力与智慧，另一方面，则是人类持续地被拟真世界所吸引，从而对真实世界有一种轻视和忽视。对电影的沉溺、对网络游戏的沉溺、对虚拟经济的沉溺、对手机的沉溺，一旦变得无度，人类的真实世界就会变得危机重重。因此，对景观、拟真保持警惕和清醒是必要的。

职业写作的一种路径

——以村上春树为例

2017年底，在应一家报纸的要求推荐六种本年度出版的图书时，我曾选了村上春树的《我的职业是小说家》并写下了这样一段话：村上春树善于在喧嚣中寻找宁静，不张扬但又执着，有坚韧的写作意志，并且能够持续地将这种意志落实于行动。这种意志和行动的高度统一，令人钦佩。写作这本随笔的村上春树堪称业界良心——他几乎是毫不保留地把他如何成为一个作家、如何坚持长期写作的经验分享给读者。刚刚开始写作的文学青年，写作经年但又开始有职业倦怠的作家，尤其可以从中受益。

最近我重读此书，想法并未改变。的确，什么样的人适合写作，职业写作需要哪些条件，如何对待文学奖，如何理解写作的原创性，写作长篇小说需要注意什么问题，学校教育对写作有什么意义，如何塑造人物，为谁而写，如何译介自己的作品到国外……在今天成为一个职业作家尤其是一个职业小说家可能遇到的基本问题，村上春树在此书中都有谈及。因此，要谈论职业写作，不妨以村上春树的这本书作为切入点。

何谓职业写作？它首先涉及作家的生计问题，也就是以写作为生，以写作为业。这就涉及经济层面的话题。职业写作还意味着这是一种长期写作，而不是暂时的。这两点，村上春树在谈论职业写作时极为重视。他认为，"所谓小说家"——他个人最看重的个人身份——"就是以时间为对手作斗争的人——我平素一直是如此思考和工作的。"① 村上春树在《我的职业是小说家》中还说过，写出一两部小说并不算什么特别困难的事情，但是要长期写下去，并能借此自取衣食，就极为艰难。在他看来，要长期写作需要具备如下的条件：才华、热爱、运气或机遇、资格（来自各方面的认可）。而且这些还只是必要条件而非充分条件。

先说说才华。很多人都认同一点，写作需要具备才华。严歌苓在"一席"的演讲中就谈到写作需要才华，"我记得我跟王安忆有过这么一次讨论。她说，作家百分之三十的天赋，百分之七十的是要靠后天的努力，我说我认为正好是相反，我说作家要靠百分之七十的天赋，百分之三十的努力。但是现在我觉得我的想法有改变，我现在认为作家百分之五十的是靠天赋，然后我还要加入百分之二十的职业训练"。村上春树在谈论职业写作时，也重点谈到才华。他甚至把这视为讲述他个人的写作经验时必须声明的前提，因此也是读者阅读《我的职业是小说家》一书时首先得注意的前提。他说，书中所谈论的一切，包括写作的种种方法，并不适用于天才。因为天才的方法是不一样的，创作的路径也是完全不一样的。"假如你是一位稀世天才，觉得像莫扎特、舒伯特、普希金、兰波、梵高那样，在顷刻之间绽放出绚丽的花朵，留下几部震撼人心、或美妙或崇高的作品，让芳名永垂青史，生命就此燃烧殆尽，如此便足矣，我这种理论就完全不适合你。我到现在为止所说的话，请你统统忘个一干二净，随心所欲地过日子吧。不用说，那是一种非常完美的活法。而且莫扎特、舒伯特、普希金、兰波、梵高那样的天才艺术家，无论在哪个时代都是必不可缺

---

① ［日］村上春树：《身边肯定还有许多》，《无比芜杂的心绪》，施小炜译，南海出版公司，2013年，第46页。

的。"① 有意思的是，村上春树认为写作需要才华，但是又认为，很有才华的人未必适合写小说，起码不适合长期写作。因为写小说是"需要用低速挡缓慢前行，去耐心推进的作业"②，才思过于敏捷的人很难坚持长期这样低速作业。职业写作家需要有一种非写不可的内在驱动力，又需要一种长期孤独劳作的强韧忍耐力，这一点和天才的天性是相冲突的。

对于天才，村上春树是尊重的；然而，村上春树还强调，在天赋之外，后天的努力是必不可少的。在他看来，即便有天赋，也离不开后天的努力。这有点老生常谈的意味，但是村上春树相关的话，仍值得读一读——尤其是考虑到中国一直有崇尚天才的氛围。事实上，稀世天才总是很少的，自以为是稀世天才的，有天才幻觉的，却经常很多。这些年在写作领域，很少会见到天才们写出石破天惊的杰作，更多的是看到一个个天才神话的逐渐破灭。比如一些少小成名的作家，后来在写作上并无多大的成绩，甚至有的还不断面临有人代笔的质疑。文学又是一个特别容易让人形成自负心理的领域。一个写作者如果被怀才不遇的情绪所裹挟，对自己的局限缺乏认知，就很难再继续前行。有了天才幻觉之后，很多人其实是很难克服写作中的困难的，也很难有持之以恒地进行自我修炼的意志。村上春树的这一观点，对于有天才幻觉的人来说，可以说是很好的提醒："就算我身上多多少少有点写小说的才能，可那不过像油田和金矿一样，如果不去开掘，必定会永远埋在地下长眠不醒。也有人主张：'只要有强大丰富的才能，总有一天会开花结果。'但以我的感受来看——我对自己的感受还是有那么一点自信的，好像未必是那样。如果那才能埋藏在相对较

---

① ［日］村上春树：《我的职业是小说家》，施小炜译，南海出版公司，2017 年，第 144–145 页。

② ［日］村上春树：《我的职业是小说家》，施小炜译，南海出版公司，2017 年，第 11 页。

浅的地下，即便放着不管，它自然喷发的可能性也很大。然而如果在很深的地方，可就没那么容易找到它了。不管那是多么丰富出众的才华，假如没有人下定决心'好，就从这里挖挖看'，拎着铁锹走来挖掘的话，也许就会永远埋藏在地底，不为人知。"①

除了天赋或才华，村上春树还强调，坚持长期写作还必须有热爱。在我看来，他所说的热爱，既包括热爱写作，也包括热爱阅读，甚至热爱阅读比热爱写作还要重要。在书中，村上春树就多次谈到他对阅读的热爱。"我二十几岁的时候从早到晚都在干体力活，每天都忙着还债。一想起当年的往事，唯一的印象就是真干了不少活儿啊。我想，大家的二十多岁都过得比我快乐吧。对我而言，无论在时间上还是经济上，几乎都没有余裕去'享受青春岁月'。但即便在那时，只要一有空暇，我就捧卷阅读。不管工作多么繁忙、生活多么艰辛，读书和听音乐对我来说始终是极大的喜悦。唯独这份喜悦任谁都夺不走。"② 在另一个场合，他则谈到，想当小说家的人首先应该多读书，再有就是努力培养自己善于观察的能力。如果说写作是一种修炼的话，那么阅读就是这种修炼不可或缺的一部分。

村上春树还特别谈到长期写作需要一种类似于资格的东西，比如获奖。这一点，村上春树无疑是看重的，视之为入门的资格。譬如《且听风吟》曾获得《群像》的新人奖，这对于村上春树来说，这次获奖意味着他有了成为作家的入场券。但村上春树也强调，奖项的意义也就大抵如此。入门了，后面得不得可能就无所谓了。能继续获得认可当然重要，却不再显得那么至关重要。相比于获奖，村上春树更看重的是读者。在获得每日出版文化奖时，村上春树曾有一个获奖

———————————

① ［日］村上春树：《我的职业是小说家》，施小炜译，南海出版公司，2017年，第142页。

② ［日］村上春树：《我的职业是小说家》，施小炜译，南海出版公司，2017年，第28页。

感言，在感言中更多谈到的，却是读者，以及读者对于写作之持续性的意义："还能写出多少篇作品（尤其是长篇小说），连我自己也不清楚。要完成一部长篇小说，需要几年时间准备材料，几年时间执笔写作，还需要巨大的能量。因此，这样写出的一部长篇被众多读者拿在手里，获得相应的评价，对我来说就是无上的激励，也是新的热情的源泉。"[①] 对于这些写作的外部条件，村上春树并非毫不重视，但他是尽量抱得之则喜、不得也无所谓的态度，也就是所谓的平常心。

除了这些，村上春树还强调机缘或运气之于长期写作的重要性，认为这非常关键。机遇总是属于有准备的人，村上春树也认可这一点，因而会重视从多方面入手去努力。他还特别重视自我的调适，也特别善于自我调适。这种调适，有身体方面的。在他看来，长期写作需要足够的体能，因而他始终保持跑步或游泳的习惯。足够的体能，对于长期写作来说，是必不可少的。调适也包括精神上的或时间上的。比如在遇到诸多的人际干扰以至于无法专心写作时，他干脆选择到国外，在一个相对简单的环境中去专心写作。同样，他也重视自我的定位。他一直把小说家视为个人的主要身份，把写小说视为主业，写作随笔和做翻译则是副业。他也由此来分配材料和时间："在写小说那段时期，最好保证所有的档案柜都为写小说所用。不知什么时候需要什么东西，所以尽量节省着用……小说写作告一段落后，会发现有些抽屉一次也没打开过，剩下很多没派上用场的素材，我会利用这些东西（说起来就是剩余物资）写出一批随笔。不过对我来说，随笔这东西就好比啤酒公司出品的罐装乌龙茶，算是副业。真正美味的素材总是要留给下一本小说（我的正业）。"[②] 除了把最好材料用于小说，

---

① ［日］村上春树：《身边肯定还有许多》，《无比芜杂的心绪》，施小炜译，南海出版公司，2013 年，第 46–47 页。

② ［日］村上春树：《我的职业是小说家》，施小炜译，南海出版公司，2017 年，90 页。

村上春树还把主要精力用于写小说，没有写作状态时则做翻译。这种调适，对于一个专业作家来说，其实也很重要。它既使得作家可以多一个自取衣食的渠道，又可以有效地减轻遇到写作障碍的焦虑，始终会在一种工作的状态中。

村上春树的这些努力，还有另一些我没谈到的其他努力，林林总总的努力，实际上都在试图形成一种秩序，形成一种写作的良好习惯。这也是在试图找到一种将自己调整到最佳状态的方式，也是持续增强个人的写作意志的方式。在这方面，村上春树的确称得上是典范。他总是能"凭借手头现有的东西，全力以赴坚持到底"①，也能不断地创造新的条件、形成新的能力去壮大自我，巩固自己的写作意志。也可以说，村上春树的写作理想是努力让自己获得一个相对安全的甚至是舒适的境地，从而有足够的能力在写作中去冒险。这并没有什么不对，写作并不必然意味着苦行。

然而，事情真的会这么顺当吗？通常不会。程德培在一篇谈论李洱的文章《众声喧哗戏中戏》中曾谈道："生活能朝着你预设的方向发展吗？很难。同样，我们也很难朝着一种预设的生活顺利前行。人在生活中总有不断抵抗中的失败，失败中的抵抗和对话，无法同一的失败感或许就是我们的生活和生活中的我们。"②的确，生活中时常很多不可控制的因素，好运气很难时时都有。写作从某种程度上来说也是不可控的。辛波丝卡有一首题为《点子》的诗，就谈到这种不可控的写作之难：

有个点子来找我：/写点押韵的东西？写首诗？/好的——

---

① ［日］村上春树：《我的职业是小说家》，施小炜译，南海出版公司，2017年，第92页。

② 程德培：《众声喧哗戏中戏——从〈花腔〉到〈应物兄〉》，《扬子江评论》2019年第1期。

我说——待会再走，我们聊聊。/你得跟我多讲讲你的事情。/于是它在我耳边轻声说了几句话。/啊，原来如此——我说——挺有趣的。/这些事搁在我心里很久了。/但要将之写成诗？不行，绝不可以。/于是它在我耳边轻声说了几句话。/这只是你的想法——我回答——/你高估我的能耐和天分了。/我甚至不晓得从何写起。//于是它在我耳边轻声说了几句话。/你说错了——我说——精练的短诗/要比长诗难写许多。/别纠缠我，别再说了，这事成不了。/于是它在我耳边轻声说了几句话。/好吧，我试试，既然你执意如此。/但别说我没警告你。/我会写，然后将之撕碎，丢进垃圾桶。/于是它在我耳边轻声说了几句话。/你说对了——我说——毕竟还有其他诗人。/有些文笔比我更优。/我会把名字和地址给你。/于是它在我耳边轻声说了几句话。/我当然会嫉妒他们。/我们连烂诗都嫉妒。/但这一首少了……可能少了……/于是它在我耳边轻声说了几句话。/没错，少了你列出的那些特质。/所以我们换个话题吧。/来杯咖啡如何？//它只是叹气。//开始消失。//消失无踪。①

写作就是这样，我们当然期待灵感的来临，对之抱热烈欢迎的态度。然而，真正进入写作时，我们就发现，光有灵感还不够，于是写的念头开始退却，然而又心有不甘。还是尝试想继续写下去，但有的困难好歹克服了，新的困难又出其不意地产生了，只好又得想办法对付它。更何况，写作还有一个要求——创新，既要不同于他人，又要避免自我重复。这真是一个百转千回的过程。辛波丝卡写作这首诗是在晚年，写作是如此的不易，实际上在写作之路上行进的时间越久，

① ［波］辛波丝卡：《点子》，《给所有昨日的诗》，陈黎、张芬龄译，湖南文艺出版社，2018年，第10—12页。

写作的难度就越大。甚至于大到彻底写不出，以至于"我们连烂诗都嫉妒"。总之，能写出就不错了。

然而，也因为不管是生活还是写作，都有很多意外，都有很多不可控制的因素，要坚持长期写作，才需要有这样一种规划，才需要有这样一种整体性的努力，才需要不断地努力锻造一种顽强的写作意志。在文章的开头，我曾谈到，刚刚开始写作的文学青年，写作经年但又开始有职业倦怠的作家，尤其可以从村上春树的这本书中受益。对于刚刚开始写作的文学青年来说，这本书多少可以告诉他们，写作得面对哪些问题，也多少可以从中获得一些应对的方法；而对于写作经年但又开始有职业倦怠的作家来说，这本书，则多少可以起到一种提振的效果——提振精神，也提振勇气。

后　记

　　这本书主要收录我最近五年写的、篇幅较长的文章。书中的文字，大多属于文学批评与文化批评的范畴，或是关于批评、写作的思考。以"为思想寻找词语"作为书名，是因为它大致概括了我的写作、批评与研究的目标与方法。

　　思想之事是抽象的，是大的，致力于思考的人，应该有大视野；而切近思想的路是具体的，需要从细小处开始，甚至得从一个又一个的词语入手，以小见大。我首先希望找到的，是这样一类词语：它们有石头般的质地，厚实，适宜筑造思想之路，也能为思想的世界赋形。现象学与解释学，存在论与实践论，抒情、史诗与反讽，此在与世界……诸如此类的词语，在我的写作、批评与研究中，大抵起着这样的作用。我希望借助这些词语来形成相对确定的言说路径，同时又希望这些路径是开放的——它们彼此相通，也与另一些我未曾走过的路径相通。

　　一个思想世界的形成，只有石头般厚实的词语是不够的。干秃秃的路并不迷人。围绕着路，还应有草木，有花朵，有风，有云，有光……这一切的形成与显现，也得借助词语。这样的词语，可能是轻逸的，是带有独特声响的，是出乎意料的……通过它们，我们可以言说爱与怕，可以传达意志与深情。

五年前，在写我的第一本评论集《途中之镜》的后记时，我写下了这样一段话："宇宙浩茫，人力终归有限，即便可以对思与言的奥秘有所洞察，也难保行事时绝不出错。我所做的一切，无非就是尽量持守作为一个思者的诚实与谦逊，以便更长久地置身于对真理的期待之中。"这一想法在我其实至今没变。我仍旧在途中。我希望能一直葆有寻找的热情，继续以文字的形式保留个人思考的踪迹，继续努力接近所渴求抵达的境界。

　　感谢李敬泽老师、陈晓明老师鼓励与指点，以及两位师长的文章、著作给我的许多启发。感谢我的博导谢有顺教授指引我走上批评之路，勉励我坚持前行。感谢李宏伟先生和秦悦女士为此书所做的严谨而细致的工作。

李德南

2020 年 10 月 29 日